U0518891

中国现当代
女性文学与文化研究

ZHONGGUO XIANDANGDAI
NÜXING WENXUE YU WENHUA YANJIU

王桂荣◎著

知识产权出版社
全国百佳图书出版单位

图书在版编目（CIP）数据

中国现当代女性文学与文化研究／王桂荣著. —北京：知识产权
出版社，2014.9
ISBN 978 - 7 - 5130 - 3078 - 6

Ⅰ.①中…　Ⅱ.①王…　Ⅲ.①妇女文学—文学研究—中国—现代
②妇女文学—文学研究—中国—当代　Ⅳ.①I206.6

中国版本图书馆 CIP 数据核字（2014）第 230716 号

责任编辑：文　茜　　　　　　责任校对：王　岩
封面设计：张　冀　　　　　　责任出版：孙婷婷

中国现当代女性文学与文化研究
Zhongguo Xiandangdai Nüxing Wenxue yu Wenhua Yanjiu
王桂荣　著

出版发行：知识产权出版社 有限责任公司		网　　址：http：//www.ipph.cn	
社　　址：北京市海淀区气象路 50 号院		邮　　编：100081	
责编电话：010 - 82000860 转 8342		责编邮箱：wenqian@cnipr.com	
发行电话：010 - 82000860 转 8101/8102		发行传真：010 - 82000893/82005070/82000270	
印　　刷：北京建宏印刷有限公司		经　　销：网上书店、新华书店及专业书店	
开　　本：720mm×960mm　1/32		印　　张：11	
版　　次：2014 年 9 月第一版		印　　次：2018 年 4 月第二次印刷	
字　　数：236 千字		定　　价：36.00 元	
ISBN 978 - 7 - 5130 - 3078 - 6			

本书为辽宁省教育厅人文社科项目（W2012111）

　　从文学、社会学、文化学的角度剖析、把握中国现当代女性文学创作的实质和规律，探讨女性文学经久的艺术魅力，突破文本的主题学研究以及现当代女性文学文本个案的批评，把握现当代文学研究领域的新问题及新方法，并沿着这一方向深入研究中国现当代女性文学创作的文化核心价值，是笔者一直以来在中国现当代女性文学研究领域所努力的方向，并真正在这个领域里留下自己思考的印迹！

　　文化视角的突出特征之一，在于它是一种高度综合的、整体的文学研究视角，这在客观上规定了文化视角特有的整体求同、发掘共性的学科特点和倾向。也正是由于这一点，我们有了通过这一特殊的视角对中国现当代女性文学创作的主客观状况进行深入考察和研究的可能。文化视角的特征之二，在于它揭示了文学作为文化现象对人类的文化属性的表现，并在一定程度上丰富和深化了"文学是人学"这一命题的思想内涵。从文化学的观点来看，人既是文化的创造者，同时又被文化所创造。在中国，现当代女作家的创作心理受中外文化的影响很大，东西方作家出入于不同种族的文化空间，既有坚定民族文化传统的，也有"改换"文化身份以融入世界文学画廊的。不管是哪一种选择，女性作家们都突破了中国文学传统的自足生存体系，使文学承受前所未有的震荡，也积蓄起前所未有的生命活力，于是正确定位和努力提升我们民族文化、文学的地位和价值，对其研究就更加必要。文化视角的特征之三，在于它探索了文学作为一种精神文化形式，在其发展过程中具有的相对的独立性和特殊的规律性。在不同时代，总有一部分女作家，在文学的艺术探索及创新实验中形成一次次强有力的关照。可以说，研究中国现当代女性文学是研究中国文化核心价值观的文学范本，这种研究又是对我们民族文化现代化过程的重新审视，并且探讨文学与文化的未来走向，因为历史上有着惊人的相似之处！女性文学就像一面镜子，每个历史时期都必然在其中投下当时社会变迁、政治沿革、经济盛衰、文化进步和风尚演化的影子，也表现出女性追求独立自我的完整精神理念，其有形和无形的价值是文化长期积淀的结果。与此同时，中国现当代女性文学的艺术作品不约而同地借助影视等大众媒体的传播而被转化为大众文化的范本，这其实是主流文化、精英文化和大众文化重新分配话语权力的结果。这需要我们进一步探讨市场经济所带来的社会心理变化以及由此导致文学实践变化的同时文化核心价值观的变化。女性文学对于文化核心价值观的建构是一个极为复杂的课题，因为它包括对大众情感、道德、精神诸方面的无形因素的引导与重构。要改变人的文化态度，特别是要改变群体的文化态度，提升群体的精神文化指数，有些时候要比改变他们的物质生活更为艰巨、更为长久。

笔者一直致力于从文学、社会学、文化学的角度剖析、把握中国现当代女性文学创作的实质和规律，特别是对女性文学与文化的研究较多。在女性文学研究领域，乔以钢先生注重用西方女性主义理论对作家创作现象的评论，尽管乔以钢先生自

2007 年后开始涉猎文学与文化研究，而其研究仍重在西方文化价值体系对东方的影响；刘思谦、吴宗蕙先生关注对女性文学创作的文本的主题学研究；盛英先生等人更多地关注当代女性文学批评；王绯、季红真、金燕玉、陈惠芬等先生对女性文学审美特色的研究有一定独特的见解；萧凤、于青、钱虹等先生对"五四"女作家的研究卓有建树；陆文采先生的《时代女性论稿》对现代文学女性形象的分析具有抒情散文般的评价。国外对中国现当代女性文学与文化核心价值观研究很少，引起国内关注的主要是西蒙·波伏瓦对女性学的研究。

　　在笔者开展研究的过程中，胡适提倡的治学方法，即"大胆的假设，小心的求证"具有指导意义，笔者祈望能有这勇气与毅力，并时刻督促自己追求这样的境界。本书在研究文化核心价值观时，主要从文学史视野出发，同时考虑思想史的背景和社会文化发展的宏观视角，努力使相关研究更具有说服力与历史内涵；在具体的研究中，则坚持以文化观念带动议论，避免过度阐释。本书只是在近年来较为丰富的研究中提出一种新的角度，如能对相关研究有所推动，那就是本书的全部价值所在了。本书的观点与结论恳请得到学界同行、前辈的讨论、批评和指正，以期共同推进中国现当代女性文学及相关研究的进展。

目　录

1

第一章

中国现当代女性文学的文化渊源

　　真正的文化选择从来都是以选择者自身的需要为本位，而不是以外在的功利或社会要求为标准的，其原始动机不是从任何外在需要考虑，而是其自身发展的必然。文化选择的这种双向性、反观性和自立性，是推动文化发展进程的重要动因。中国现当代女性文学的暗蓝色的血脉生生不息地流淌在中国文学大潮中，四处蔓延着巨大无形的神秘力量。中国现代女性文学又是一棵大树，可以透过它找到人与社会沟通的永久的脉络，是历史在现实身上深刻的文化烙印，它为文学设置了一个不能绕开的话题。这是一个激动人心的话题，因为我们显而易见地看到有关女性文化的主题在文学的长河中屡屡浮现。在中国，从20世纪初的《一日》，一直到40年代的《倾城之恋》，涉及女性题材的小说出现在每一个文学阶段。在西方，从《爱玛》《傲慢与偏见》《简·爱》《呼啸山庄》到《飘》，直至20世纪70年代末的《荆棘鸟》，女性题材跨越了一个个文学的经典时代。在英美女性写作对中国文学的碰撞与交融中，女性文学是一块醒目的标牌。这些毋庸置疑地证明，女性题材跨越时间、地域、种族、经济、意识形态的障碍，不断适时地显现。在中国文学现代性的转换过程中，我们更鲜明地看到，女性文学创作越来越成为一种庞大的文学景观，并在文学意义和美学特征上都得到了发展。

　　然而，这个很有意义但带有些边缘性的话题一直没有受到足够的重视，原因之一是女性文学往往与一些类型小说交叉重叠：有时更像生活的干预（如《两个家庭》），或是某个时代的社会心理镜象（如《呼兰河传》），或是某种哲理精神的张扬（如《倾城之恋》）。这种复杂的创造状态，使女性文学在文学思潮的一次次动荡中，虽偶尔随巨浪翻滚而出，但很快又不留痕迹地重新被湮没于长河，成为一股巨大却无声的潜流。即使如此，我们也注意到中国现当代女性文学越来越多地显露出共性的东西，诸如共同的母题、类似的创作特征以及相关的美学追求，并在精神意义和文化价值上也有着相通之处。这就引发我们将中国现当代女性文学作为新的课题提出来加以思考，探讨其在中国现当代文学史中屡屡勃兴的原因及其带来的文化寓意，并对女性文学逐渐形成的文化学内涵进行概括和总结。

第一节　中国现代女性文学面对
传统文化的写作姿态

谈到文化问题，必然要涉及价值危机的背景，而在危机压迫之下唯一的积极反应就是批判与选择，而不是恐惧。一个时代的文化需要的是寻找与新的社会状况相符合的精神结构与价值观念，它必须对旧有的价值体系作严肃的剖析，任何没有冷静的谛视与评判的文化创造似乎是不可能的。

一、面对官方的传统文化圈的人性呼唤

中国现代女作家的总体思考背景是面向世界的现代文化建设中的历史反思，是面对封闭的、官方的传统文化圈（非民间文化圈）及其社会心理障碍而奢望、渴求、呼唤一种基

于人的发现的自觉，带给我们一种强烈的时代趋向，并不自觉地积存为一种现代的接受背景。在漫长的封建社会中，根本不存在"女性"的概念，女人们小心翼翼地用"未嫁从父兄""出嫁从夫""夫死从子"及"妇德""妇言""妇容""妇功"这"三从四德"来约束自己，封建礼教使女人不可能以平等的姿态对男子作出道德审判。封建文化的系统周密、强大、深固，从夫权、族权到神权，从物质到精神，从现实世界到想象世界形成一个毫无女性话语的观念网络，女性要摆脱这一环境，就必须冲破封建思想的束缚，进行有效的抗争。抗争的核心精神必须是充分现代的，即符合"现代人"的意识、科学的意识、启蒙的意识等，其中充满着对旧传统历史载体与文化载体的抗争。

现代女作家怀着"不仅做女人，还要做人"的理想，以初步觉醒的情怀，关注女性命运，用文学在古老、禁锢、封闭的疆土上鸣放了"人的自觉"的礼炮！从陈衡哲于1917年6月发表《一日》始，中国现代女作家先后开始抒写自由、抒写人生、抒写爱与美，强调文学所承载的文化内涵以及审美反思的文化价值。对个体而言，它标志着一种人格的死亡，与一种人格的诞生，对国家民族的文化而言，导致中国文化深刻而艰难的转型。中国现代文化女作家义不容辞地担负起文化变革的神圣职责，一出现就打着"背叛者"的旗号，她们深深地洞察到女性文化在新的文化大冲突中所表现出来的无奈，便把自己的怨愤和不平投射在反传统的形象之中，甚至对女性的传统身份都产生了怀疑。这不仅是对男权文化对女性形象臆造的一种反叛，也是女性作家对自己的过去与未来开始的思考。

二、先知先觉与妇女解放紧密结合

"五四"时期的陈衡哲、冯沅君、庐隐、石评梅、陆晶清、苏雪林、凌叔华、林徽因、白薇等作为一个群体崛起于文坛，与男性作家并肩前行，这一现象，在"五四"以前是没有出现过的。"五四"女作家将"人的觉醒"同妇女解放紧密结合起来，以无比尖锐的批判意识唱出了对封建礼教的诅咒之歌。冯沅君在《慈母》里指出受封建礼教毒害的"慈母"又对子女进行毒害，这恰恰是封建礼教本身的残酷。此外，女性作家把人性意识的觉醒同对旧制度的揭露、批判和对违背一切人性的事物的鞭挞结合起来，例如冰心的《斯人独憔悴》《超人》《两个家庭》，庐隐的《一封信》《海滨故人》《丽石的日记》，陈衡哲的《波儿》《巫峡里的一个女子》，冯沅君的《隔绝》《隔绝之后》《旅行》《灵魂可以卖吗》，石评梅的《这是谁的罪》，苏雪林的《绿天》《棘心》，凌叔华的《中秋晚》《有福气的人》《花之寺》《疯了的诗人》以及白薇的《琳丽》等，她们提出了诸多的社会问题，描写了女性从几千年的封建文化中自我觉醒的过程，表现了她们的独立人格，讴歌了她们为实现美好理想而献身的精神。她们沉睡的灵魂已经苏醒，她们已经开始找回自己的生活！这就使中国现当代女作家一开始就留下了千古不凋的青春风采，她们以现实主义的精神来赞美新时代的诞生，以浪漫主义的色彩来描绘对新时代的憧憬。像露莎一样的许多女性有深刻的理性的一面，也有感性单纯的一面，说其单纯是因为在现代作家的笔下，叛逆的女性往往仅仅依靠个性解放，而忽略了在当时的社会，女性解放的道路必须是整个社会解放的一个组成部分。现代文化精神的存在必须以社会的解放为前提。

三、将个性解放与社会解放相结合

20世纪30年代的女作家丁玲、萧红、冯铿、沉樱、关露、袁昌英、陈学昭、葛琴、草明、白朗、罗淑等与"五四"时期的女作家一样，将个性解放与社会解放相结合，将"人的觉醒"与"民族觉醒"相结合。丁玲的《分》、萧红的《生死场》、冯铿的《突变》、沉樱的《下午》、关露的《童工》、葛琴的《总退却》、草明的《倾跌》、白朗的《叛逆的儿子》，把关注的对象投向平民百姓，对妇女解放的含义和前途展开沉思。萧红的《生死场》蜚声文坛，在国民性思考的文化主题上拓展了新的审美世界，对传统社会积淀于世俗生活深处的种种病态心理给予深刻而犀利的揭示，形成整体文化反思的时代视角与历史容量，形成民族自立、发展的文化课题。40年代的张爱玲、梅娘、吴瑛、蓝苓、郁如、陈敬容、郑敏等女作家汇入现代女作家创作大潮之中，让中国文学文本有了更丰富的内涵。她们的写作富于情感的解放、思想的推进、精神的探寻，向纵深发展时必然与积淀在民族文化心理深处的障碍相遇，从民族危机的时代前沿到乡土中国背景深处，开始更深层次的文化批判。在张爱玲的《传奇》里，随处可见这样一幅生活图景——"高大阴森的老宅里，到处散发着陈腐的气息。卷着云头的花犁炕床上，端坐着一位白发苍苍的老太太，跟前是成群的儿孙媳妇，不远处的烟榻上，斜倚着一位晚清的遗少，正在孜孜地吸着鸦片……"❶一幕幕中国古老大家庭发生在一天、一百年甚至一千年中的生活情景，是一种共时性的历史文化坚厚的沉积层及其重压下普遍而久远的悲剧形态，这种历史文化导致人类精神家园的丧失。我们不难觉察女性作家对这种文化"现状"的忧思和慨叹，更能深刻地感受到女性作家对自身民族文化进行的无情的鞭笞、揭露以及批判，深沉的心理动机与文化策略。

第二节　西方现代文化心理的影响

构成中国现代女作家文化心理的一大因素是西方现代文化心理的影响。首先是"女权主义之母"沃斯通克拉夫斯在《女权辩护》中提出，关心妇女的一项重要举措是"纠正她们对小说的爱好"，其次是女性群体创作成为西方现代文学创作的根据地，于是"女人与小说"的话题便开始浮出水面，并吸引弗吉尼亚·伍尔芙就此作了著名演讲。

一、西方女性文学观的影响

在伍尔芙看来，小说与女人的不解之缘主要在于其适合

---

❶　张爱玲：《张爱玲文集（第4卷）》，安徽文艺出版社1992年版，第73页。

女性的生活方式与内在需求。首先，小说是一种"最不集中的艺术形式"，小说写作比戏剧与诗歌更容易时作时辍。因为无论如何，小说是通过"讲故事"这一形式来自立门户，在这里，诸如日记与书信这类通常为女性所擅长的文体，同样也是叙事主体建构小说形态的基本框架。不同于诗歌所要求的一气呵成，对故事的叙述不仅允许时断时续，而且在基本构架成形之后，沿着主要脉络的展开和对局部的落实与将细节充实等工作，也需要细水长流地逐步进行。这无疑为乔治·爱略特能够常常丢下笔去护理她的父亲，夏洛蒂·勃朗特可以从容地暂且中断思路去削马铃薯，以及其他绝大多数须在写小说与做家务上两不误的妇女提供了极大的方便。就像特里·洛弗尔所说："写小说是一种家务性的工作，这里家庭和工作地点从未分开过。"其次，小说故事的材料主要是各种道听途说的家长里短，较之于诗歌对微妙的意象与韵律等的惨淡经营，小说在文化修养方面的要求显得相对要低。这为向来在接受教育上难以同男性相比，却有机会收集各种闲言碎语、传播奇闻逸事的女性，提供了又一个机会。最后，无论东方还是西方，长期以来总是被要求恪守"妇道"的女性，从来无法像男人们那样，能够通过逐鹿中原、驰骋疆场来实现其毕生抱负，借浪迹四方的游山玩水和围猎交友等来得到娱乐。以虚构人世和想象人生的方式撰写/阅读小说，则成了足不出户的女人们的一项最佳的自娱活动。

二、解决本身的社会文化各方面的问题

在我国新文化运动的高潮期，对西方文化、西方思想以

9

什么样的态度去理解最好？虽然西方思潮本质上是为了解决
其社会文化各方面的问题而产生的，其思想来源自有其故，
现当代女作家们虽作为"参考"，但这种"参考"很重要，
特别是自由与民主，是属于开放性的系统，是关心中国民主
自由的知识分子努力的目标。此外，促使她们不断重复这一
话题的原因，是女作家的全球性的崛起，以不可阻隔的现代
心理之势关注文学创作。简·奥斯汀的《傲慢与偏见》，围
绕班奈特太太如何把五个女儿嫁出去的主题展开故事，最后
爱情终于打破了傲慢与偏见。女作家在描写人们日常生活中
各种错综复杂的琐事、内心情感和人物性格方面很有才能。
此后又有夏洛蒂·勃朗特的《简·爱》名声大振。19世纪
的英国，人们对妇女从事文学创作仍有极大的偏见和抵触情
绪，在发表《简·爱》时，夏洛蒂不得不使用一个男性化的
化名——可勒·贝尔，《简·爱》得到广泛欢迎后，这位作
家性别的猜测一时间成为热门话题，当时已驰名文坛的萨克
雷一眼看出："它是一个女人写的，但她是谁呢？"然而，
《简·爱》的意义不仅在于使英国文坛发现了夏洛蒂·勃朗
特，而且使全世界千千万万的女性从《简·爱》的身上找到
了追求平等与自由的精神资源。和《简·爱》同年成书的艾
米莉·勃朗特的《呼啸山庄》虽没有像《简·爱》那样得到
热烈的回应，女作家放弃了那种从头说起的叙事手法，用心
理小说代替了情节小说，将凯瑟琳与希斯克利夫这对情人情
感的深沉性、激烈性与极端性写得淋漓尽致，多少年后，
《呼啸山庄》成为西方学者们欲琢磨个究竟的一块玉石，将
笼罩在作品中百思不得其解的谜面背后那丰富的答案解释开
来。20世纪，美国女作家米切尔的长篇小说《飘》成为享

誉世界的爱情小说。《飘》揭示出女性在时代的巨大变动过程中怎样把握自己的命运，也揭露了男权机制以及这种机制所产生的文化与意识形态下的"经验世界"："男人可以把世界上无论什么东西都能给女人，就只不容女人有见识。"最后，值得一提的是挪威戏剧家易卜生的戏剧《玩偶之家》。这是在欧洲 19 世纪末妇女解放运动成为中心话题的氛围中创作的，易卜生以一个女性真实的故事为蓝本创作了此剧，提出妇女人格独立以及一系列与妇女切身有关的问题，因而曾被视为妇女解放运动的先驱。娜拉的出走这一戏剧高潮极大地影响了中国现当代女作家，她们纷纷在自己的作品中演绎个性独立、追求自由平等的新女性形象，"出走"成为一种与基本欲望相一致的、针对男权秩序的结构性话语，成为现代文化的独特性心理模式。传统文化的现代化在 20 世纪初的特定历史背景下凸显出来，民主与科学的现代精神，揭开了中国文化由传统转向现代的新纪元。在由传统向现代转变的社会和文化氛围中，在新旧交替、除旧布新的大背景下，中国现当代女作家以独特的文学创作方式站在新时代思想文化舞台前沿，以群体的形象在平等的觉醒的人的位置上言说女性心声！

第三节　中国现代女性文学的文化价值取向

女性文学作为一个社会文化系统被不动声色地沉淀下

来，遗留在中华民族的骨髓之中，同时也历经了历史的风雨，最终积淀为一笔文化宝藏。尤其是在中国现当代文学的发展中，女性文学愈加突出，内容和形式也不断完整化，在丰富中得到嬗变，并在 20 世纪的中国文学中形成一股比较明显的集体无意识的创作潮流。

女性文学是指女性作家以鲜明的女性意识观照和表现女性生存本相的写作。一是内容上，女性文学必须以"女性"为主要表现对象，应该强调的是女性文学所表现的"女性"必须是作品中女性生活和女性文化的主要部分，而"女性"生活、奋斗的事件没有成为小说的主体，是不能被称为"女性文学"的。二是创作主体必须是女性，女性的自我言说，作为一种"特殊的写作实践"其自身就带有"进步性"。

女性本身不仅是一种生理现象、心理现象，更是一种社会现象、文化现象，其蕴含的丰富性至今仍被许多社会学家、历史学家、民俗学家乃至宗教学家所关注，当然也成为文学关注的对象。尽管由于诸多原因，女性文学未能最终形成约定俗成的概念，但许多作品在不同时期的经典意义显然超越了概念的局限，在发展过程的丰富和嬗变中逐渐显露出明晰的脉络，在文化的表层面上越发呈现共同的规律和趋势。因此，在亚文学的研究中，女性主义小说的概念仍是严格的。

1918 年，《新青年》第 5 卷第 4 号上发表陈衡哲的近千字的对话体小说《老夫妻》，意味着作为中国现代女性叙事的同步相随。她的这些成果在 10 年后以"小雨点"为名结集出版。陈衡哲以一种诗意的笔调描写的爱情悲剧《洛绮思的问题》，叙述者在给予女主角对事业的执着以充分肯定的同时，也没有回避女性作为一个完整的"人"所必须面对的更高层次的挑战与追求。正是从这阵充满诗情与爱意的"小雨点"中，走来了中国女性主义小说创作的第一方阵，由"洛绮思的问题"引发的一系列"问题小说"，构成现代中国女性叙事的第一波浪潮。冰心从1919年于北京《晨报副刊》上发表《两个家庭》开始从事小说写作，在《两个家庭》《斯人独憔悴》《去国》中陆续探讨了诸如"人生究竟是什么"和"支配人生的是'爱'还是'憎'"等问题。正是从《两个家庭》这篇小说中，在冰心写作中具有决定性意义的"爱的呼唤"开始浮出水面。同时期登上现代中国文坛的冯沅君，其小说的一个突出之处是对由来已久的"男优女劣"格局的颠覆。曾被鲁迅称赞为"精粹名文"的《旅行》同《隔绝》和《隔绝之后》，是关于一对自由相爱的青年男女的悲剧三部曲。小说取材于作者表姐吴天的婚姻遭遇，以故事里的女主人公为叙述中心，她是这段爱情的施动者的主体，最终也由她的自杀来成全这个故事。《隔绝》三部曲所表现的一个基本主题是性爱与母爱的冲突。叙述者一方面对这种冲突中所表现出来的传统儒家伦理观的似是而非有所体会，意识到"世间种种惨剧的大部分都是由不自然的人与人间的关系造出来"。

中国现代女作家走出传统旧学，在理性观念上具有自觉的妇女解放意识，体现出对传统中国文化精神模式的背叛和现代文化精神的可能性实践。陈衡哲、冰心、庐隐、冯沅君、石评梅、陆晶清、白薇、苏雪林、凌叔华、袁昌英、丁玲、萧红、张爱玲等女作家无不在中国传统的封建纲常伦理这一压迫/反抗的关系中确立自己的人生坐标，为被侮辱与损害的女性作家不计成败、不问收获地去抗争，批判传统文化中落后的制度文化、礼仪文化、风俗文化等，救渡国人孱弱的灵魂，利用文学作为一种精神文化形式在发展过程中具有的相对独立性，对现代文化精神合成一次强有力的观照。

"五四"新文化运动造就了一个思想空前解放的时代氛围，同时打破了罩在文学外面的封建专制的硬壳，这就促使有关女性题材的作品如新蛹破茧而出，产生了一批现代女性文学作品，如冯沅君的《慈母》、庐隐的《海滨故人》等为数不多的女性文学作品成为激励一个时代的女性青年冲破黑暗专制走向光明前途的领航灯。20世纪40年代后，中国女性文学向更深更广的层次开拓，一些浸润传统文化比较深，又接受了部分新思想的各式女性都转而热衷女性题材的小说，张爱玲的《金锁记》透过女性一个个残破的旧梦和颓败的故事，让我们看到了整个时代兴衰的历史、社会政治经济支荡斗争的现实以及传统文化式微的命运，作者不再仅仅把女性作为一个对象，而是通过它自身带来的重重矛盾和危机来表达作者关于人生、关于社会的不同话题。现代女性文学借助于女性"干预生活"，揭示社会现实矛盾仍是主流，对于整个民族文化的探讨，偶有闪现。现实批判大于历史批判，文化批判大于社会批判。不仅在文学艺术技巧和形式策略上变革了现代文学的创作，而且使现代文学的创作视点和思维方式得到重大调整。就是在向内的深入开掘和向外的广泛吸收中，"女性"这一传统题材从地下浮现出来，并被赋予新的寓意。可以说，直到这时才出现真正意义的中国女性文学。可以说中国现代女作家的创作是社会发展到自觉阶段的结果，其内容和形式形成一些完整的文化价值取向。

一、女性与爱情的价值抉择

中国现代女作家切入了爱情价值的抉择。由于中国历史、文化的特点，中国传统文化中的爱情价值的抉择尤为复杂，这与中国家族传统文化在性爱关系上的二重性密切相关。一方面允许一夫多妻、宿娼嫖妓，另一方面不允许婚姻自由，让女性立着贞节牌坊，从而造成一幕幕爱情悲剧。中国现代女作家的爱情价值抉择是以"爱的解放"的姿态出现的，"五四"时期主要提示的是精神一面——"爱情"是对"爱的权力"的收回。与此同时，20世纪30年代现代女作家又大胆突破题材的禁区、触及"性"的问题，力图将人们的性行为与其他行为一样正常化，而同时代的现代男性作家对于"性"依然是讳莫如深的。"五四"时期女作家所提示的妇女解放最突出的表现就在于追求爱情，父母作为压制青年爱情幸福的力量，必然处于被审问的位置。作为女主人公恋爱对象的男性往往都是同学、师友，被否定的都是父母指定的权贵富家子弟。

《隔绝》里的维乃华沉重地说："我的一生可说被爱情播弄够了。"因为她爱自己的母亲，所以不敢解除由母亲包办的和刘家的婚约；因为她爱自己的情人，她就得牺牲名誉，牺牲天伦之乐。这种复杂的、矛盾的、熬煎着心灵的情感的旋涡，深刻地表现了处在那个"交替"时代、有着爱情觉醒的人们的心理状态；女主人公的执着追求、坚定意志和冲决"隔绝"的决心，则又表达了一个不可逆转的历史潮流：爱，是不能被扼杀的！《海滨故人》中的露沙对爱情婚姻也有着一种超凡脱俗的见解，并且敢于突破封建礼教的樊篱，热烈地爱上一个有妇之夫；但又常为习惯势力所苦，甚至痛不欲生。社会的污浊和爱情的苦恼，就像一面网把她网住，使她进也不能，退也不甘。其实，露沙的矛盾和困惑，正是那个过渡时代的矛盾的必然反映；在她的形象中，集中体现了"五四"刚刚过去的年轻小资产阶级知识者的觉醒和热情，也反映了当时女性对爱情的执着追求。丁玲的《莎菲女士的日记》大胆地写了莎菲对爱情关系中的灵与肉的思考。丁玲既否定忠厚的苇弟，又否定了徒有其表的凌吉士，从心灵和外表等多方面思考女性的爱情标准。"我总要有那么一个人能了解得我清清楚楚的，如若不懂得我，我要那些爱，那些体贴做什么？"莎菲这一段内心独白表明，女性的精神共鸣的要求已发展为灵与肉的统一，女性呼唤男性的理解，只有在女性真正摆脱女奴的心灵阴影时才能成为可能。《莎菲女士的日记》充分高扬了人的主体意识，从肯定爱情的合理性到逐渐展开性爱思考，从禁欲的爱情观到建立灵与肉相统一的性爱观念条件。20 世纪 40 年代的女作家笔下的女性形象把谋爱与谋生紧密地联系起来，当女性无法生存时，她们只好去嫁人，无论是知识阶层还是普通百姓都难于幸免。如张爱玲笔下的曹七巧（《金锁记》）、苏青笔下的苏怀青（《结婚十年》）、梅娘笔下的申若兰（《春到人间》）、萧红笔下的翠姨（《小城三月》）、郁茹笔下的罗维娜（《遥远的爱》）等，这些女性不得不为自己的生存而寻求被爱。

其实，以婚姻维持生存，这是现代文学特别是 20 世纪 20 年代乡土小说中绝大多数女作家关注的话题，作品中的女性或被丈夫典当，或为谋生赚钱，都无一例外地为了自己或他人的生存而沦为畸形婚姻中孤苦无告的悲剧典型。苦苦挣扎于实际的生存困境中的女人们，她们真正能做的，除了一洒同情泪之外究竟还有什么？只有《倾城之恋》中的白流苏，变畸形婚姻中的被动者为主动者，虽免不了恶俗（将婚姻与生存联姻在什么时候都似乎是俗气的），但毕竟是为了维持绝境中自身的生存。而且，这项生存的职业又是那般艰难——白流苏的那种拿前途作赌本的悲壮，她的小心警惕、患得患失，受到侵犯想表示清高却仍是无条件屈服的难堪、愤懑和无奈。人们在给予那些被动地以婚姻为职业的女性过多的同情和悲悯的同时，却鄙夷地冷酷地谴责白流苏以婚姻为职业，除了过分注意她使用手段的明确的目的性、技巧性及其成功的结局外，也许白流苏的主动性才是人们鄙视她的最主要原因。这种因态度的被动或主动（尽管同是出于无奈）而对之或同情或鄙视的做法是否意味着这种批评仍是在一套男性话语中进行？这是一套高高在上的话语，他们对女性的生存进行着种种的道德评判和社会评判。只有同为女性的张爱玲，对女性生存本身进行了客观的观照和描述。在白流苏寻求婚姻的过程中，虽然范柳原难得地嘴中说出"我爱你"三个字，白流苏却疑惑这是场梦，一场抓不住的、无凭无据的梦。她更迫切需要的是实实在在的保障，是婚姻的保障。婚姻有了保障，也就是生存有了保障。所以做了范太太后的白流苏虽再也听不到范柳原原先说给她听的那些甜蜜的话语，他们却仍然能够在一起和谐地"过了十年八年"。

　　20世纪40年代，苏青的小说《结婚》也表明，源于浪漫精神的诗性创造并不是男欢女爱的同义词，其骨子里乃是对世态炎凉的一份理解和对平凡人生的一种体贴。在此意义上，她的叙述与萧红异曲同工。《结婚》的故事普通得不能再普通：出身乡绅大户人家的女大学生怀青，16 岁时遵循父母之命订了婚，同门当户对的崇贤成婚。但这场婚姻一开始就没有根基。谁都没有成心拆散这场婚事，谁也都不是太过分的人，仅仅只是当事人双方由于年轻与个性，以及男人不可避免的自我中心和女人多多少少的小姐脾气，使这对夫妻情谊耗尽、缘分终结，虽偶有一点小小的讽刺但并没有控诉，有的只是人世的理解与体谅。即使是找到了，也未必是长久的保障，只不过是一个"美丽而苍凉的手势"，上升到哲学意蕴为人类的理想主义和幻想破灭的永恒循环。

二、女性与社会解放的永恒追问

"妇女解放的第一个先决条件就是一切女性重新回到公共的劳动中去"，❶ 是否介入社会，实际上是决定女性命运、女性素质的一个妇女解放的基本问题。"五四"女作家第一次大量表现了妇女对社会生活的干预，思考使妇女对社会生活的介入成为一个具有广泛意义的文学母题，女作家在直面广阔的社会现实时，表达了觉醒女性服务社会的人生理想，同时也真诚地坦露了她们追寻这个理想过程中的种种精神困惑。丁玲的《一九三〇年春上海》里的美琳，追求新生活的苦闷、彷徨的心情，在当时的女性中具有一定的代表性。她出于对子彬的崇拜而冲出家门和他生活在一起。表面上看，子彬待她很好，他们是美满的一对；而实际生活她不过是子

---

❶ ［德］恩格斯："家庭私有制和国家的起源"，见《马克思恩格斯文集（第 4 卷）·上》，人民文学出版社 1972 年版，第 279 页。

彬"工作后之娱乐"的一个家中玩偶，美琳渐渐意识到这一点，并且不愿这样生活。她要求自由，要求到公众的行列中去寻求"生活的意义"。于是她的爱情生活与向往、追求便发生了矛盾，在若泉的帮助下，她终于参与了社会活动，懂得了生活意义，更懂得了自由的价值，成为一个时代女性。美琳两次冲出家门的情节是颇有深意的，如果说第一次冲出家门与子彬结合，是对封建传统礼教的背叛；那么第二次冲出家门走向社会，则是对恋爱至上主义的否定，不仅懂得了现代生活的意义，更懂得了自由的美好。丁玲给文坛贡献出了一位矜持、从容、冷静而又丰富的女性，让众多的女性不再梦醒之后无路可走，与此同时，这位走向社会的女性又提示了家庭的要义：你束缚了另一半，也就束缚了你自己。不给人自由的人，他/她自己是最不自由的。从未有过未获得解放的女性让家庭充满快乐。没有女性的瑰丽与轻松，没有女性素质的提高与潜能的发挥，这样的社会何谈文明与进步？现代女作家的作品，负载着更深一层的现代文化意蕴。中国现代女作家在新旧文化嬗变之际如何参与社会文化建设，为现代文化形态提供了创造性示范。女性要争回做人的权利，必须冲破家庭樊篱，参与社会公共生活，在文化建设上开自由风气。现代女作家站在时代发展的制高点上，对中国现代社会存在的人道主义、自由主义乃至现代主义等西方几个世纪里多种话语关心的社会、历史、哲学、问题进行思考，表现出一种外向的社会要求。《金锁记》通过一个初级社会群体来映现整个社会的方法，这样既集中体现了家族文化的基础性，又便于从更深的角度、更广的范围触摸民族文化的底蕴。同时，张爱玲清醒地看到了传统理想无可挽回的衰败，又对其中许多内容依依不舍。作品流露出浓厚的挽歌情调，它试图在"价值迷失"的现代给民族精神再开一剂拯救的灵丹妙药。从"女性"中寻找"文化家园"是这一时期乃至整个中国文学的主要特点，这一时期女性主义小说带有更丰富的文化色彩，呈现多元化文化探索的趋势。其中包括从对民族的历史风云和动荡的重新描写及地域性风俗民情的展现，如冯沅君的《贞妇》，也包括对封建余孽的揭露，对封建文化在现代文明冲击下解体的描述；冰心的《寂寞》，也有汉民族文化的透彻体现；还有萧红的《呼兰河传》等。尽管这些作品形态各异，但目的是共同的，通过"女性"这一母题更多地同中华民族的历史与现状接轨，探索民族兴衰的原因，揭示民族文化的底蕴、寻找民族精神的家园、展望民族的未来。"女性"主义小说的继续深化和发展，仍是我们屡屡重温的话题。

三、女性与伦理观的不断探询

女性传宗接代的生育繁衍的过程，使女性与血缘关系成为一种特殊的社会现象或心理现象。血缘被凝结为一种文化的纽带，血缘和伦理成为中国文化的首要观念，因而女性与伦理及其有关女性文化的社会制度观念也是女性主义小说重要内容之一，通过对女性文化的解剖，可透视整个民族的文化。以儒家文化为代表的中国家族文化也相当完善，并成为中华民族"文化传统"的本质，血缘意识和伦理观念作为文化寓言等越来越被强化或赋予新的含义。在"妇德""妇容""妇言""妇功"的四德的伦理观念中，女性为之付出血的惨痛代价，如丁玲的《我在霞村的时候》里，写到了贞贞这一女性形象。女作家出去散步，听到村里的人都在议论贞贞，说她不应该回来，说她比破鞋还不如……女作家感到很不愉快，便回去了。过了一会，刘大妈等人来看女作家，并跟她说起贞贞：贞贞的父亲替她讲了西柳村一家米铺的小老板，做填房。贞贞不愿意，她赌气跑到天主教堂里找陆神父要做修女，偏巧这天鬼子打到霞村，贞贞没跑掉，被鬼子抓去，落入火坑。现在她回来了，可身上已有病，小老板那头亲事也就吹了。贞贞是一个不幸的女性形象。她在敌人军队中一年多，身心遭受到极大的摧残，但没有泯灭爱国的良心，她两次从日本军队中逃跑，并与游击队取得了联系，以自己特殊的身份，带病冒险给游击队送情报，为革命作出了自己的贡献，但仍然不被同村人理解。一切生命的尊严、崇高、纯洁、健康和美丽都在封建伦理的压制下消亡殆尽，以此表达悲观的历史观、使充斥内心的焦灼和压力找到可以释放的场所。小说中的一句"比破鞋还不如"，概括了贞贞这位女性的命运。漫长的封建专制淫威扼杀了女性本来就微弱的自我意识，而以伦理为中心的传统文化更给这种对政治的疏离蒙上了一层道德的光环，同时也隐伏了伦理纲常的虚伪。

梅娘于1940年出版短篇小说集《第二代》，1942年定居北京后陆续出版了中短篇小说集《鱼》（1943年）和《蟹》（1944年）等。梅娘小说最具代表性的是《鱼》，这篇小说在精神上仍继承"五四"以来的中国女性叙事的传统，从捍卫女性的婚姻自主权入手，表现女性的精神追求。故事里的"我"本也是大家闺秀，由于自由恋爱而同父亲的家庭断绝了关系。但同居后才发现自己的恋人其实是有妇之夫，情感的孤独使"我"又成为恋人的表弟的情人。但围绕这一切的，是女主角作为一现代"人"的情感交流的愿望的失败。对于小说中的这位女主角，"需要的不是外形离开我的家，我要的是精神的解放，我要爱"。但小说并没仅仅重复已有的思想启蒙，而是通过女性应该摆脱"面子"的问题，对女性的自我意识和自强精神作了更进一步的强调。作品里的"我"富有激情，能够向她的情人独白："我多傻呀！为什么我要在人前装着我丈夫是爱我的，为什么我要隐瞒着我们是没有结婚就有了孩子的事，为什么我夸耀着事实上早已和我没关系的我的家，为什么我逢人杜撰理由证明我的丈夫是没结过婚的，我为什么在事实上要顺着人们的意思委屈着我自己呢？我为什么要一般人承认我是和他们一样的人呢？"最后大胆地陈述："我不否认我是一个多么渴于爱情的女人。"可以说不同时代对女性与伦理的不同展现，能够为政治批判、文化反思、文化寻根提供各自合适的土壤。

第四节　中国现代女性文学的文化审美范式

中国现代女性文学的发展是中国文学发展到自觉阶段的结果，它积淀了中国现代女作家的创作规律，并以成熟的形态体现出来，在内容及创作形式上形成一些完整的创作范式。

一、范式之一：主观抒情

现代女作家的文化心理更接近于自然，有着女性的独特情怀。她们敢于承认人的独立性，承认个人的意志与愿望，特别是承认人的感性的生命欲望及人的自然人性的合理性。她们不断地诉说着母爱、情爱、博爱，将受压抑的集体无意识导向为力量强大的现代文化内涵，表现出对人与生俱来的素朴的人性与生命意志的关注与肯定。

活跃于中国现代的女作家群，并非一夜之间突然冒出，她们经受过"五四"人文精神的洗礼。从"五四"时代走过来的新女性，在她们身上，深烙着鲜明的女性自我意识，简单地说就是女性对自身作为"完整的个体的人"的意识。这些女作家的文化心理之一是抒写自我。从"五四"时期的冰心、庐隐，到张爱玲、梅娘止，自叙传的抒情模式屡屡介入，作家们的整部作品，有如一首激越的抒情长诗，无论是作者对客观世界的观察与认识还是主人公对人生的展望与追求，通过作家的主观抒情，淋漓尽致地表现出来。她们高扬个性解放的旗帜，呼唤女性的觉醒，表现女性压抑的沉重和女性角色的艰难，体现了作家的文化内视品格。现代女作家的创作意味着女性经验从此可以获得"现代形式"，女性从黑暗中浮现出来，写作成为女性进行自我救赎的途径，通过写作唤醒并恢复她们的真实意义。

在中国现代女性文学创作中，有一个不容忽视的重要现象，就是作家善于写女人，也长于写女人。作家笔下的女人，无论是主角、配角、用墨多少，也无论是作家精心刻画的，还是大致勾勒的，大都能有灵有魂栩栩如生，以真情、真性吸引人、感动人。如今，从作家笔下走出来的女人们已经形成一个色彩斑斓的人物系列，一个带有地域与时代色彩和文化意味的形象群体。

可以说女作家创作，已经构成一个不变的话语中心，女人已经占据一个永远的主角地位，无论她承认与否，对于女人生命力量、生存困境、心理情愫、命运历史的探寻追求，实际是她观察与把握社会、历史、人性并进入文学创作的一个视角与切入点，也是作家创作精神上的一种潜在动力与文化追求。作家在不经意间已经把自己的灵智、思考、情感、希望都寄托在她笔下的那些女人身上，并由她们引领着她在艺术境界中开拓与升腾。因此，分析与研究女作家笔下的女性世界，也许能比较准确地索解与阐释其创作的奥秘与意义。

人只有在确定了自我本质之后才能把自己的潜在能力和意愿贯彻到未来的生活中去，才能把生命活动的各个表面上的片断统一起来，并赋予一以贯之的意义，唯有这种统一的、有意义的生命活动及其实现，才能反过来提高自己的自我评价和生活观念。如果把生命作为一叶孤舟，把生活比作大海，那么自我心理本质就是一座灯塔。现代女作家无一不在试图找到真正的自我本质，以便达到自我的实现，获得生存的价值与意义。如萧红所寻求的人生道路是"五四"新文化思想旗帜对她一生文化活动的影响，是她从个性的叛逆到精神家园的寻觅而形成"伟大的孤寂"的历史升华。在一个人的心目中越是缺乏的东西，就越想得到。从萧红的生活经历以及社会环境中，可以看到，她依附男子的家园意识以及

现实生活中的家园都让她深深的失望。她一度在爱中丧失了
自己的精神家园，但当她经历了爱的风风雨雨之后在事实教
训下意识到不能依附于男子时，她找到了自己的精神家园。
这个家园是她自主设计的，不再需要降低人格、付出屈辱的
泪水、经受难堪的身心折磨，有"许多美的人和美的事"。
她以优美的笔调描绘了故乡优美的自然风光，生动地传达了
弥漫于乡野之间的温暖的人情味。在她的作品中有对故乡火
烧云的动人描绘，有对生机勃勃的三月原野的热情礼赞，有
对"热热闹闹的大花园"的诗意描绘。描写人物，她注意更
多的表现人善良美好的一面。即使是母亲，她在《小城三
月》里也把母亲描写成一个体贴青年的开朗母亲。萧红对她
笔下的景物与人物的美化与诗化，正是她故乡家园意识的突
出表现，故乡可爱的环境、可爱的人物成了排遣她心中的寂
寞、充实自己心灵的精神寄托。正如茅盾所说："对于生活
曾寄以美好希望但又屡次'幻灭'了的人，是寂寞的；对于
自己的能力有自信，对于自己工作也有远大计划，但是生活
的苦酒却又使她颇为悒悒不能振作，而又因此感到苦闷焦躁
的人，当然会加倍的寂寞；这样精神上寂寞的人一旦发觉了
自己的生命之灯快将熄灭，因而一切都无从'补救'的时
候，那她的寂寞的悲哀恐怕不是语言可以形容的"。❶ 如果说
萧红的追求是寂寞的，那么张爱玲的内心深处则是苍凉的。
张爱玲的小说执着于现实婚姻的世俗性，强调在这样一个乱
世中，生存意识是整个人类，尤其是女性的最基本意识之

---

❶ 茅盾："《呼兰河传》序"，见萧红：《萧红文集（第2卷）》，安徽文艺
出版社1997年版，第10页。

一。像白流苏那样，以婚姻来换取生存的资本是部分女性的无奈而又必然选择；为了生存，张爱玲笔下的人物都毫不犹豫地坚持着"走！走到楼上去"，并费尽一切心机换取"开饭时候的那一声呼唤"。张爱玲撩开了萦绕在爱情周围的神话般的面纱，让爱情从神话的殿堂走向了世俗的婚姻。在张爱玲的心中，人是无法做纯真爱情的主人的，爱情常常不得不因掺进了利害上的权衡而变质，因沾染了金钱的铜臭而变味，这才是生活的本质。所以张爱玲往往将男女之情放在人情世故、社会风俗的大框架中，作为人情世俗生活的一部分来加以描述。世俗的婚姻摒弃了纯洁和浪漫，而代之以为满足情欲、物欲而谋算的功利色彩。对女性而言，就是"以寻找一个合适的男人，建立一个可以存身的家庭为人生最终目标。虽然当事女子对合适者未必喜欢、未必爱恋，但对方能提供经济地位的保障，或者还有一定的社会地位，这便可以了"。张爱玲对女性悲剧宿命的清醒而又独到的揭示，使人们深深地意识到在这样一个做奴隶而不得的乱世中，在传统文化的限制压迫下，女性的要求已降到了最低限度，她们的精神家园已完全丧失。我们发现现代女作家们都经过艰苦的精神探索，找到的精神支点是"以爱为途径达到自我实现"，不管是母爱、童贞之爱，还是人类情爱、自然之爱，都渗透着对美好善良人性的深切怀念的心理。从方式上看，女性主义小说通常采用一种书写"秘史"的方法。尤其是张爱玲，乱世家族的兴衰沉浮和动荡斗争的历史一般总是同一些重大的政治历史事件联系在一起。但张爱玲往往不直接描述这些大的事件，而着重关注和揭示在这些事件为背景影响之下女性成员的思想和行为。写女性"秘史"意味着描写家族事件的内幕，可以窥见一个家族的"隐私"，那些从家庭的深宅大院外无法知道的秘密：权力倾轧，男欢女爱，离经叛道，血亲复仇……正因为发生在深墙大院的背后，道貌岸然，繁华浮靡的家族表象内部，才显出"秘"。揭示了这种"秘"，就从内部动摇，改变了人们对家族的传统看法，就更能从这个特殊的社会后面透视整个时代整个社会的动荡历史。

二、范式之二：悲剧美学

黑格尔说："审美带有令人解放的性质。"❶中国现代女作家审美的主要美学特征是具有现代意义悲剧美。从人物的性格看悲剧人物的行为的目的与手段基本上是协调一致的。悲剧的人物行动或是出于对自由与爱情的渴望，或是出于对现存的政治伦理规范的不满，或是企图对当时的思想认识进行超越，她们的目的和动机往往是合理的、有价值的，而且是具有严肃性的。悲剧人物为了达到自身的目的所采取的多是直接的冲突方式，其态度也是认真坚决的，并且在其超越过程中和陷入困境时，都始终保持激烈的抗争意识和至死不悔的执着精神，应该说这与现代女作家笔下的人物真实目的的实体性相符合。从审美效果而言，悲剧最先引起的是审美主体的"恐惧"和"怜悯"等情绪反应，但随之唤起的是对人物崇高的悲剧精神的"惊赞"及自身情感力量的迸发。一方面，读者面对作品中残酷的冲突和主人公悲惨的结局，自然会产生恐惧之感，而看到主人公为了追寻自己的目标，一

---

❶ ［德］黑格尔著，朱光潜译：《美学（第1卷）》，商务印书馆1979年版，第146页。

步步走向苦难或遭到毁灭也会油然而生怜悯之情。《沉香屑·第一炉香》中的葛薇龙"原是一个极普通的上海女孩子"，纯洁善良、聪颖美丽。继续求学的愿望与欲得到经济资助的需要使她踏进了梁家这个污秽之地，而当她"睁着眼走进了这鬼气森森的世界"后，人性在环境的诱惑与软化下便渐渐地由素朴向华靡发展。最终堕落的她与那些风尘女子的唯一区别正如她自己所言的"她们是不得已，我是自愿的"，等待葛薇龙的未来"只有无边的恐怖"。张爱玲深刻地揭示出葛薇龙的自甘堕落和无奈，令人看了为之感叹、惋惜。另一方面，悲剧主人公，无论是高贵显赫的大家小姐，还是普通卑微的柔弱女性，在残酷的斗争中和苦难毁灭的结局前，都能表现出超常的抗争精神，伟大的人格力量。如庐隐笔下的露莎、萧红笔下的金枝、张爱玲笔下的曹七巧等，她们身上所发生的不仅是女性命运的悲剧，而且是女性自身不觉悟的悲剧，甚至是女性施加给女性的悲剧，读者于怜悯的同时产生一种精神上的振奋和情感上的无奈。

中国现代女作家笔下的悲剧人物大都是那种积极主动去行动的悲剧人物，几乎都具有"主体动机结果完全悖反"的悲剧性现象，如冰心笔下的蕙姑、淑贞，庐隐笔下的云青、沁芝，林徽因笔下的阿淑，罗淑笔下的生人妻，凌淑华笔下的绣女乃至于郁茹笔下的罗维娜等，她们往往是一群觉醒的新女性，她们不断地寻找着追求着个人的幸福、女性的解放。由于她们在追求目标的过程中，只考虑自己的意愿而不顾周围环境的不利因素和自身能力有限可能对其行动造成的影响，一意孤行，结果是自己积极的行动，直接或间接促成了自己的悲剧；而且这种与主体欲望意识逆转的结果造成的痛苦更主要的是心灵上的：心灵上的自我伤害。造成这种情况的原因在于：主体对主客观条件存在认识的片面性，缺乏动态地、全面地看问题的辩证思维能力，因此在动机的形成和目的的实践中只及一点不及其余，显示其突出的任意性。其结果自然是堕落或者回来。另外，由于女性主体的这种自我能力的有限，在外在压力的情况下，自己内心欲望与道德、情爱的冲突使自己矛盾不堪，也预示着女性解放道路中步履的沉重。

萧红的小说有着难以驱遣的孤寂感。由于人生的坎坷、情感的失意，这颗女儿心在人世间难觅契友知音，无法找到慰藉，与群体活动的群体意识相疏离，既无援助又无照应，无从归属，寂寞的心态决定了创作内容的悲剧意识。萧红在她的成名作《生死场》里，通过对金枝艰难跋涉在人生道路上的生动描写，袒露了萧红的寂寞感。当金枝把"甜美的爱情"生活变成"昨夜的梦"，无情的生活把她抛进人生的苦海时，曾经发出孤寂和凄切的呼喊，但她仍在血淋淋的人生苦海里，顽强而艰难地跋涉着，生命之火不灭。这就是萧红寂寞感所赋予自己笔下人物的真实生命。它显示了萧红在寂寞感中对不幸人们的深切同情。

在文学作品中，人们常常关注那种由灾难性的生活变异而带来的尖锐的痛苦，但对作家去反映因年深月久而日常生活化了的痛苦并不在意。在萧红的创作里，她所关注的往往是人们"日常生活化的痛苦"。其实，很难说哪一种痛苦在悲剧美的天平上更有分量。萧红的小说，她把自己对生活的悲剧感受，集中在人类生活中的如普遍而尖锐的"生"与"死"的大主题上。萧红的小说，常常让人们在"生"与

"死"的活动中，展现出他们的灵魂，剖视他们精神世界的孤寂。萧红在孤独中参悟死亡，反省生命的无声孤寂来，但这更加深化了她的孤独。

女作家以悲剧的美学特征再现了女性对理想的追求，也包括为生存权利而作的挣扎，那种执着的不悔的精神激励人心，使读者在悲哀中并不产生绝望情绪，而产生热情，产生积极的希望。

三、范式之三：多元叙事

从形式上看，女性文学是以叙事作为主要手段，但同时，女性文学并没有囿于一种创作方法、一个文学流派，在世纪的变迁中总是作为一股若隐若现的潜流不断被丰富和积淀，每一次哲学和语言学的进展都被家族小说吸收进来用于表现"女性"这个共同的题材。在中国现代女性主义小说中，每一种形式都可能刺激和启发一部分作家，更呈现了创作形式多元化格局。

首先，是叙事方式上的多元化。华莱士·马丁认为："全球戏剧每时都在展开，并分裂成众多的故事线索。这些故事线索只有当我们从某一特定角度理解时，才能被重新统一起来。"● 同样，女性事件仅仅为文学创作提供了素材或者说"故事线索"，而通过不同的叙事方式能够将这些素材以不同的面目呈现，产生迥然不同的思想效果和艺术效果。早期世界女性主义小说和中国女性主义小说都是遵循约定俗成

● ［美］华莱士·马丁，伍晓明译：《当代叙事学》，北京大学出版社1990年版，第1页。

的传统现实主义的叙事方法而进行创作的主要是题材选择的客观性、对于因果关系的强调、对待世界的特定态度，❶对于女性题材来说，典型题材的选择在于选取富有冲突性的或代表性的事件为小说素材；客观性是用第三人称的视角和写实性的语言将家族女性事件描述得更接近其本来面貌；对因果观强调是在小说中揭示事件与事件间、事件与人物间、人物与人物间的内在外在联系和线性的发展过程，揭示决定人物事件发展的必然的政治经济文化背景。如冰心的《斯人的独憔悴》《超人》《两个家庭》，陈衡哲的《波儿》《巫峡里的一个女子》，冯沅君的《隔绝》《隔绝之后》《旅行》《灵魂可以卖吗》，石评梅的《这是谁的罪》，以及白薇的《琳丽》等，都是如此。

其次，作家在表现方法的浪漫主义诗化上的艺术探索渐趋成熟，不以塑造人物形象取胜，也不以曲折离奇的故事见长，而靠人物主观抒情的方法揭示人物的心理状态，直接走向小说的中心：大段大段的心灵独白，抒情的、苦痛的、缠绵而哀婉的情绪弥漫在小说的字里行间。在凌叔华的许多小说中，她经常把闺中倦怠的女人和户外盛开的鲜花相对比，来说明闺中是令人窒息的监狱。在《绣枕》（1925年）中，作者以"在阳光下盛开的大红石榴花"为喻，嘲讽了闺房中无精打采的绣女。在《吃茶》（1925年）中，"红色的玫瑰沐浴着阳光，看上去格外明快"，这与衣着过时、已到出嫁年龄，而渴望结婚的女人形成对比。在《春天》（1926年）

---

❶ ［美］华莱士·马丁，伍晓明译：《当代叙事学》，北京大学出版社1990年版，第5页。

中，闺房中倦怠的少妇遥望窗外，她感到烦恼，因为窗外路边的酸苹果树上挂满了鲜花，招来了蝴蝶和蜜蜂，这棵树看上去像一位头上戴满鲜花的少妇。尤其是在《吃茶》中，人们可以看到一位名叫"芳影"（意即美丽的影子）的古典式闺房美人，她孤芳自怜，常常望着镜中的自己，吟诵赞美这些女性人物是如何情愿接受这种户内生活——这种近乎于死一般的生活，从而暴露出家族制度的弊害——正是家族制度诱迫妇女过这样一种生活。在《春天》中，凌叔华进一步深化了倚窗少妇的主题：倚窗少妇渴求别的男人胜于自己的丈夫，她因此而被视为违反了闺中的生活准则。读者正是通过这一声叹息、一串眼泪、一腔幽怨、一曲哀音或一封信，通过人物之间的倾诉或独白，看到了人物全部复杂的精神世界，从而理解了人物，明白了她们所处的现实环境。《海滨故人》里的主人公其实就是作家自己，因此露沙的主观抒情其实就是作家自己的直接抒情。其他如庐隐的《一封信》《象牙戒指》《丽石的日记》，冯铿的《突变》，沉樱的《下午》，丁玲的《莎菲女士的日记》等都是如此。

再次，20世纪40年代的女作家，例如张爱玲、苏青、杨绛等，运用了一些现代主义的表现手法，多注重文体的意象。"《传奇》里所描写的世界，上起清末，下迄中日战争，这世界里面的房屋、家具、服装等，都整齐而完备，其中视觉的想象，有时候可以达到济慈那样华丽的程度。"❶有强烈的历史意识，且能运用暗喻以充实故事内涵的意义；此外，

---

❶ ［美］华莱士·马丁著，伍晓明译：《当代叙事学》，北京大学出版社1990年版，第1页。

《传奇》又得益于旧小说，对白圆熟，摸透了中国人的脾气。《传奇》的封面设计，借用了晚清的一张时装仕女图，在以土黄色为基调的画面上，端坐着一个身穿晚清服装的女人，幽幽地在那里弄骨牌，旁边坐着奶奶，抱着孩子，仿佛是晚饭后家常的一幕。清末家庭颇为豪气的背景陈设显示了这户人家的身份地位。然而显得唐突不协调的是，栏杆外的窗上有个比例超常的巨大的人形，"像鬼魂出现似的，非常好奇地孜孜往里窥视"着屋里的一切。人形是简单的线条儿勾勒而成的，一张空洞的脸没有五官，给人一种惊骇不安之感，这也正是张爱玲"希望造成的气氛"❶。她的作品对沪港畸形社会及其历史渊源的探索，很能体现出半殖民地半封建中国社会独特的一面，一定程度上把封建文化与资本主义文化在这块土地上的构合所缔造的文化畸形特点作了传神的勾勒。

最后，多元叙事指叙事语言上的多元化，文学语言由叙事方式决定，现代女性主义小说经历了叙事方式上的嬗变，在语言风格上也呈多元化发展的趋势。"五四"时期及 20 世纪 30 年代的女作家，多采用平白如话的语言，叙述的事件和心理活动一目了然，其作品与人体现了个人化和具有地方色彩的语言风格，但仍未逾越现实主义的语言规范。40 年代的女作家开放了文本，也开放了语言。语言符号完全进入一个四处漂流自由组合的状态，延伸着阅读的感觉，弥散着由语言而不是由故事创造的感伤之气。语言的这个功能从体制上解放了女性主义小说，使短篇小说表现女性题材成为可

---

❶　张爱玲："有几句话同读者说"，见张爱玲：《流言》，北京十月文艺出版社 2012 年版，第 268 页。

能。充满象征、隐喻、类比的感觉化的语言对女作家有着直接的影响。

中国现当代女性文学通过对古典文学的继承和西方文学的吸收，逐渐跳出形式主义的窠臼，而趋向适应民族欣赏的习惯。这既是一次妥协，又是一次融合，我们期待着文学的发展和其他文化的渗透交流，中国女性主义小说会寻找更加多元化的新的叙事规范。女性文学在现代的发展和繁荣是我们民族文化发生内外碰撞的必然产物，只要冲突没有最终消融，女性文学依旧会是文学界感兴趣的话题，它的出现既意味着民族的彷徨，又暗示着民族的生机。回眸 20 世纪，面对 21 世纪，中华民族正在积极思考自己的文化选择，在饱受西方文化挤压和冲击的今天，中国现代女性主义小说乃至当代女性主义小说，对女性文化的阐释，不但关系到中华民族的伦理重新建构的问题，还将预示着中华民族在世界范围内精神文化的地位和命运。

在中国传统文化现代化的过程中，中国现当代女作家是起过积极作用并产生过深刻影响的群体。由于新旧杂陈的客观环境所表现出来的复杂性，故而对传统文化现代化的历史哲学研究将有待于进一步深入下去。但无论如何，中国现当代女作家促进了传统文化精神、文化形态乃至现代性转变。这种研究更值得努力求得深解。因为那是思想先驱的遗产，是中国文化史上的丰碑。

第二章

冰心与宗教文化

　　说起宗教文化与中国现代女性文学，关系其实并不隐秘，我们可以列举出相当一批与宗教文化关系密切或有着不同程度关联的重要作家，如冰心、张爱玲、庐隐等。冰心是有特色、有影响的女作家，与宗教文化有着某种关联，并且在相当程度上代表了中国现代女性文学在"五四"时期创作的实绩。

　　这一现象，在以往相当长时期内并未受到学术界应有的重视。原因固然是多方面的，但最重要的原因是对宗教、宗教文化及其特质和作用在认识上存在偏差，宗教文化与中国现代女性文学相关联的广泛性、多义性、复杂性和实质性远未得到充分和完整的揭示，宗教文化往往只被作为一种文学背景而强调。而宗教文化与中国现代女性文学之间应该有着更内在、更复杂的深层关联，因为宗教文化本身是多义性的，文化之间的渗透更是交错的，所以仅仅研究现代作家在思想倾向上受到某种宗教教义的影响是不够的，还应更深入地探究宗教文化的艺术特质对中国现代女作家作品的多方面浸润。

第一节　冰心创作的宗教蕴含

　　近代以来的中国，在突破中国传统文化发展的格局，把目光转向世界特别是西方之后，获得了空前开阔的文化新视野；而与此同时，这种外向型的文化的重新选择，实际上又表现为对本土、本民族传统文化的更深刻的内向型再选择。甚至后者才是更重要的目标，前者不过是达到后者的重要途径。任何文化都是相对于他种文化而存在的。从本土、本民族文化的角度着眼，任何外来文化都只是一个冷静客观的"路人"，而从这个"路人"的眼光反观本民族的传统文化，其反省深度则又是站在本土远远达不到的。

一、宗教文化之于冰心的文学选择

冰心对宗教文化的选择也毫不例外地包含这些特性，但这只是就总体而言。任何一种宗教文化的兴起以及对它的理解和选择都是具有特定的历史文化背景及内涵的。特别是在时代潮流大变动、社会体制大更替、思想传统大动荡之际，盘根交错的社会矛盾，以及人们的种种不安、焦虑和渴望，都会更加强烈地与某种宗教文化情绪连接在一起，而宗教文化的影响和渗透也在这种情形下更活跃复杂和深刻。

20 世纪初，中国现代文学兴起之时，正具备了这样的时代特点和文化氛围。宗教文化，包括传统的和外来的，都在 20 世纪初的中国社会历史舞台上赢得了一次又一次被"选择"和"再选择"的机会。一方面，各种外来的文化新思潮，包括以基督教为核心的西方宗教文化迅猛涌入中国本土；另一方面，中国传统的儒学文化此时正陷入严重的危机之中更多地显示出保守陈腐的态势。近代革新的思想先驱们在新文化的建设中，往往转而对儒家以外的传统文化产生特殊的兴趣。以"普渡众生"的救世哲学为基本理论的佛家文化就是在这样的背景下再度兴起的。从龚自珍、魏源至康有为、梁启超、谭嗣同、严复、章太炎等相当一批思想家和文学家，都一度竭诚崇扬佛学，称颂佛理，"以求得最大之自由解放，而达到人生最高之目的者也"。人们认为佛教的"一切众生皆转于物"，是人类社会的"真自由"。佛学的价值和意义被提高到前所未有的境地。佛学于此时此刻受到的"再选择"，很大程度上是基于近代思想家们的一种更为务实的考虑，犹如稍后在"五四"时期的文学被抬高到空前重要的位置一样，它们都是在特定历史条件下所发生的。但宗教文化在当时受重视意义不仅局限于"经世务用"，它还对整个 20 世纪中国文化的选择以及中国现代文学的深层格局都产生重大的潜在影响。

冰心对中国最博大精深的儒教文化思想体系的认同，不是把儒家以及道家思想体系排斥在宗教文化外的一种狭隘的宗教观念。最重要的、最根本的并不在于严格区分儒道两家在形式方面是否完全具备宗教的性质，而在于它们在文化内涵方面是否具有宗教意义。的确，作为先秦诸子百家中的一种学说，只有"儒家"而并无"儒教"，"道家"更与后来诞生的"道教"不尽相同。但不可否认，在数千年中国社会历史的发展进程中，儒家思想纵横交错，一统天下，绵延不绝。事实上，儒家根本不会创立宗教组织、社会制度。取而代之的是儒家的神圣共同体，使"家"这一具象性的社会、政治的广大组织发展起来。它不是社会中某种特殊的集团，社会本身就具备了宗教性格色彩与作用。儒家文化维系着"家"的秩序在中国具有特别的宗教意义。因此，儒家虽然不是严格意义上的宗教，但儒家文化确实具有宗教文化的特定意义。儒家也并不是一个封闭的思想体系，它注重现实现世，主张积极进取，不重虚幻和身后，从而体现出华夏文化以人为本的根本特性，同时它又以宽容的姿态承纳着多种思想文化，包括不同民族的宗教文化，表现出很强的民族同化力，并显示出一种世界性大文化特征。儒家文化这种包容性、开放性特征正是我们讨论中国现代女性文学与宗教文化的基础。

二、宗教文化之于冰心的创作

宗教文化在 20 世纪初受到重视，并在整个中国新文化及新文学发展史上留下独特印痕，是有其必然、复杂而具体的时代原因的，也是有其深刻文化本身的动因的，其中基督教和佛教与中国现代文化联系最为密切。

从时代文化潮流的涌动来看，20 世纪初的中国社会处于内外两股文化潮流的夹击之下。西方文化的强力是中国现代新文化及新文学兴起的重要兴奋剂，而基督教文化正是伴随着整个西方文化思潮涌入中国的。虽然早在唐代，基督教就正式传至中国，但作为多元化文化渗透是在"五四"时期。尤为重要的是，作为一种文化，基督教文化全方位地消融在西方文化的伦理道德价值取向、情感方式以及哲学思考当中。可以说，整个西方文化的血脉里都浸润着基督教文化精髓。基督教不仅宣扬教义也传播了西方先进科学观、民权观、理性观。冰心在"五四"时期接受西方民主与科学的同时也自然地接受了西方文化中的博爱思想。

世界性外来文化的巨大冲击，造成另一个必然的文化趋向，即对本民族文化的深刻反思。近现代先驱们在批判旧文学、旧文化的时候，并未彻底抛弃，更多的是"创新越多，承袭越多"，注意在内容和形式上对本民族传统文化精华的继承和弘扬。佛教文化虽是外来品，但其与生俱来的文化特质，宣扬"一切众生，皆转于物"的自由精神，及"舍身求世"的进取精神和牺牲精神，正与变革中的中国文化新的时代潮向相近，又经过先进思想家的推崇和修正，更与近代西方民主思想相统一。因此，在冰心的笔下，佛教文化此时并未被抛弃，反而更得到弘扬就不足为怪了。

三、宗教文化之于冰心创作的意义

首先，从冰心创作自身发展的要求层面来作些观察。中国现代女性文学的全面兴起是新文化运动的重要组成部分。陈衡哲、冯沅君、庐隐、石评梅、陆晶清、苏雪林、凌叔华、林徽因、白薇等作为一个群体崛起于文坛，说其独特，是因为文学在中国社会历史上从来没有像此时此刻那样产生过如此重大的作用，显示出那么重要的价值。当时几乎所有立志改变中国的思想家，无论从政治、经济、教育、文化等任何一个角度来构想中国革新的蓝图，都曾把目光转到过文学这个特定文化产物上。因此，当时中国女性文学并不是纯文学，它实际上关联着社会上所有领域，发挥了镜子的作用。然而，新文学自身也在吸取新思想，不断在裂变中求得生存和发展。冰心对西方基督教文化和佛教文化的吸收，正是在思想观念上为新文学的兴起提供了某个重要突破口。

中国新文学的先驱们在吸取西方先进文化思想的同时，也都以敏锐的目光注意到基督教文化的独特作用和价值。如陈独秀于 1920 年 2 月 1 日在《新青年》第 7 卷第 3 号发表

《基督教与中国人》一文，沉重地指出以往基督教文化在中国社会历史上受到排斥的现象，鲜明地颂扬基督教精神，赞誉基督教文化对信念追求的执着、对人类之爱的真切、对纯净情感的崇尚，并以此来反揭中国传统文化中某些虚伪、冷酷和中庸迂腐的观念。鲁迅则直接切入文化和文学的内核，在其早期著名论文《摩罗诗力说》里高度评价希伯来文学的特殊意义："虽多涉信仰教诫，而文章以幽邃庄严胜，教宗文术，此其源泉，灌溉人心，迄今兹未艾。"

其次，从新文学创作层面来观察，新文学兴起之际在思想观念上对宗教文化的某种深刻认识，必然牵动并渗透到新文学创作实践活动的各个深层环节，新文学初期即出现了女作家冰心热情渲染的"爱的哲学"，她的小说、诗歌和散文，无时无刻不关乎一个"爱"字：童心、母爱，对大自然的爱和对祖国故土的爱。冰心以自己的生命体验谱写的那些"爱的哲学"的篇章，为中国现代文学注入了一种真挚宽厚的基督教文化精神，使新文学披上了某种鲜活奇异的色彩。随着冰心的创作的不断深化，基督教文化精神也愈加深入到中国现代作家的情思中：郁达夫作品中无休止的忏悔意识、曹禺作品中摆脱不掉的原罪倾向、巴金作品中醇厚执着的人道主义责任感，以及郭沫若的泛神论思想等。这些蕴含基督教文化精神的艺术思考，无疑使中国现代文学在思想内涵方面具有某种新文化特质。

可见，冰心创作与宗教文化绝不是单向的影响和接受的关系，它们是在特定时代历史条件下必然相互启发、相互渗透，是文化潮流的深层次汇合。它们之间的融合和同化是极其复杂的。

第二节 冰心对宗教的深度思考

冰心对于宗教文化是一种什么样的态度？或是什么样的价值取向？对于包括宗教文化在内的各种思潮，一般有两种突出的选择方式：一是广泛热情地接受；二是冷静理性地思考，即精取。无论是接受还是思考，其根本点都是基于所选择的文化思潮的实际意义和价值。那么，冰心到底接受了宗教文化哪方面的意义和价值呢？这种意义和价值的根本点又是什么呢？

历史与现实的比照、理想与实际的冲突，成为作家冰心难以摆脱的巨大而沉重的思想主题。这个中心主题从"问题小说"入手，也规定了作家冰心对宗教文化思考的基本方向。

一、对宗教实用性思考

在中国，宗教文化长期以来被视为一种虚无的"形"，是超越人类知性理解的东西。因此，中国现代作家在特定历史环境下重新面对宗教文化的时候，就不能不首先对这个事关宗教文化的性质的基本态度问题表明自己的看法。

胡适在这个问题上投入的关注较多。他从"文学革命"开始直至晚年，始终不渝地对这类看法进行辩驳。"五四"时期，胡适曾写过一篇文章——《不朽》，副标题为"我的宗教"。文章开门见山对"灵魂不灭"的宗教家给予了驳斥，申明宗教本质应在于对人生的行为能否产生实际重大的影响，而灵魂是否毁灭的问题对于人生并无重大影响。胡适本人不信奉任何宗教，就他来说，怀疑多于信仰，实证多于假设，实际多于理想。在表明宗教信仰并不在于虚幻而在于"真价值"之后，胡适又阐发了自己的"社会不朽论"，即个人与社会、时代、历史都存有密切的关系，不存在绝对超然的"不朽"即宗教，无论何种宗教文化都不可能脱离时代社会独立地发生作用和影响。尽管胡适的观点偏向实用主义，但是坚持阐扬宗教文化的社会性和实用性，坚持对神灵不灭等宗教虚幻性的怀疑，其基本方向是正确的。

冰心也采用了这样思考的角度，显示了她不是按照严格意义上的宗教教规、教义来吸取宗教文化，而是按照为我所用的"实用理性"原则来吸取宗教文化的精神的。与其说宗教文化与冰心有着多么密切的关系，不如说是一种泛宗教文化意识渗透在冰心创作之中更为适合。冰心的创作旨在"为人生"，体现爱与美，而另一位女作家庐隐更多的是一种融合作家自身思想的宗教情结、心绪、情态在发挥作用，而真正直接叙述宗教情节、描写宗教人物的作品并不多，至少这方面的杰作甚少。这种现象应该说是与中国现代作家对宗教文化的现实理性思考有关联的。

二、冰心对宗教超功利性的思考

随着世界各种文化潮流的涌入，随着中国现代新文化新运动的深入发展，不少敏锐的作家越来越深切意识到：摧毁陈腐的传统旧观念、铲除愚昧的封建思想很难，而建立新的理想和价值观念更难，这种意识也自然地渗入到冰心对宗教文化的思考和吸取的过程中，对宗教文化的评析往往成为批判社会品格、理想价值及文学风格的有机组成部分。

中国人毕竟是讲究而且也懂得生活的质量，但宗教精神、宗教文化说到底并不只是一种态度和观念，也并不在于人们究竟把它看做什么，它的根本指向是一种来自人们真切生活体验的感受和认识。因此，即使是对它的理性思考，也同样发自人生的感知而不是纯粹的概念。这既是宗教文化本身的特点，也是人们在对宗教文化思考与感知宗教文化的过程中的一个比较鲜明的特点。

冰心对人类世界的起源、对神灵的本质以及对宗教经典和习俗等方面的问题，兴趣有限，投入很少，而主要注重于用生命去体悟和探寻宗教文化对现实人生和现实社会的实际意义，当然也包括宗教意念在思考超越现实人生和现实社会时具有普遍的意义。在冰心融合宗教文化与现实人生的思考中，有一个比较集中、比较突出的命题，这在那些受宗教文化思想影响较明显、较深刻的作家身上体现得尤为明显。作家在中国现代文学史上，不仅显示了宗教文化色彩浓郁的创作特色，而且这种特色于宗教文化的理性思考也具有某种代表性和象征性。冰心虽然以基督教爱的哲学作为最崇高的人生宗旨，但她明白：人类社会本身恰恰是缺乏爱的。冰心并非无视现实社会与人生的苦难，而是力图用爱来解脱和超越这些苦难。她把爱奉献给孤寂冷漠的"超人"，奉献给无私的母亲和天真的儿童，奉献给纯净的大自然，同时又用爱来鞭挞无情冷酷的社会，鞭挞卑琐自利的小人。其实，爱究竟能否实现，能实现多少，在冰心那里并不是最重要的，最重要的是她坚定地传达出了一个强烈的、不可动摇的信念：有了爱就有了一切，就能化解一切！因此，爱对于冰心来说并不是治愈某种苦痛的具体药方，而是一种超越现实苦难的精神寄托。她的那个关于母亲与母亲、孩子与孩子，即人与人从前生到今生到来世都紧紧相连，都应该心心相爱的著名公式，听起来确实有点玄乎，甚至有人会觉得幼稚可笑，但这其中蕴含着的绝不只是冰心的一片纯真和热诚，更是凝结着她的冷静思考：没有爱就没有了一切，不懂得爱就无所谓苦难，不理解爱的人也不会真正体会到苦难的味道，爱与苦难并不是相对立的，而恰恰是一体的。

第三节　双重人生的宗教体验

回顾 20 世纪的历史文化进程，我们可以发现一个重要特征，这就是宗教信仰的不断加强以及宗教信仰危机的不断加深，尤其是人们在对西方文化进行整体性反思的过程中，越来越真切地感受到信仰危机的深重：相信上帝或许是重要的，但是坚信实际生活本身似乎更重要。这种意识得到普遍加强的结果，是作家们把对 20 世纪的期待更多地投向东方，更加注重探讨东方文化的魅力。

一、对现实人生与终极人生的双重关注

在以基督教精神为主要支点的西方文化里，对上帝的信仰就是人们生活的全部和根本，上帝与人们融为一体，人们的个体存在只有体现在上帝的存在之中才有意义。这个支点影响和决定了整个西方文化的特质。与此不同，甚至相反，东方文化特别是中国传统文化，却体现出一种普遍、顽强的对现实人生的热切关注和执着追求。注重实际生活，注重人自身的命运，注重今生现世，形成中国传统文化及宗教精神的基本命脉。现实人生乃是中华文化之本。真正成为传统的东西往往是极富生命力的。因此，在"五四"新文化与新文学运动发生之际，虽然中国传统文化遭受到外来文化的强劲冲击，虽然新文化的倡导者和新文学的作家们尽情地吸取了西方文化的素养，包括吸取了大量基督教文化的精髓，上帝及爱的哲学在中国文化面前也前所未有地展现了它的光彩并深深影响了相当一批正在思考中国文化前途与民族命运的思想家的思路，极大地感召了无数时代青年的心。然而，正是在外来文化的荡涤和比照之下，注重实际人生的中国传统文化思想，伴随着传统的现实主义文学主张，也同时得到了空前的巩固和加强，在传统文化思想机制中对信仰、理想和终极人生的关注被激活了、被升华了。因而以反思中国传统文化历史和反映中国社会现代化进程的新文学创作，鲜明地透露出对现实人生与终极人生双重关注的深邃目光。在这样的背景和意义上看来，对现实人生与终极人生的双重关注正是作家冰心接受宗教文化的一个重要的时代特征。

中国现代文化及现代女性文学创作伴随着对中国传统文化及传统文学的根本性变革与改新，并同时承受着外来文化及文学的冲击和渗透。这一特定的历史条件使作家得以在更开阔的文化空间里思考人生与社会问题。一方面是以基督教精神为核心的西方文化体系，以其特有的人生价值观念及其理想和信仰，或多或少地影响了中国现代作家对时代历史和社会人生的思考角度；另一方面，佛教文化一定程度上的兴盛以及新文学作家们对儒家、道教文化普遍持有的反观和批判的态度，也促进了现代作家对传统宗教文化产生新的反思和兴趣。冰心以一种超然的入世精神、珍爱人类与批判社会的态度，使创作既对人生的无意义达到了相当程度的体悟，而又以此反观和深省现世人生的平实价值，并同样达到了相当程度的慧识。对人生整体价值和最终意义的热情探寻始终伴随着冰心对现实人生的深沉思考，宗教文化对终极人生与现实人生的关注同时在冰心的思想和创作中得到具体生动的印证，这是冰心及其作品在中国现代文学史上特有的文化价值。

二、自觉地接受与追求

冰心的文学创作经历了漫长的岁月，然而综观其作品的根本主题却并不复杂，甚至颇为单调，人们往往用一个"爱"字来概括其创作的基调和特质。可以毫不夸张地说，在整个中国现代文学史上，没有一个人像冰心那样对"爱的哲学"倾注了如此巨大以至毕生的热情和智慧。但毋庸讳言，冰心那样对"爱的哲学"倾注了如此巨大以至毕生的热情和智慧，整个生命的价值就是不断地接受与奉献着爱，诚如她自己所言："有了爱，便有了一切。"可见，冰心的爱的哲学与基督教的博爱精神原本就有一种天然的契合。值得注意的是，冰心对基督教思想的接受本来或许是不经意的、偶然的，她对基督教思想特别是爱之精神的追求却是自觉的、必然的。这是因为冰心的爱的意识并非来自纯粹的理念，而是深深植根于自身切实的生命体验中的。因此，冰心虽然是以"问题小说"名震文坛的，但她整个的文学创作始终没有脱离过两个内在的本质点：一是对爱的竭力颂扬，二是对人生根本价值的不懈追寻，而这两者往往又是相互交合的。作为灵魂的栖息地、精神的后花园，这个理想国在冰心的散文世界中一再重现，小小的理想国自由、广阔、任人回忆，具有时间上的永恒性和空间上的无限性，可以用真心、质朴来感化和抚慰那些遭受凄风冷雨的读者们。冰心"将我短小的生命的树，一节一节的斩断了，圆片般堆在童年的草地上。我要一片一片地拾起来看；含泪地看，微笑地看，口里吹着短歌地看，难为他装点得一节一节，这般丰满而清丽！……假如生命是乏味的，我怕有来生。假如生命是有趣的，今生已是满足的了！"[1] 毫无疑问，这种对无处不在的爱的感受以及对它的赞美，对冰心，特别是对当时充满理想、跃动着青春活力的冰心来说完全是真诚的、真实的；但这对于当时苦难深重的中国现实社会，对当时苦不堪言的芸芸众生来说，它就有着相当的距离，就显得过于空泛、虚幻和理想化了。准确地说，是冰心感受到了无处不在的爱，而实际上爱绝不

● 冰心：《一日的春光》，江苏文艺出版社2009年版，第3页。

是无所不在的。其实冰心本人也并非完全沉醉在爱的仙境中，她清醒地意识到社会普遍的不幸、人生深广的悲哀以及生命极度的脆弱。她也苦苦思索着人生的根本价值以及超越苦难现实的奥秘。

客观地说，这就是爱！用爱去融化一切、消解一切。冰心的小说《超人》在这方面具有相当深刻的代表性：主人公何彬怀揣一颗冷冰冰的绝望于世的心，"屋里连一朵花、一棵草，都没有，冷阴阴的如同山洞般"，他对人生根本意义思考的结论是"人生是无意识的。人和人，和宇宙，和万物的聚合，都不过如同演剧一般；上了台是父子母女，亲密得了不得；下了台，摘了假面具，便各自散了。哭一场也是这么回事，笑一场也是这么回事，与其互相牵连不如互相遗弃；而且尼采说得好，爱和怜悯都是恶"。然而这样一个心如死灰的人，最终还是受到了爱的感化，是冰心以母爱和童心消解了何彬与世人的一切怨恨，融化了他那绝情绝世的心，重新点燃了他充满爱意的生命之火。《超人》具有一种象征意义：它强烈地表现出对终极人生的迷茫、困惑以及对爱的哲学的坚信不疑。这一点在冰心来说是并不矛盾的，而且是交相关联、内在统一的。

在充满爱与理想的心中也同时充满沉郁悲苦的忧患意识，这是冰心及其创作特有的可贵之处。虽然在对社会与个人的苦难体验方面，冰心或许不如其他一些作家，她的作品在对社会现实问题的反映与揭示方面也往往缺乏相应的深度和力度，但是冰心对于人生美好信念的执着追求，对爱之精神矢志不渝的开掘和推进，是其他作家难以相比的。而对爱之精神的高扬和人生根本价值的追寻，对于一个苦难深重的民族，对于充满险恶的社会现实，对于昏聩平庸的人生，其意义绝不在揭露和批判黑暗腐朽之下，尽管它一时还显得那样的单薄和缥缈。因此，仅仅用反映现实人生的深度和力度来衡量冰心的创作是难以真正发现其作品的独特价值的。

第三章

凌叔华与家族文化

最能体现制度文化反思追求的是对封建家族制度的反思，凌叔华在反抗父权专制方面的大胆一向为人称道，但她在反叛精神的背后一样积淀着对男性的情感依赖，而这恰恰是造成她情感悲剧的原因之一。家族文化的反思主要表现在凌叔华对封建大家庭与普通小家庭两种不同家庭的不同反思上。凌叔华控诉封建大家庭，却流露出对普通小家庭的眷恋。她对家族文化的理性批判与感情上的眷恋，语言层面的激烈抨击与行为方式上的无奈认同所形成的情与理的矛盾和困惑是由家族文化自身的复杂意蕴所致，她对家族文化的矛盾态度在客观上造成她创作中的矛盾，这种矛盾既体现在她对旧家庭的情感态度，也表现在对其笔下人物不同的是非褒贬判断上。凌叔华对家族文化复杂意蕴的揭示既表明她思想上的日趋成熟，又显示出她对人性与人情的理解和认识的深化。

第一节　家族本位

与世界其他民族相比，中华民族的家族观念根深蒂固，家族本位成为中国传统社会区别于其他社会的一个重要特色。

一、家族本位的意义

一切社会组织都是以家为中心，人与人之间的关系，大都是以家庭关系作为基点的。而社会的本质又与人们的生活方式、生产方式休戚相关，由此逐渐形成我国独特的家族文化。正如家是国的基础一样，家族文化同样也是我国传统文化的重要组成部分。"'家族'是中国文化的一个最主要的柱石，我们几乎可以说，中国文化，全部都从家族观念上筑起，先有家族观念乃有人道观念，先有人道观念乃有其他的一切。"传统文化中的"仁""礼""三纲五常"都与家族伦理有着非常密切的关系。如果说宗教对西方人的思想、心理、行为乃至整个社会都产生了巨大的影响，那么，在中国，人们更多地接受的是家族文化的价值观念，从某种意义上说，家族文化是中国现代女作家的一种集体无意识关照，小说集《花之寺》《女人》和《小哥儿俩》，每一个人从出生到死亡都不可避免地要扮演不同的家庭角色，承担自己对家族的责任与义务，即使没有接受过正规文化教育、无家可归的流浪者，也一样会在思想、精神与行为上流露出较明显的家族意识。

二、家族文化

作为我国传统文化的重要组成部分，家族文化的内涵极为丰富和复杂，且随着社会的发展不断地演化、发展和完善。在结构上，它表现出聚族而居、宗姓群体、辈分、房族、族老、亲属等特征；从功能上，它维持着整个家族的生存和发展，保证家族的稳定有序；从性质上看，它具有端正风气、团结互助、敬老养老的优质特征，但家族文化也对国人人格与心理的形成造成消极的影响，传统中国人的依赖、封闭守旧等性格的形成都与家族文化有一定的关系。不过就其一般意义上讲，家族文化主要由三个不同的层面构成：一是人伦秩序层面，即家族中人与人之间的关系首先体现为一种尊卑上下、贵贱长幼的伦理秩序，而要维持好这种秩序主要靠的是外在的行为规范，相对来讲，家族成员间的亲情反倒显得微不足道。当然，这种关系是以卑幼对尊长的敬重与服从为前提的，存在于家庭中的等级秩序无疑是社会政治生活中君臣关系的折射。二是道德情感层面，即父慈子孝、兄友弟恭、夫义妇顺的家庭伦理，在父子、夫妇、兄弟之间虽爱有等差，但也蕴含着建立在血缘基础之上的亲情，且这种家庭伦理对家族的生存和发展发挥着积极的作用。三是价值理想层面，家庭不仅体现为具体的生存场所与人伦关系，它同时也意味着一种价值上的终极关怀，人们对家的感情既表现为对具体家庭的眷恋，有时也把它视为精神的家园与情感的归宿。一个人的无家可归更多地意味着精神上的无所归依，如《女儿身世太凄凉》《资本家之圣诞》《我那件事对不起他》等小说和《朝雾中的哈大门大街》等散文，这些作品传达了凌叔华对封建宗法制度的强烈愤慨，表达了对女性悲惨命运的同情，艺术上虽然不够成熟，内容上却可以看到西方自由平等思想在凌叔华身上的烙印。同时也预示了凌叔华小说的题材——描写"世态的一角，高门巨族的精魂"。

三、凌叔华的"家族"母题

家族文化对现代文学创作来说，不只是提供了一种文化背景，同时它也是现代女作家创作的一个重要母题，正如家族本位是中国社会的特质，家族文化是传统文化的有机组成部分一样，对封建家族制度、家族伦理的批判同样是中国现代社会的主流话语。中国新文学在文学主题上保持着与时代主潮的同步，无论是在思想内容抑或是艺术表现上都达到了相当高的文学成就，它们不仅在当时引起了读者的热切关注，且大多早已成为读者公认的文学经典，它们的成功一方面归功于西方异质文化的影响，现代女作家们在人的意识觉醒后以新的眼光对家族文化的重新观照，另一方面又建立在他们对宗法社会旧家庭生活真切体验的基础之上。

凌叔华是从封建宗法社会走出来的知识分子，她对宗法式的家族形态、对濒于解体的大家庭、对旧家庭中人与人之间关系的体验是与生俱来的。随着时间的推移，在"人"的意识觉醒之后，她对旧日的家庭生活有一种清醒的理性认识，对家族文化的否定态度是毋庸置疑的。但作为旧家庭的一部分，作为从小身受家族文化熏陶的旧家女子，她又无法真正做到对家族文化的彻底否定，她不仅从理性上意识到家族文化的某些可资借鉴的优秀品质，而且从感情上对由旧家庭的解体所导致的传统美德的毁灭自然也会萌生一种眷念之情。凌叔华关注旧家庭中女性命运和地位，关注新旧社会交替下的旧家庭女性命运的变化，抒写了身在其中的女性的无知与无奈，家庭对于女性意味着痛苦的回忆，同时又质疑和否定了男性的统治地位。她笔下的那些儿童、小姐、太太们，都是其家庭生活的缩影，都可以在其家族文化中找到原型。不过由于受到时代与家庭出身等诸多因素的影响，不同女作家对家族文化的认识也体现出明显的不同，即使是同一作家对家族文化的感情也不是一成不变的，它常常也会在不同时期产生相应的变化。

第二节　家族文化在女性作家笔下的体现

　　家族情感上的矛盾在中国现代女性作家的创作中得到了真实的体现，几乎从旧家庭走出的每一位现代女作家都有一种梦魇般不堪回首的情感记忆，并把自己真实的生命体验与情感积累都诉诸于对旧家庭与旧家长的描绘上，她们对旧家庭与专制的家长都进行了否定性的评判。

一、对旧家庭的感受

　　在张爱玲的作品中，无论是姜公馆或是白公馆，都是扼杀人青春与生命的罪恶渊薮。由于现代女作家对旧家庭清醒的理性意识，因此对它的堕落与解体理应有一种轻松与解脱之感，而不是感伤与哀惋之情。其实，面对旧家庭的解体，现代女作家的情感态度往往是复杂的，既有爱恨交织的矛盾，又不乏眷念与决绝的困惑。在凌叔华的小说作品中，封建家庭虽没有了昨日的繁华，正面临新思想的冲击，但传统的生活方式、旧的道德伦理仍被封建女性奉为金科玉律，封建家族所奉行的父母之命、媒妁之言的门第婚姻观给无数男女造成终生的不幸，结婚生子，母以子贵，妻以夫荣。《绣枕》中的大小姐把自己的命运寄托在一个抱枕上的悲剧，《吃茶》中的芳影把男人的有礼看成是对自己的爱慕的愚蠢，

《中秋晚》中的敬仁太太把家庭幸福寄托在吃团鸭上的可笑，《小刘》中的小刘由一个天真开放的新女性变成一个为了家庭憔悴麻木的旧女性，《杨妈》中为了不争气的儿子操劳一生的不幸母亲……这些悲剧的女性形象都是封建社会的产物，都是家族文化下的牺牲品。

凌叔华出身于旧的家庭，在父母的呵护下成长，有幸生活在旧时代解体与新时代诞生的临界处，接受的现代教育使其认识到旧家庭与专制家长曾给家人造成的痛苦和伤害，于是本能地对家族伦理产生了怀疑，对父亲重新加以审视，但旧家庭中的一切早已化作生命中的一部分，在某种意义上可以说，理性上对家族文化的激烈否定，情感上又无法抵御它的深层诱惑，形成现代作家独特的文化情结。

二、独特的家族文化情结

家族文化影响了凌叔华叙事情感的矛盾，在作品中一方面把旧家庭看做"专制王国"、沉睡的铁屋子、礼教的堡垒，同时又对旧家庭的解体流露出无法自抑的感伤与眷念。同是对旧家庭有着痛苦生命体验的鲁迅和凌叔华，他们对旧家庭的情感却不是纯粹的愤怒，前者对旧家多是那种游子式的感伤，后者则是无法倾诉的悲凉。可以说凌叔华笔下的家更多地揭示了家族制度消极性的层面，显示出其吃人的本质。20世纪40年代的张爱玲，或许是家族破败的速度在加快，相府门第的煊赫精致在她的眼中逐渐变了颜色，露出千疮百孔的底子，使她有"生于末世运偏消"的身世之感，也使她观察社会、理解历史、面对新的文学经验有了特殊的立场。对此，宋家宏总结为"失落者的心态"。"失落者"是张爱玲基本的心理状态，由于处于没落的一代、只经历了繁荣的尾巴，加上家庭的原因，从而导致精神上的悲观气质。她对人性和文明历史的发展都持悲观的态度，由此构成她的人性悲观意识。❶"失落者"的心态影响了张爱玲对于文学传统的选择。她不喜欢新文学本质上的"否定性的破坏力量"。她自己对文学的选择解释为：自己不喜欢写人生飞扬的一面，而愿意写人生安稳的一面；文学史上朴素的歌咏人生的安稳的作品很少，倒是强调人生飞扬的作品很多，但好的作品，并不全是悲壮的、壮烈的，描写人生飞扬的一面，许多优秀的文学作品还是以人生安稳的底子作为标准的。飞扬只是浮沫，漂浮在空气中，给人以不安全感，只予人以兴奋，却不能予人以启示，许多作品的失败就在于没有把握好安稳这个底子，而只注重飞扬。❷凌叔华的《女儿身世太凄凉》中的表小姐是受到西方文化观念影响的典型代表。她"受不了"被"父母卖的婚姻"，提倡婚姻自由，反对旧式婚姻，公开和男子交往，在拒绝了三个男子的求婚后，三名男子对其进行名誉的诋毁，最终受不了社会舆论、父母埋怨抑郁而死。这种女性意识的萌芽，抵不住根深蒂固的传统文化的影响，具有不彻底性。这个形象，昭示着女性解放运动与大的社会背景之间的脱节，只有表小姐个体的解放意识觉醒，而社会整体意识远远落后，封建传统社会没有为她的人格独立、精

❶　宋家宏："张家玲的'失落者'心态及创作"，载《文学评论》1988年第1期。
❷　唐文标：《张爱玲研究》，中国台北联经出版事业公司1986年版，第168页。

神解放提供必要的条件，要想完全的自由、解放，还需要时间的等待。这些普通人上演着以自己为中心，在他们自己认为悲喜交织、醉生梦死的生活。如果说新文学主流写作大多将实现国家的独立、富强，使人民得到觉醒并以此为目标作为新时期国民的理想的话，那么张爱玲则将世俗生活中安稳的一面视为永恒的理想。除了"失落者"的社会观察视角之外，高门巨族的"遗产"还在于一种惘惘乃至虚无的生命体验上。

三、在传统社会的精神家园

家既是人的生存场所，又是人的精神家园，是每一个人生命的起点，也是他最终的归宿。所以，一个人最大的痛苦莫过于家的失去，无家可归对人来说不只是有形家庭的消亡，更重要的是精神家园的丧失，生命意义无所寄托的茫然与惶惑。作为启蒙知识分子，现代女作家对旧家的解体并没表现出过多的痛苦，她们与旧家庭决裂的同时也意味着旧有精神家园的失落，她们虽然接受了西方现代的价值观，但理性上的认同并不能代替情感上的归依，她们别无选择地成为精神上的漂泊者，无家可归的孤魂。无家的痛苦是现代女作家始终摆脱不了的心理重负。早年曾因反抗包办婚姻而离家出走的萧红，虽然曾享受过短暂的、精神上的自由，但大部分时间是在流浪漂泊中度过，她勇敢地走出了旧家的大门，但并没有寻找到真正属于自己的家，她在生命的后期忍受着寂寞和孤独，只能在对童年时的呼兰河与后花园的回忆中寄托自己的孤寂情怀，不过，这里并非是一个美丽的童话世界，富于魅力的地方色彩与异域情调背后仍笼罩着无所不在的荒凉。《中秋晚》深刻地展现了传统女性的谨小慎微，委曲求全的"存在"追求。敬仁太太，把对婚姻的期盼，寄托在一些不经意的事物中，对自己的命运没有把握，这是女性悲剧命运的根源，没有和丈夫做心灵的交流，婚姻成了一种形式，没有爱，没有理解，这注定了婚姻的不幸。千百年来，女性要得到幸福，往往用婚姻来把握自己的存在天平，这是何等的悲哀啊！家对于凌叔华、张爱玲来说，与萧红有相似的意义，现实生活中对旧家庭的情感憎恶与心理上对精神家园的寻找如此矛盾。

第三节　作家对家族文化表现情感上的差异

中国现代作家虽然大多经历了由中国传统社会向现代社会的转型，但由于各自性格气质、家庭出身、文化教育与所处时代环境等的不同，客观上造成他们对家族文化情感上的差异。

一、作家对家族文化的态度

"五四"时期的女作家对家族文化的态度最复杂，她们理性上对家族制度的批判与生活实践中遵循旧的伦理如此矛盾地交织在一起。几千年来，父权文化把女性视为生育工具、家奴、性工具，女性完全丧失了人格与尊严，被幽禁在

"家"的牢笼中,这严重阻碍了女性作为"人"的发展,女性的言行举止受到宗法、神权、君权、族权、夫权的重重压迫。女性只是作为统治阶级的附庸存在,她们的命运维系在男权之下。这种"男尊女卑"的思想影响了女性的婚恋观,古礼认为女子嫁人,须有父母之命、媒妁之言,即结婚是由父母决定的,自由恋爱是要受到别人唾弃的,而结婚是女性真正的"成年礼",她们存在的价值就是为了结婚,人生最重要的事就是找到一个"门当户对"的男人,组成家庭,家庭成了她们唯一的中心。家庭、男人就是她们的命根。她们如同"井底之蛙",她们的整个世界就是家庭,世界等同于家庭,她们的天职就是繁衍后代、照顾好男人,这已经成为一种集体无意识,深藏在每个女性的心灵深处。她们把青春、生命无私地奉献给孩子、爱人,在家庭中耗尽自己的生命。女性只能通过抓住爱情这根唯一的稻草而存在。不过,女作家们在生命与感情上的痛苦反倒在一定程度上有助于她们文学上的成功,可以说,没有家庭的不幸、情感的痛苦、对新旧文化的兼收并蓄,便不会有她们在新文学史上的辉煌。

20世纪三四十年代的丁玲、萧红、张爱玲等,尽管她们对传统文化的接受远不及前代作家系统与深入,但她们对旧的家庭制度、家庭伦理的反叛远远超过"五四"一代作家。她们大多勇敢地挣脱了家庭包办婚姻,追求自由恋爱,走出了旧的家庭去实现自己的人生理想。正是她们把对家族伦理的批判在文学上推向高潮。与前代作家相比,她们虽然在经济上做到了独立,但在精神、心理上仍无法摆脱对家的情感眷恋。虽然大胆离开了罪恶的专制王国,但精神情感上,她们无法摆脱家庭的束缚。可以说，在20世纪三四十年代女作家的内心深处，家族情感是最敏锐且始终无法摆脱的情结，她们终生都在摆脱而最终也没有摆脱对家庭的情感记忆。正是由于难以摆脱，所以她们才不惜以过激的言辞去诅咒它，愈是攻击，愈显示出影响的焦虑。与巴金、曹禺对家族文化的激进态度相比，女作家们对家族文化的批判更多针对的是人伦规范层面的等级秩序，例如冰心对家族文化的眷恋则指向道德情感上的家族亲情，这种建立在血缘关系基础上的情感关系，属于正常的人性需求，人们可能在某些时候会人为地压抑这种感情，但任何人都无法中断这种感情联系，而且这种人之常情常常可能会超越理性的力量。萧红在反抗父权专制方面的大胆一向为人称道，但她在反叛精神的背后一样积淀着对男性的情感依赖，而这恰恰是造成她情感悲剧的原因之一。如果说巴金、曹禺、老舍等男性作家对家族伦理秩序保持着反叛的激情，从行动上开始摆脱家族伦理的束缚与限制，但在道德感情方面仍无法彻底摆脱对封建家庭千丝万缕的联系，他们对家族文化优质部分还是持肯定的态度，尤其是老舍，对传统家族伦理表现出更多的认同。但到了张爱玲那里，由于没有接受过系统的家族文化熏陶，再加上整个时代反封建主潮的影响，对家族伦理的感情远不如"五四"及20世纪30年代的作家那样爱恨交织。旧家庭对她们来说，精神心理意义远远超过具体的物质的诱惑。尤其是张爱玲，她在旧家庭中既没有得到正常的母爱，又遭到后母的感情冷落，在父亲的家中受到了精神和肉体的摧残，被迫离家后又对母亲的家逐渐产生失望情绪。她赤裸裸地站在天空下是那样的孤独无助。她的离家完全不是自己清醒的理性选择与情感发展的必然，她既难以忘怀旧家庭给她造成的刻骨铭心的伤痕，又摆脱不掉无家可归的心理阴影。因此，在她的情感深处始终有一种无家可归的漂泊感，潜意识中蕴含着对家族归依的渴望。对她们这一代作家来说，旧家的解体使其沦为精神上流浪的孤儿，旧有文化存在的合法性受到质疑与新文化情感上的隔阂使其找不到自己精神的家园，她们在创作中常流露出漂泊与归依的家族情怀，但那更多的是对价值理想而非传统家族伦理的眷恋。

二、对家族文化不同的情感色调

由于不同的家庭出身与所接受文化教育的差异，造成女作家们对家族文化不同的情感色调。正是由于家族文化本身的多重意蕴才导致凌叔华矛盾的家族情怀。对家族文化的不同情感认同可以说存在于大多数现代女作家身上，但不同的家庭出身与所接受文化教育的差异，造成她们对家族文化不同的情感色调。相对而言，愈是出身于封建大家庭的作家，愈是对家族伦理表现出彻底反叛的激情，而来自下层社会的作家反倒对尊卑有序的家庭结构与和谐温馨的血缘亲情不自觉地流露出神往之情。现代女性知识分子对家族伦理的否定与现实社会中人们对它的首肯形成一种极大的反差，尤其是作为家族文化的道德情感层面仍不乏其存在的合理性，即使是激进的反封建斗士，从内心深处一样对家族文化传统有发自内心的深情。正是由于现代女作家矛盾的家族情怀才使那些原本思想保守甚至反动的角色一样呈现出非同寻常的艺术光彩，历史判断与道德判断的差异非但没有限制作家艺术才能的发挥，而且为其创作增添亮色。凌叔华是 20 世纪二三十年代非常出色的女性作家，她的笔触清雅婉约、含蓄灵气，反映生活而独有韵味，既有大家闺秀的端庄大方，又有小家碧玉的娇俏可爱，独具"闺秀派"之风。凌叔华运用许多的现代性艺术手法，变抽象为具象，让我们有可触摸之感，人生在这世上，万事皆成空，爱又何以独能例外。她笔下的爱之所以沦为虚空，并非旧的制度或者观念妨碍了爱。爱的毁掉往往不可言喻。若一定要找出理由，那不妨说是人性自身的弱点导致爱的虚无。现代家族叙事作品的成功很大程度是得益于创作主体家族情感的矛盾。

　　凌叔华是从封建宗法社会成长起来的新女性，她对宗法式的家庭中人与人之间的关系的敏感是与生俱来的，作为旧家庭的一部分从小深受古典文化的熏陶，使其不但在理性上借鉴了古典文化的优秀品质，而且在创作上选择了家庭文化生活中的女性这一主题。凌叔华出生在京城的封建官宦家庭，其父亲曾做顺天尹，后改授直录政使，其家庭是一个多人口、富足的官僚之家，凌叔华从不为生计前途担忧。严格的家庭教育使其系统地接受了传统文化熏陶，奠定了坚实的知识积累，相对于从下层社会走出的作家来说，她具有比较优越的成才条件。同时，北京是一个人才济济之地，凌叔华家中常有文人学者光临，这些人的文化素养、谈吐学士、人生经历都对小时候的凌叔华产生潜移默化的影响，有助于她的禀性和天赋得到充分的发展。童年和少年时代体验到家庭生活中富足美好的一面与人情美、人性善，她的童心得到较为完整的保持，天性得到正常的发展，凌叔华对儿童题材的关注，无不体现了爱的情感基调：《小哥儿俩》中，大乖二乖对小动物的爱；《小蛤蟆》中，小蛤蟆与母亲之间的亲情之爱；《弟弟》中，弟弟那种纯真、善良的人性之美；《凯瑟琳》中，凯瑟琳与银儿之间没有等级的平等之爱；这些童心的描写，充分说明凌叔华在大家族的家庭生活中，童心得到较为完整的保存，正如冰心说过："人的性格差不多全靠家庭环境陶冶出来的。"❶

不过，大家庭中所存在的性别差异、贫富悬殊的不公平现象使其比较早的开始思考关于人生的问题，她也深切地感受到了旧家庭的精神和情感伤害，她亲眼目睹了封建家庭由盛到衰落的历史进程，大家庭痛苦的生命体验为凌叔华准备了生活和情感的积累，中国旧式家庭实行一夫多妻制，她的母亲是父亲的第三位夫人，一生只有四个女儿，没有儿子，在男尊女卑的封建社会，其母受到家族的歧视，常常感叹命运不济。在母亲的叹息声中，凌叔华渐渐感到作为女性的自卑，使其本能地对男权社会抱有抵触情绪，她难以忘记旧家庭给其带来的刻骨铭心的记忆，在情感深处始终有一种对女性命运的同情，潜意识中蕴含着对男权社会的不满情绪。于是，其作品中的女性成了传达自己生命体验与抒发自己情感的载体，她在作品中描写了旧家庭中女性不可改变的悲剧命运，在作品的叙述中不自觉地流露出对女性的同情与无奈。她关注旧家庭中女性命运和地位，关注新旧社会交替下的旧家庭女性命运的变化，抒写了身在其中的女性的无知与无奈，家庭对于女性意味着痛苦的回忆，同时又质疑和否定了男性的统治地位。其笔下的那些儿童、小姐、太太们，都是

---

❶ 子冈：《冰心女士访问记》，北京出版社 1984 年版，第 103 页。

其家庭生活的缩影，都可以在其家族文化中找到原型。凌叔华早年在旧家庭里所萌生的朴素的平等观念、人道主义同情心，对人与人之间不平等现象的关注是后来接受西方先进思想的感性基础。

凌叔华同其他大家族出身的作家一样，是宗法制大家庭与封建专制制度走向没落与解体的见证人。作为封建旧家庭最后一代人，她目睹了父辈的悲剧，旧的家庭旧的伦理对她的人生观、价值观的形成产生了有形和无形的影响。她的作品在含蓄中体现出对封建家族的批判，她以感同身受的真挚情感与鲜活生动的生命闪烁出特有的艺术风采，从某种程度上说，凌叔华的小说带有一定的自传性，当然不是说是凌叔华家族经历和生活纯粹的再现，而是从生活的真实走向艺术的真实。在小说中，《花之寺》中的燕倩，《酒后》中的采苕，《绮霞》中的绮霞，这些女性都是在封建大家族中成长下的新女性，她们既具有温婉的古典气质，又具有反封建的思想的新女性，是凌叔华的化身，作者把自己的意识、自己所熟悉的生活环境赋予作品人物。可见，凌叔华的大家族的生活经历是其作品创作成功的重要原因。

但是，封建家族文化对凌叔华的影响除了以上这些积极方面外，也存在一定的消极性，这主要体现在凌叔华笔下，人物反封建的不彻底性，不能从根本上摆脱家族观念与血缘感情的影响与渗透。凌叔华笔下的人物在婚姻与爱情中的挣扎与苦闷，也是她主体精神与情感的折射，她虽有冲出旧家庭的勇气，却缺少了鲁迅式的与周围黑暗现实进行顽强反抗的坚决。尽管她从理性上接受了西方的先进思想，但一旦失去了家庭的庇护又感到精神上的孤独与寂寞。由于缺少人格的真正独立，因此她笔下的女性渴望通过爱情来安抚自己的失意，这种形式上的独立，必然使她们又回到了大家族的怀抱。《绮霞》中的绮霞，为了摆脱自己的依附的地位，经过痛苦的抉择，终于实现自己的音乐梦出国留学，在 5 年后回国时，却陷入了无家可归的孤独境地。《李先生》中的李志清，是一个没有出嫁的老女人，表面上是一个独立的女性，内心深处却被孤独包围，她像旧社会的女性一样，认为女人只有在婚姻中才能实现自己的人生的价值，照顾好家庭才是女人的天职，这种家族思想根深蒂固的影响，反映出凌叔华在向旧家族文化宣战中的不彻底性。

可见，中国的家族文化，在凌叔华的文学创作中扮演着重要的角色，是她的文学题材的来源，是培养她文学修养的重要环境，具有中国文学的独特性。这是形成她作品大家闺秀文风的重要文化背景，也是造成她作品中反封建文化不彻底的根源。

第四章

萧红小说的地域文化与文化反思

萧红的一生是短暂的，但她在这短短的时期内创作出很多优秀的乡土作品。因其一生多灾多难，所以她心中的关于乡土的无尽的牵系，其哀愁、悲怆和凄凉之情，都是由苦难铸成的。生活的苦难、民族的苦难，最后成就了这位不朽的歌者。萧红的作品凝结了厚重的东北地域文化特色。这片黑土地上孕育着多元化的文化，也凝聚着她对多元文化的反思。

第一节　东北地域文化与文化精神

东北黑土地历经沧桑巨变，其文化形态是具有极大的包容性的。随着历史进程的不断推进，文化形态日益丰富。黑土地文化的文化内涵就是聚居在此的各民族文化形态的汇集与演变。地域文化研究中不可忽略的就是地域的自然特征，同时人文渊源也在其中起着重要的作用。

一、东北地域文化的文化内涵

对于东北这片黑土地文化的研究不能简单地局限于一定的地理环境之中，时代背景也是不能忽略的。可以说，是某一时期中的地域孕育了该地区的地域文化。因此，任何一种文化形态都有其历史文化渊源，考虑黑土地文化的起源就不能忽略对其时代背景的研究。这就是文化的历时性与共时性的统一，文化的产生是局限于历时性的地域之中，一旦形成，即有可能成为该地域的共时性文化。也可以说这种地域文化既是历史的，也是现实的。文化在历经了千百年的累积沉淀，不断地被丰富着、改变着。因此，如果想要真正地了解一个地域的文化特征，就必须对该地域的文化流变过程进行了解。文化的实质就是人在特定的社会条件下的本质，它是"依靠历史、通过历史并且同历史一起保存下来和发展起来的"。● 黑土地文化的发展有着厚重的历史渊源。自古以来，就有各种民族居住于东北。在黑土地文化发展之初，少数民族文化对其构建起到了极大的作用。通过考证，古代的东北地区有两大主要的民族族系，肃慎族系和东胡族系，他们分别占据东北的东部和西部连接蒙古地区。最早登上东北历史的民族是肃慎族。"据《史记》、《尚书》、《左传》、《国语》等典籍所载，从舜禹之时，经夏商周，至春秋，肃慎十分活跃，已同中原王朝建立了密切的朝贡关系，交往频繁，留下了一系列的生动记录。"❷ 肃慎族是满族的先祖，他们同中原地区的东夷人之间有着密切的文化交流。因此，也可以说东北的古肃慎族文化是东北文化的起源。虽然其文化形态还十分原始，但在东北文化的发展史上还是具有开创性地位的。公元前 2 世纪，夫余在东北建立了第二个少数民族政权，夫余文化的发展日益丰富了东北黑土地文化。夫余人为了抵御寒冷的自然气候，形成祈求丰收的盛大祭祀活动。在夫余的民族中，人们热爱歌舞娱乐，平时装束也十分考究，

● ［德］马克思、恩格斯：《马克思恩格斯全集（第 2 卷）》，人民出版社 1957 年版，第 140 页。

❷ 李治亭、田禾、王昇：《中国地域文化丛书——关东文化》，辽宁教育出版社 1998 年版，第 39 页。

服饰已经不仅仅是抵寒保暖的功用了，更成为一种身份的象征。夫余人对于死后的葬礼更有"厚葬"之俗，在夫余人的葬墓中曾发现马也成为殉葬品之一。夫余文化是东北黑土地文化中不可逾越的一个历史阶段，它的发展带动了整个东北文化的发展。高句丽文化在夫余文化之后，进一步影响着东北文化的发展。高句丽的社会中已经出现了奴隶制的雏形，其政体文化虽不发达但创造了极高的物质文化，铁器的生产与在农业中的应用已经极为广泛。他们是极其崇拜鬼神的，命运似乎被一些不可抗拒力主宰，对于身居大山深处的他们来说，祭天是生活中的一件大事。每年无论收成如何，他们都要拜谢神恩，同时庆祝丰收。在东北黑土地上还活跃着东胡、鲜卑、契丹与蒙古等民族，多种文化的交流和碰撞共同构筑了东北这片绚丽多姿的文化形态。随着时代的发展，汉文化不断融入这片土地，逐渐成为其中的一种文化。可以说，东北黑土地文化是一种兼容并蓄的文化形态。

东北这片神秘的土地孕育着中华文明，众多的考古成果向人们展示着古代东北文化的包罗万象，东北的人民用自己的智慧丰富着中华文化。文化的起源与人类的发展史息息相关，"文化是人类为了满足自身的各种物质和精神需要通过体力和脑力劳动所创造的一切财富"。[1] 那么，东北这片黑土地上的文化源头在哪里呢？据考古推断，黑土地文化的起源就在辽宁省营口县南 16 里永安乡西田屯的西面小路旁的一座名为金牛山的孤山上。人们在此发现了一具较为完整的人

---

[1] ［苏］尼·切博克萨罗夫："民族、种族、文化"，转引自黄凤歧、朝鲁主编：《东北亚文化研究》，中州古籍出版社 1994 年版，第 25 页。

类遗骸化石和众多动物化石，以及他们制造和使用的工具，这在东北文化的发展史上具有显著的地位。辽宁本溪县山城子乡汤河右岸庙后山，发现古人类遗址，被命名为庙后山文化遗址；辽西地区曾发现鸽子洞洞穴遗址，辽宁海城曾发现小孤山遗址，在吉林和黑龙江两省也发现了旧石器文化和古人类化石。众多的文化遗址、遗存表明了东北早在石器时代就有了人类活动的存在，东北的黑土地文化也由此悄然形成。进入新石器时代以后，东北黑土地原始文化中又逐渐出现红山文化、赵宝山文化、富河文化、后红山文化即小河沿文化等。在阜新蒙古族自治县发现的查海遗址，是迄今为止在东北新石器时代发现的最早的遗址，也极好地展现了东北农业文化的发展成果。在该遗址中发现大量的打制石器，如石斧、棒等，还有众多独具文化内涵的玉器，这些玉器已经不仅是人们生产和生活的必需品，而且成为墓葬的陪葬品。红山文化，是我国东北文化新石器时代形成较晚的文化体系，它完美地阐释了东北文化新石器时代的特征。在红山文化遗址中发现了大量的玉器、石器、陶器、房址，再一次向世人展示着黑土地文化的深厚内蕴。到了20世纪30年代，辽东半岛发现了为商文化的起源奠定基础的青铜文化。众多考古发掘以及古文献记载进一步揭示了东北这片地域中的文化形态，从远古时代到旧石器时代，再到新石器时代，人类都在东北这片黑土地上繁衍生息着，并创造了灿烂的原始文化。

二、黑土地文化的人文性

风俗是由自然条件与社会条件的不同而逐渐形成的，具有独特的审美价值，是观察特定地域社会人生的窗口。《汉书》："凡民禀五常之性，而有刚柔缓急音声不同，系水土之风气，故谓之'风'；好恶取舍动静无常，随君上之情欲，故谓之'俗'。"由此可以看出，民俗是普通民众生活智慧的积淀，具有历时性，会随着社会的不断发展而日益丰富。民俗是中国民族文化中不可或缺的一部分，无论是雅的民俗文化还是俗的民俗文化。在文本中对民俗的真实再现，无疑更加接近历史的本真状态、更加接近于人物的生存状态。每个民族都有独特的民俗文化，这是一笔无形的财产，是文化的人文渊源之所在。保护这样一笔无形的财产是一项系统的工作，对于生活于民俗场中的普通人而言，他们能做的只是口头的传承。而对于生活于此的作家们，他们要做的就是书写的传承。作家们的成长过程中必然要受到民俗文化的熏陶，逐渐形成不同的创作心理、生活态度和处世哲学。"人心的真相，最好放在社会风俗的框子里来描写，因为人表示情感的方式，总是受社会习俗的决定的——这一点，凡是大小说家都肯定。"❶民俗的展示是对于生活在这片土地上的人们的心理性格、行为方式、生存状态等诸多方面的综合。民俗在作品中的出现对于今天的我们是极具意义的，它让我们领略到了属于我们的风俗风貌，增强我们的民族自豪感，激发我们对民族文化的保护意识。生活在东北的作家们，他们的作品是最具东北风土人情的，在某种程度上就是一幅幅民俗的画卷。

---

❶ 夏志清：《中国现代小说史》，复旦大学出版社 2005 年版，第 259 页。

三、对东北风俗的描写是国民灵魂审视的载体

"作为一个有着浓重的地方意识，在创作中显出鲜明的地域色彩的萧红也同样对民俗风情的描写充满了热情，将对东北风俗的描写作为国民灵魂审视的载体，挖掘其中的社会的、历史的、文化的内涵。"❶ 萧红在《呼兰河传》中介绍了许多当地的风俗。茅盾先生在《〈呼兰河传〉序》中，对这部作品是这样评价的："它是一篇叙事诗，一幅多彩的风土画，一串凄婉的歌谣。"❷ 对于风俗的展现是萧红作品中黑土地文化的人文渊源。作品中的第二章基本都是风俗的介绍，这里有关于生活习惯的介绍，还有一些传统风俗的介绍。在《呼兰河传》中有这样一段描写："晚饭时节，吃了小葱蘸大酱就已经很可口了，若外加上一块豆腐，那真是锦上添花，一定要多浪费两碗苞米大芸豆粥的。"❸ 这是东北人最典型最朴实的饮食，小葱蘸酱、豆腐、苞米大芸豆粥。东北的气候十分恶劣，农作物成活率极低，能吃饱饭就已经是很幸福的。此外，萧红以"跳大神"为例描写当地风俗时这样写道："大神是会治病的，她穿着奇怪的衣裳，那衣裳平常的人是不穿……她闭着眼睛，嘴里叽咕的。每一打颤，就装出来要倒的样子。把四周的人都吓得一跳，可是她又坐稳了。"❹ 就在这样的一种仪式中消逝了太多人的生命，萧红发

---

❶ 朱玉珠：《东北作家群中的别样景观——论萧红对东北作家群其他作家的超越》，东北师范大学 2008 年硕士学位论文，第 15 页。

❷ 萧红：《萧红全集（下）》，哈尔滨出版社 1991 年版，第 704 页。

❸ 同上书，第 729 页。

❹ 同上书，第 735 页。

出了心底的声音："人生为了什么，才有这样凄凉的夜？"七月十五，呼兰河上要放河灯，同时必须有和尚与道士做道场，各式各样的河灯在呼兰河中漂泊着，它们寄托的是死去的魂灵。野台子戏也是当地的一个重要风俗，人们在河边搭起台子唱大戏，还愿或者祈求丰收。《生死场》中对编麻鞋、提亲、五月节家家门前挂起葫芦、七月十五看河灯都有精彩的再现。在《小城三月》中，关于社交场面的描写："我继母族中娶媳妇。她们是八旗子，也就是满人。满人讲究场面呢，所有的族中的年轻媳妇都必得到场，而且个个打扮得如花似玉。"参加满族人婚礼的时候，人们穿的大袄的襟下一律没有开口，而且很长。大袄的颜色以枣红的居多，绛色的也有，玫瑰紫色的也有，上面绣有荷花、玫瑰、松竹梅，特别繁华。

　　这样众多的风俗中蕴含了太多的文化内涵，它是东北历史积淀的显现。萧红用她的作品真实地再现给读者，没有加入任何情感的过滤。这里所展现的是一种最原生态的风俗，因此，我们不能不回避的是它的落后与愚昧，像《呼兰河传》中跳大神为小团圆媳妇治病、放河灯送走死去的灵魂、唱野台子戏祈福还愿等。萧红很巧妙地借助风俗的再现，表达的是一种对人的主观性丧失的批判。乡土中的人们长期生活在闭塞的环境之中，他们与外界缺乏交流，一些先进的东西影响不了他们，他们有着群体默认的生活方式。这样的传统的生活方式对于一个古老的民族来说，是神圣的、不可侵犯的。他们惧怕灾难与死亡，面对它们的时候更显得无能为力。这样的无可奈何必然会激励着他们去寻求一种精神的寄托，于是出现了借"跳大神"驱除鬼魔以达到治病的目的、放河灯拯救灵魂、到娘娘庙求子孙等风俗，甚至有些风俗仍然沿用至今。人的主观性的丧失在乡民中依然成为一种全民的状态，不要希冀去改变，这样的风俗成了本土文化中不可忽略的一部分。萧红通过落后的风俗揭示了乡民们的病态心理，这恐怕是萧红选择的启蒙角度，让蒙昧中的人们看见最真实的自己，希冀他们能够改变。启蒙就是在这样的落后、迷信、野蛮、残酷的民俗描写中展开的。人们看见最真实的乡土生活，不断地反思，最冷静的启蒙方式带给蒙昧人们的是无限的思考。

第二节　地域文化中的文化精神

在萧红的作品中，无处不渗透着黑土地文化形态，这同样体现在她的创作主题之中。萧红用她的作品完成了乡土母题的回归，用自己独特的角度进行着文学永恒的启蒙主题，在家园归属感的追求中延续了文化的传承。

一、乡土情结

萧红的创作主题同样也是深受地域文化的影响，首先就是体现在民间文化的回归。这恐怕与萧红的亲身经历是密不可分的。地域是人与生俱来的生存环境，生活于此的作家们会具有某种地域意识，而这种地域意识在作品中的体现是潜在的，经常成为一种创作的"场"。当人生际遇中存在着越多的困难的时候，这种地域意识就愈能得到强烈地彰显。这种地域意识与童年的记忆又是密不可分的，故乡就是培育作家们地域意识的一个载体。萧红的故土中有着太多人性的愚昧和无知，就是这样的一个藏污纳垢的生存空间蕴含了丰富的民间文化与生动的人物形象，原始的生命形式在这片土地中得到阐释。《生死场》的开篇就将我们带入这样的一种乡村环境之中：麦场上一只山羊在啃着树根，小孩在菜田里漫步，农夫在忙碌着农活。菜田和高粱地彼此相连，野菜也在生长着。在这样的环境中却酝酿着最原始的生命的活力，人的动物性似乎在这样的乡村中战胜了人的社会性，"姑娘仍和小鸡一般，被野兽压在那里""他丢下鞭子，从围墙宛如飞鸟落过墙头，用腕力搂住病中的姑娘"，❶萧红通过对性的大胆描写，揭露最隐晦的心理，展现最原始的生命的活力。乡村中有原始的一面，也有进步的一面，女人的不守妇道触碰了乡民们最敏感的神经，于是各种可怕的议论、白眼悄然而生。人们在浑浑沌沌的状态中忙着生、忙着死。《牛车上》描述的也是一个乡村里的故事，以一个女人送别自己的男人开始叙述，五云嫂的故事就从这样的乡村开始。《呼兰河传》中的小城呼兰河，这是一个并不繁华的小城，依然延续着乡村的生活方式。有形的秩序与无形的观念在相互制约中，人们在生与死的挣扎中，努力地生活着。《王阿嫂的死》中王阿嫂的丈夫被地主烧死之后，村民们围观看热闹、发表自己的评论。这些村民不知道事情的真相，他们也不关心事情的真相，他们所热衷的是给予王阿嫂短暂的同情。时间一久，

❶　萧红：《萧红全集（上）》，哈尔滨出版社1991年版，第67页。

王阿嫂只不过就是他们茶余饭后的谈资而已。他们是一群卑琐、愚昧、冷酷的乡民，似乎萧红的作品中渗透着许多东北地域文化中的阴暗的东西。但从深层的角度上挖掘，对乡民的批判更加能够表明萧红对故乡热土的挚爱。她希望通过对故乡中的痼疾的揭示，改变家乡中乡民的劣根性。这样的乡土不仅是本土文化的滋生地，更是我们民族文化的传承的重要根基。

文化的生命在于传承，文学的生命在于发展。"乡土中所凝结的传统文化，更多的属于不规范之列。俚语，野史，传说，笑料，民歌，神怪故事，习惯风俗，性爱方式等等，其中大部分鲜见于经典，不入正宗，更多的显示出生命的自然面貌。"❶ 即使是再不入流的乡土文化，它也是我们文化的发源地，这里有太多属于中国人的东西。不管是先进的，还是落后的，我们都要正视它并敢于承认其实每一个人都是乡土的儿女。中华民族的根就是源于此，故乡，民族文化的滋生地。大多数作家们也都将自己的叙述放入他们熟悉的乡土之中。萧红也同样用她的作品为我们构建了乡村世界的画廊，这一方面源于她对于故土的向往，另一方面还体现出了对原始的生命形式的向往，在乡土中跳动着最原始的生命力。20 世纪三四十年代的中国风雨飘摇，东北战火纷飞。成长于这片土地上的作家们，迫于无奈选择了离开。于是在他们的作品中出现了众多的"流浪汉结构"，这恐怕是受到了时代的影响，作家们在战争中是处于一种无根的纠结之中。大时代中的萧红也要四处流浪，一方面是为了躲避战争，另

---

❶ 韩少功：《文学的根》，山东文艺出版社 2001 年版，第 81 页。

一方面是因为自己已经真实地无法回去那个梦寐以求的故乡了。在经历了一系列的与传统封建家庭的斗争之后，"家"恐怕就是一个温暖的代名词而已。对于这样的一个遥不可及的温暖的港湾，萧红是那样的熟悉。在经历了人生的种种之后，恍然间，她向往回到那片故土。萧红在《给流亡异地的东北同胞书》中写道："家乡多么好呀，土地是宽阔的，粮食是充足的，有顶黄的金子，有顶亮的煤，鸽子在门楼上飞。"❶那里有她的根，有滋润她成长的民族文化。虽然在现实中的她无法回归故土，但在文本中她实现了自我回归，她在作品中完成了梦寐以求的回归。这是一个漂泊在外的孩子的心灵的回归。她需要根，每一个人最终还是要寻找自己的根。萧红的小说中随处可见的是她的故土，她的乡民，她的乡音，她的乡俗。萧红构建的故乡是一个冷酷的世界，人们彼此之间没有真正的关爱，人们只是在自私自利中生活着。《呼兰河传》中，当小团圆媳妇被折磨得将要死亡的时候，村民的反应是兴奋的，看热闹的人不下 30 人，个个眼睛发亮，人人精神百倍。"萧红展示出了东北社会与人生落后、停滞乃至野蛮的一面，一种文明形态和社会进程中非现代、前现代状貌。这也是历史的东北社会和文化的组成部分，对于完整全面的东北形象的描写和塑造而言，这样的东北书写同样是不可或缺的。"❷而对于试图走出这片土地的乡民，萧红选择了一种侧面描写的手法，通过乡民的种种猜测、种种

---

❶ 王观泉：《怀念萧红》，黑龙江人民出版社 1984 年版，第 130 页。

❷ 逄增玉："同时而异质的东北形象及其叙事"，载《文艺争鸣》2006 年第 2 期。

传言，并不做正面的介绍。而这些走出去的人们最终难逃死亡的命运，如《看风筝》中的刘成、《北中国》中的耿大少爷等，萧红在这里似乎隐喻着她离开家乡之后的命运。这是萧红在黑土地文化的笼罩下，对乡土母题的回归。

二、民族意识追问中的启蒙

故乡因其独特的空间位置而在悄无声息中孕育着本土文化，这里有野旷雄奇、偏僻荒蛮。萧红在作品中成功地完成了回乡模式，尽情地描绘着故土的美丽风光。这样的风光中蕴含了萧红的复杂情感，同时也呈现了丰富的的人文内涵。萧红，一个具有启蒙意识的女作家，她苦苦地探寻着属于本民族的历史文化，书写着生活于此片土地上的人们的命运，探索着对民族历史和民族命运的思考。这是一种在本土文化的基础上的提升，如此的人文关怀让我们感受到萧红使这片黑土地文化更加熠熠生辉。

萧红的小说中在浓浓的乡土气息中彰显着一个具有强烈民族意识的女子形象。她在苦难中挣扎着、思考着，在她的作品中，我们可以深刻地感受到她对于这片土地的深沉热爱及强烈的归属感。她不仅将风土人情、方言俚语展现给世人，而且竭尽所能地丰富着这片土地的人文内涵，使黑土地的文化内涵更加丰厚。米兰·昆德拉曾说过："小说家既不是历史学家，也不是预言学家，他是存在的勘探者。"❶ 萧红用女人独特的视角关注着人们的生存的永恒困境，尤其是农

---

❶ 王智慧："难以承受的生存之重——萧红小说的人文关怀"，载《山东师大学报（社会科学版）》1999 年第 6 期。

民的艰难生活与女人对于爱的无可奈何。在她的许多作品中都有对这样困境的展现。作家以人道主义的立场，冷静地审视着底层人民的命运，希望能启蒙广大民众。《广告副手》中的芹，为了生计，瞒着爱人带病去给人家画广告牌，忍受着工友的歧视、老板的挑剔和爱人的无端猜忌。对于芹来说，爱人的不理解是她最大的痛，最终挣来的一点钱也用在了这场猜忌之中。最后因为芹在大牌子上弄的红痕迹而被广告公司解雇了，从此生计便无着落了，女性在这个社会中生活是多么地无奈呀！《夜风》中的长青的妈妈，一个洗衣服的老婆子，因为咳嗽向雇主张老太太要了两片咳嗽药。第二天晚上的时候，她实在是不能再洗了，于是来向张老太太辞别。当张老太太得知她不能继续洗衣服的时候，竟然要回了昨天送给她的一片药。长青的妈妈以往给张家洗衣服也没要什么钱，只是收了一些旧的衣物之类的东西。如今只是一片小小的咳嗽药，张老太太也要回去。贫农们就是这样在地主的欺压下，艰难地生存着。《太太和西瓜》中的五小姐对别人送的西瓜的说了一句"黄瓜也不如"就抛在了地上，而对于送西瓜的人来说，为了寻找一个每月十元的厨师的职业，就先消费了三元。富小姐们看不上眼的东西却是雇农们的血肉呀！这样的生活场景赤裸裸地展示于读者的面前，让人有一种虽矛盾却又真实的感觉，让人心中有一种隐隐的压抑，无处发泄。纵观萧红的作品，这样的故事真是数不胜数。萧红就是选择这样的故事，寄予了个人对农民生存困境的同情，而引发了读者对于人类整体的生存困境的思考。萧红对于极具奴性的中国农民的揭露是赤裸裸的，正所谓爱之愈深，恨之愈切。《生死场》中的生与死已经成为一种轮回，没有了任何意义。人们在这样的生活中百无聊赖，剩下的只有本能和毫无意义的人生。王婆的孩子摔死了，王婆没有十分伤心，因为在她看来似乎丰收的庄稼更重要。人性如此地麻木、冷漠，令人不寒而栗。萧红在她的作品中一直在探寻着人活着到底是为了什么的问题。鲁迅在《生死场》的序中是这样评价《生死场》的："这自然还不过是略图，叙事和写景，胜于人物的描写，然而北方人民的对于生的坚强，对于死的挣扎，却往往已力透纸背；精神是健全的。"[1] 萧红从生与死的意义的高度来表达一个女人对于生命意义的思考，同时也希望人们能够不断地反思，寻求自我的生存意义、民族的存在价值。萧红的人文关怀的情怀就犹如春天里的一道阳光，照射着东北地区城市附近的贫困村庄和作品中的每个人物。

萧红是一个忠于内心的作家，她愿意表达自己最真实的想法，抒发自己最真挚的情感。她不被任何文学主流所左右，与功利无缘、与政治更是无缘。萧红的许多作品中都有关于战争的描写，在一段时间里，甚至有人将她的作品界定为抗战主题，但是，这显然是不合适的。萧红的作品中合理地处理了文学与政治的关系。一个人生活于社会之中，无法逃离周遭的环境——当然也包括政治环境，萧红没有回避政治，她关注祖国的一切。她有许多以抗战为背景的作品，但她并不只关心政治，而是仍然坚持着自己对于人类的思考。作品中的政治化必将导致作品中的人文缺失，萧红的文学选

---

[1] 鲁迅："《生死场》序言"，见萧红：《生死场》，上海荣光书局1936年版，第1页。

择对我们今天的作家仍有极大的启示。文学发展的终极意义是为了人的发展，多角度、深层次的人文透视是我们文学发展的永恒主题。文学只有真正走进平民，才能永具生命力。"我们不必记载英雄豪杰的事业，才子佳人的幸福，只应记载世间男女的悲欢成败。因为英雄豪杰才子佳人，是世上不常见的；而普通男女是大多数，我们也便是其中的一人，所以其事也更为普遍，更为切己。"❶ 文学可以说是促进人类不断反思的有效途径，人类主体精神的建构将是未来社会发展的动力。文学作品中的对人性的启蒙必将贯穿人类历史的整个过程。每一部优秀的文学作品中必将蕴含着极大的启蒙精神以及人文关怀。当下的文学作品在浮躁凌厉的社会中，在传媒多样化的冲击下，呈现出了一种商业化的倾向，缺少了精神的内核。书籍如果想永远成为人类进步的阶梯，就应该将我们以往的优秀作品中的人文关怀进行传承。"就目前而言，我们仍然没有任何适当的方法，来预防比自然灾害更危险的人类心灵疾病的蔓延。"❷ 笔者认为，文学必定是其中的一种方法。黑土地文化在萧红的人文关怀下，更加地熠熠生辉。

三、女性文化观念的延伸

萧红用一个女人独特的视角进行着最有力的启蒙，她是

---

❶ 刘锋杰：《中国现代六大批评家》，安徽文艺出版社1995年版，第45页。

❷ ［瑞士］荣格著，黄奇铭译：《现代灵魂的自我拯救》，工人出版社1987年版，第12页。

从村民中走出来的，她了解农民，关怀农民。但对于农民表现出的种种愚昧、对统治者的顺从、对异族侵略的冷漠，她是非常愤怒的。正是源于这样的矛盾挣扎，使得萧红在作品中呈现出了一种双声对话的结构。一种是萧红对农民的种种愚昧和落后批判的声音；而另一种则是个人内心的真实话语。童年欢乐记忆的重温，家庭生活的喜怒哀乐，人生的无奈，爱情的缥缈……这些从某种程度上可以看成是作家经历的体现。在作品中融入自叙化的色彩不是萧红的专利，这在许多作家的作品中都呈现给了我们，这是作家在寻找文化之根与个人生命之根的契合点，更是作家归属感的一种体现。故乡、家庭对作家的影响是巨大的，它是作家最初成长的环境。《呼兰河传》中的"我"与祖父生活的种种，随处可以见到萧红的真实的童年。萧红似乎早已感知到，人必定要生活于一定的场之中，犹如一个生死场，无法逃离。她将自己的一部作品命名为《生死场》，人在这样生与死的场中挣扎着，同样本土文化也在这样的场中传承着。研究黑土地文化对于萧红创作主题的影响，就必须关注家庭因素。家庭在一个人的出生、成年、结婚、立业中，起着重要的作用。一个作家最初所受的本土文化的熏陶就来自于家庭。家庭中孕育着本土文化，同时也成为一种本土文化的传承场。萧红创作中的本土文化在家庭这个传承场中得到了极好地丰富。萧红的祖籍是山东省东昌县，乾隆年间，萧红的远祖带着全家来到东北。在前辈的努力下，家境逐渐殷实，但到了萧红祖父那辈家境日益衰败。萧红的父亲早年就过继给了张维祯为嗣，是在封建教育制度中培养出来的旧知识分子。张家当时在当地虽不算什么有财有势的大户，但也算是名门望族。在这样的本土文化氛围下成长起来的萧红，具有一种审视的高度，感受着其中的糟粕与精华。家庭这个传承场中蕴含了太多的本土文化，它使萧红的作品具有了一种独特的价值。在这个并不算大的传承场中，本土文化的创作主体自主地发挥其效能，不断丰富着这个传承场。在《小城三月》中，就有关于参加满人婚礼的本土文化的介绍，满人是很讲究场面的，当族中有喜事的时候，年轻的媳妇们需要到场并要精心打扮。穿的是绣花大袄，颜色艳丽，尽显繁华。还要搽粉，染桃红的嘴唇。《呼兰河传》中，也同样存在着许多本土文化的传承，每年的七月十五，都要在呼兰河上放河灯。村里的人都要奔向河边去看河灯。传说河灯是为了帮助那些不得脱生的冤魂怨鬼寻找到回阳间的路。这样的风俗描绘对于生活于其间的人是一种本土文化的传承，对于没有生活于其间的人是一种异土文化的接受，两者共同完成了对本民族文化的传承。这就是我们所说的家庭因素对于本土文化传承的意义。各民族的文化都是以群体智慧为基础的，大家创造出了属于本土的文化特色。作为文化场中的一员，每个人应该以身在其中而自豪，而且应该具有强烈的归属感。只有这样，本土文化才能在潜移默化之中得到很好地传承。

第三节　本土文化的反思

社会的转型与现代化进程的加快，让文学发展面临着前所未有的冲击。民族文化如何走向世界，尤其是我们的本土文化？如何让我们的文学永远保留着中国特色？是每一个中国文人应该思考的。中国作家们不断地探索着中国文学发展的方向，让我们的文学跻身于世界文学之林。一部分作家重新思考中国文学的发展道路，许多作家选择了回归民族文化，开始注重民俗、民风、民情。在某种程度上，这种回归中国文化的尝试是对本民族文化的一种重塑，具有一定的积极意义。

一、对渐渐远去的东北文化思考

"文化遗产是一个民族或国家具有重要价值的资源，它可以造福于子孙后代。"❶ 但只是简单地在作品中加入一点民俗就认为是对民族文化的传承，这种观点显然是不正确的。我们所要做的是，寻求民族与世界的交流与对话。民间传统文化是中国文化屹立于世界文化之林的深厚根基，我们有必要建立一个积极有效的民族文化传承体系，让具有中国元素的优良文化永远流传下来。非物质文化遗产是我们国家的国宝，历史的传承、价值的认同都是不可或缺的。对于这种文化传承的探索，应该从几方面入手。首先是在地域文化的划分上，应该更具合理性。将一个地域最具代表性的文化特色凸显，于此同时还要关注一些原生态的、濒临灭绝的文化形态，加以保护。其次，社会也为本土文化的传承提供了一个很好的平台。社会中的经济环境和制度因素，制约着人们的

---

❶ 何星亮："文化多样性与全球化"，载《湖北民族学院学报（哲学社会科学版）》2004 年第 8 期，第 21 页。

思维方式和价值观。因此，社会的发展方向也影响了我们本土文化的传承。"由于不同的文化是不同的民族对其所处世界的不同理解的产物，文化的各种符号之间的关系取决于该文化中行为者的行为组织方式。"❶ 东北这片黑土地上的人们用自己对生活地理解，用智慧创造着黑土地的文化。时过境迁，许多东北独特的风俗习惯已经被都市的东北人渐渐遗忘。翻着萧红的小说，似乎将那些远去的属于我们的东西找了回来。正月十五看花灯、编麻鞋、提亲的习俗、五月节家家门前挂起了葫芦、七月十五看河灯等，我们突然发现，原来我们似乎迷失于喧哗的都市之中，已经忘记了这么多热闹的、富有文化气息的场面。萧红这样一个地道的东北人，犹如一朵奇葩绽放于这片广袤的黑土地之中。在这片地域文化的浸染下，她的小说创作极具艺术审美价值，同时又以独特地视角关注着社会人生，极富悲天悯人的人文情怀。这样一位独特的女性，在积极写作的同时，也处处流淌出对本土文化的热爱。她让我们走近了黑土地上的乡民、领略了独具魅力的风土人情。她让我们在热爱这片黑土地的同时，更加不断地去思考如何将这黑土地文化很好地传承下去。这恐怕也是萧红带给我们的关于本土文化传承的一点启示。

二、对精神的后花园的眷恋

不可否认呼兰这个后花园留下了萧红的许多欢笑，同时也孕育着萧红的性格。在这样的一个小小世界中，各种小昆虫，

---

❶　[美]克利福德·吉尔兹著，王海龙、张家瑄译：《地方性知识——阐释人类学论文集》，中央编译出版社2000年版，第37页。

蝴蝶、蜻蜓、蜂子，各种各样的花与草，按着它们的自然规律恣意地生长着，同时生长着的还有萧红。每当春回大地时，萧红就在花园子里欢呼雀跃，东奔西跑，享受着这一片的生机盎然；夏天，就陪着祖父在花园子里聊天、摘黄瓜、追蜻蜓、抓蚂蚱，玩累了就睡。如此自由、无拘束的童年生活经历对萧红的人生选择与文学创作都产生了巨大的影响，这是萧红最初生活经历中所获得的心理体验总和。童年的经历是一种独特的审美体验，它对每个作家的创作都会产生潜移默化的影响。作品题材的选择、创作风格的构建等方面都要局限于童年的经历。萧红的作品中也时常以儿童视角关注着这个世界，正是她小说中的这种童年情节也成就了小说散文化的特点。"她就注重打开小说和其他小说之间的厚障壁，创造出一种介于小说与散文及诗之间的新型小说样式，自由地出入于现时与回忆、现实与梦幻、成年与童年之间。"❶

有人曾经评价，萧红"是一位富有诗人气质的小说家和散文家"。❷萧红出生于旧式家庭之中，从小就受到了传统文化的熏陶，幼年就有了极好的古典文学的积淀。因此，在她的小说中注重诗的意境的营造，这也是其小说文体的另一大特色，也成为她小说中潜在的东北地域文化的美学体现。《小城三月》的故事在这样的一种春的氛围中展开，"天气突然热起来了，说是'二八月，小阳春'，自然冷天气要来的，但是这几天可热了。小城里被杨花给装满了，在榆钱还没变黄之前，大

---

❶ 钱理群、温儒敏、吴福辉：《中国现代文学三十年（修订版）》，北京大学出版社1998年版，第310页。

❷ 葛浩文：《萧红评传》，北方文艺出版社1985年版，第152页。

街小巷到处飞着，象纷纷落下的雪块……春来了。人人象久久
等待着一个大暴动……"，❶ 萧红在这样的自然的叙述中，用
散文般的笔调，诗意般的意境，讲述着这样一个凄惨的爱情故
事。翠姨爱上了"我"的哥哥，不愿屈从于封建包办婚姻，
结果年轻的生命就这样地消逝了。结局却是那样的凄婉，不免
让人心中浮起些许的遗憾。《王阿嫂的死》中开篇就将我们带
入这样的一种情景之中，"草叶和菜叶都蒙盖上灰白色的霜。
山上黄了叶子的树，在等候太阳。雾气象云烟一样蒙蔽了野
花、小河、草屋，蒙蔽了一切声息，蒙蔽了远近的山岗。"❷
这样的氛围的渲染在萧红的小说中是极为常见的。这是萧红独
有的抒情方式，借鉴了中国诗歌中的情境的营造与意象的运
用。在她的小说中，氛围是浸染了创作主体情绪的，并为小说
提供具有浓郁抒情气氛的环境。悠远的意境之中，感受到的是
淡淡的悲伤。萧红之所以能够在作品中营造这样诗意的意境，
源于她深厚的文学底蕴。萧红很小的时候，祖父就挑选一些简
单又便于记忆的诗歌教给萧红，萧红特别聪明，很快就能将其
背诵下来。逐渐地祖父加大了诗歌的难度并加强了对其意义的
介绍，使萧红幼小的心灵受到了深刻地震撼。可以说，萧红的
古典文化的启蒙老师就是她的祖父。萧红在《呼兰河传》中
曾这样写道："早晨念诗，晚上念诗，半夜醒了也是念诗。"❸
这大概也是萧红生活的真实写照，从中我们可以看出她对诗歌
的热爱。另一个对萧红古典文学底蕴起到重要作用的就是，他

---

❶ 萧红：《萧红全集（下）》，哈尔滨出版社1991年版，第676页。
❷ 萧红：《萧红全集（上）》，哈尔滨出版社1991年版，第1页。
❸ 萧红：《萧红全集（下）》，哈尔滨出版社1991年版，第775页。

的大伯父。大伯父喜欢朗诵古文，经常用慷慨激昂的语气朗诵古文给萧红听。萧红随着这种铿锵有力的节奏而激动不已，由此对古文产生了更加浓厚的兴趣。幼年时候的她几乎天天读古文，有时甚至带到课堂上去看。萧红读书是不知满足的，她不仅不放过家里书房的书，而且还向朋友、亲戚、同学借。在这样的家庭环境中，萧红的文学造诣也越来越深厚，文学才华也日益彰显。在小学的时候，她的许多文章就得到了老师的赞赏，这些童年的经历都对萧红的文学创作风格的形成起到了推波助澜的作用。同时，这些童年的成长历程也是萧红生活的黑土地文化中的重要组成部分，深刻地影响着萧红创作的审美意识。所以，这种文本特色的选择与地域文化的影响是有着内在联系的，应该成为地域文化研究中的一部分。

三、对"根"的无奈审视

翻开萧红的小说，几乎每一篇都蕴含着种种的凄凉，让人感觉到一阵阵的寒意，悲凉似乎成为其创作的主要风格。萧红小说中是如何形成这样的风格的呢？关于此问题的研究，应该回归到萧红生活的地域、人生的经历中。首先，我们应该明确何谓风格，"风格是指当我们从作家身上剥去那些不属于他本人的东西，所有那些为他和别人所共有的东西之后所获得的剩余或内核"。❶ 换句话说，风格就是作家独具的创作个性。创作个性的形成与作家世界观、艺术观、审美趣味等诸多因素是分不开的。不同的创作个性、生活经历、

---

❶ 童庆炳主编：《文学理论教程》，高等教育出版社1998年版，第247页。

宗教信仰、生活习惯、教育背景等诸多因素都会使作家在选择美学风格时，做出自我的选择。创作个性的形成与发展不仅与先天的性格秉性有关，而且也要受到客观条件的制约。"任何创作个性和风格，都毫无例外地要受到他所在的社会的政治、经济、哲学、文化等等的制约和影响。"❶ 因此，我们认为创作风格的形成是作家所受地域文化潜在影响的又一重大体现，是东北这片肥沃的黑土地哺育出了萧红独具特色的美学风格。作家的思想意识、思维方式、创作心理结构、情感体验都是在故土中孕育着、成熟着。因此，作家的创作与他生活的地域有着千丝万缕的关联。

　　萧红的一生是无根的，在历经了爱情的磨难之后，最终还是无法逃离孤寂的死亡。这样的一个女子的作品中如何能出现欢快欣喜的风格呢？可以说，她的悲凉一生就是她的作品中蕴藏着淡淡的悲凉的源泉。年少的萧红为了追求心中那一份纯真的爱，而毅然地同封建家庭决裂，拒绝家里包办的封建婚姻。但这样的一份纯真的爱在生活的现实面前显得是那样的脆弱，物质的匮乏使年轻的爱人弃她而去，她又不得不回到那个大家庭之中。这次的回归她遭到的是人们的漠视、奚落，她心中的孤寂无人能够真正地体会。她用她的笔宣泄着生活的残忍，同时也宣泄着自己内心的孤独与寂寞。这样经历的女性笔下流淌着的就是悲凉，萧红曾经说："女性的天空是低的，羽翼是稀薄的，而身边的累赘又是笨重

❶　童庆炳主编：《文学理论教程》，高等教育出版社1998年版，第251页。

的!"❶ 萧红完美地将自我的感受与人生经历提升到整个全人类的女性命运的思考的高度，在悲凉的美学风格中传达着对人性的深切关怀。萧红的作品就是在灵秀之气中透露着浑厚的苍凉，同时家乡的地域生态环境已经不是作品中简单的个体，而是成为文学艺术生命的构建。语言与思想之间是相互作用、相互影响的，作品中独特语言的运用是一种潜在的民族文化的彰显。正所谓文学是语言的艺术，语言的运用构建着整部文学作品的特色。因此，语言是最具地方特色的文化载体，它是地域文化组成的基石。它不仅记录了地域文化发展的悠久历史，而且对于地域文化的传播也起到了积极的作用。作家们用赋予地方色彩的语言将一个区域的独特文化展现在受众面前，使人们更加了解该区域的文化特色。方言也成为了地域文化中的一个重要方面，对于其的保护不仅仅是语言工作者的责任，也是每一个文化人的责任。

---

❶ 聂绀弩："在西安"，见王观泉主编：《怀念萧红》，黑龙江人民出版社1984年版，第30页。

第五章

张爱玲:传统与现代媾和的都市想象与沉思

第一节　"红楼"与"红尘"两世界

与老舍在北京文化中成长不同，张爱玲是在上海大都市的洋场文化里长大的，自幼就与上海的大都市生活融为一体，与生俱来地把这个繁华而琐细、现代而又猥琐的都市生活变成了一种特定的文化心理：离开了大上海的百货公司，离开了上海的洋房、弄堂，离开了上海的那些影剧院、绸布店、服装店乃至那些小菜场，离开了上海这座城市的颜色、声音、气息，张爱玲就首先找不到了自己生活的感觉，也就难以想象她的那些文学创作了。这种心理最典型的说法是张爱玲自己讲过的那句话："每天晚上，如果听不到最后一班有轨电车开过家门时所发出的叮叮当当的声音，那么今夜是无法入睡的。"

一、特定的都市文化背景

与其说张爱玲的小说创作是一种文学天分的展示，不如说是对一种特定生活环境——大都市上海——的心理体验。

这种心理体验对张爱玲的影响充满难言的况味。相府门第的煊赫，张爱玲只赶上了个尾巴。张爱玲出生的时候，不但李鸿章、张佩纶已弃世多年，祖母李菊藕也已辞世。尤其是，使李家、张家获得高门巨族身份的清王朝也已瓦解多年。清朝的灭亡，实际上为张家、李家这样的高门巨族画上了句号。不过，百足之虫，死而不僵。沦为遗老遗少的高门巨族仍在前代余荫下继续着富贵精致的生活。而张爱玲出生的时候，动荡的中国正在滚滚向前，陈独秀、胡适等时代巨子正在猛烈抨击中国文化，而前清"鲜花着锦、烈火烹油"的生活仍在延续。或许是家族破败的速度在加快，到了年少时期，相府门第的煊赫精致在张爱玲的眼中逐渐变了颜色，露出千疮百孔的底子，使她观察社会、理解历史、面对新的文学经验有了特殊的立场。对此，宋家宏总结为"失落者的心态"。她只是写男女间的小事情，她的作品里没有战争、也没有革命。她认为人在恋爱的时候，是比在战争或革命的时候更朴素、更放恣的。《传奇》中写的都是普通人，这些普通人是与新文学以来主流写作中"启蒙者""英雄""革命者""超人"相对峙的形象，曹七巧、白流苏、葛薇龙、佟振宝等不仅出生在旧式富贵家庭，而且周身受着旧式家庭的熏染、影响。他们将生活中司空见惯的事例，如谈婚论嫁、娶妻生子、赚钱养家、日常生活等凡俗人生作为理想。这些普通人上演着以自己为中心的，悲喜交织、醉生梦死的生活。如果说新文学主流写作大多将实现国家的独立、富强，使人民得到觉醒作为新时期国民的理想的话，那么张爱玲则将世俗生活中安稳的一面视为永恒的理想。除了"失落者"的社会观察视角之外，高门巨族的"遗产"还在于一种惘惘乃至虚无的生命体验。童年记忆对于一个人的一生影响是决定性的。父母矛盾、离婚以及共同的自私对张爱玲的心灵有很大的摧毁。父亲的无情，家庭的破裂，毁掉的不仅仅是张爱玲的情感依偎之地，更直接将她推进一种不能释放的"惘惘的威胁"之中。父母的自私、不给她出钱上学、不负责任、对母亲的深入了解以及期望的落空，使张爱玲与父亲、母亲的关系都走到了尽头。对于张爱玲而言，是一步一步、不可抵挡地陷入孤立无助的恐惧之中。父母亲都不能依靠，这种恐惧、不安是缠绕张爱玲终生的"惘惘的威胁"，这种"惘惘的威胁"也决定成年以后张爱玲的基本心理趋势：对世人怀着难以消释的怀疑。身在惶恐与不安之中，她一心要抓住那一切可以给她带来安稳感受的事物。她特别关注那些短暂的但可以给人暂时安慰的快乐事物。她喜欢音乐、颜色、线条、气味。她不关心他人，因为她自顾尚且不暇。对待社会、国家的态度上，她比一般大家族里的人，更显得淡漠。

二、虚无主义的哲学底子与物质主义的欢娱世俗

张爱玲写小说，带有微微的讽刺，然而她并不像鲁迅，暴露中国人性格中的阴暗面和劣根性、揭发国民性，她并非要批判愚昧以换取光明，并非要"破"旧的生活以"立"新的人生。张爱玲首先想到的是在这险恶、肮脏、复杂、不可理喻的现实环境之下展示人的脆弱。她写小说，没有明确的社会批判诉求。她的讽刺毋宁通向幽默，"幽默"常对罪恶采取宽容的态度，不是去谴责罪恶，而是看着罪恶发笑。张爱玲并无遗老遗少的心态，然而她也缺乏用文字参与民族构建的宏大志愿。很显然，张爱玲在局部的人生观察上与鲁迅的启蒙现代性有相似之处，但在根本上与鲁迅大不同。刘锋杰等用"日常现代性"来概括张爱玲，"她的日常现代性，满足人的欲望与要求，在充分尊重个人生活的同时，她的小

说也明显包含'日常生活中的虚无'"。❶譬如她描写沦陷时的上海，"久已忘记这一节了。前些时有一次较紧张的空袭……上海的往日是如此的繁华，灯红酒绿，充斥着享受的气息，而此时我是一个人坐在黑房里，没有电，瓷缸里只有一点点的烛光，只听见墙上的时钟滴答滴答的走，外界的繁华与自己此刻孤独的境界做出了强烈的对比，昔日的繁华恍如隔世"。对此，李新民先生指出："物欲、情欲、虚荣，对人生一切物质层面上琐屑的计较、饱满的享受、热闹的追逐，正是基于精神深处对生命无常的恐惧，所以，才拼命想要攀住他们。生之喜悦与生之悲哀交织在一起，拥有与虚无彼此印证着，这就是张爱玲的荒谬与苍凉"。显然，张爱玲的叙事哲学同时兼含着"生之喜悦与生之悲哀"，恐怕要比日常现代性或启蒙现代性复杂得多。王安忆在《世俗的张爱玲》中说："一头是具体可感的细节，另一头是无法触摸的虚无。""具体可感"指的是张爱玲文字中的世俗与日常，"人生奈何的虚无"指的是一种关于生命本体的看法。这样悖反的两级，它源自中国古典文人特殊的生命世界。❷这可通过张爱玲终生热爱的《红楼梦》来作说明。《红楼梦》又名《风月宝鉴》，取这个名字，涉及小说中贾瑞、王熙凤一段情缘纠葛。小说中，贾瑞迷上王熙凤的美貌，一病不起，于是道士给了他一面镜子，镜子一照背面，发现一个骷髅立在那儿，大吃一惊。一看正面，发现凤姐在里面向他吟吟招

---

❶ 刘锋杰："论张爱玲的现代性及其生成方式"，载《文学评论》2004年第6期。

❷ 袁良骏：《张爱玲论》，华龄出版社2010年版，第178页。

手，贾瑞入镜中，数番云雨，竟至精尽人亡。读者一般只把它当作一个故事。其实，"风月宝鉴"是一个关于世界和人生的隐喻。一个世界，既是正面，又是反面。既是美，又是死亡；既是繁华，又是空无。美与死亡、空与无、快乐与悲伤、阴与阳，是同一世界的正反两面。既是真又是假，实际上这是一种中国式的世界观。持这种观点的人，有一种中国式的虚无主义，人世万物，都将化为虚空。因而，功名理想皆无什么价值。因此，人生有意义的举动不是去献身未来或遥远的事物，而是应抓住当下，享受此世，感受眼前事物的美。中国式的虚无主义以某种宁静无为的生命境界为归宿，而不以某种理想社会为归宿。张爱玲幼年对《红楼梦》的熟悉与热爱，使她骨子里更加接近旧式文人，而家族与家庭的双重破败，更易使她对那种彻骨的悲哀发生共鸣。张爱玲的根基就在中国古典文学，通过对繁华事物的繁复书写来抵抗生命的虚无，例如小说中对音乐、服装等的描写，又通过对生活细节的无理由的迷恋来平复人生的悲凉。虚无的世界感受与物质主义的叙事表达，合成了张爱玲的叙事哲学，中国式的虚无主义由此构成了张爱玲叙事哲学的基底。张爱玲写小说，无意通过文字去疗救或改变什么。生命如此脆弱，最要紧的是抓住眼前的一些欢娱和细节。在她的文字中，那种无可抵挡的虚空之感反复袭来。如《第一炉香》中："薇龙在人堆里走着，有种奇异的感觉，头上是幽幽的蓝天，无尽头是紫黝黝的冬天的海……无边的荒凉，无边的恐怖。她的未来也是如此—不能想，想起来只是无边的恐怖。"在《多少恨》中："沿着墙是一溜的沙发，沙发上有一排灯光，那里的灯光永远是微醺，墙壁如同一种粗糙的羊毛呢。那穿堂里，望过去有很长的一带都是昏暗，好像人的沉默，寂静的让人有种恐惧之感，这是一种远处的荒凉。"● 人世本是虚空，那么人们的理想以及现实生活中所存在的正义又有什么意义，我们为何还要辛辛苦苦地追寻。在这里，张爱玲和《红楼梦》一样，努力去"物质的细节"上得到"欢娱"。她说："活在中国就有这样的可爱：脏与乱与悲伤之中，到处会发现珍贵的东西，使人高兴一上午，一天，一生一世。"一点小东西就可以高兴"一上午，一天"，只可以说作者内心的空虚，太渴望这类摸得着感受得到的细节，她的作品因此获得了虚无主义与物质主义并置的叙事结构。虚无主义的哲学底子与物质主义的欢娱细节，两者错配有致，成为张爱玲讲故事的基本格局。然而，敏感者不难发现，这些欢娱细节给人的印象到底是欢愉，还是虚空呢？在《怨女》中，银娣对往事的回忆，不正是她们在现实中陷入巨大生命虚空的表现吗？在这里，喜悦中渗出悲伤，悲伤又遮不住一瞬的光亮，实际上是悲喜同一了。如果说张爱玲小说多悲剧，那她这种悲剧是很中国化的，而与现代文人写的悲剧大异其趣。她的虚空因为物质欢娱而得到暂时的缓解，她的世俗场景因为有了虚无的底子而散发生命的力量。张爱玲不但要讲热闹的故事，她还希望"多给他们一点别的"关于这悲喜合一、有无互生、人生的喜悦与哀悯交互流动的生命之境。所以，张爱玲的叙事表象是叙述人生安稳的一面。同时虚无主义的哲学底子与物质主义的欢娱细节构成了张爱玲小说的哲学。

● 张爱玲：《红玫瑰与白玫瑰》，十月文艺出版社 2012 年版，第 266 页。

三、说想说的，让读者取想取的价值判断

张爱玲有一篇引人注目的散文叫《有女同车》，写的是作者日常生活中所见的一个极为普通的场景：电车里坐着两个洋装女子，作者一瞥即注意到了她们的人种和职业，"大约是杂种人吧，不然就是葡萄牙人，像是洋行里的女打字员"。再一瞥，注意到了这两个女人的形体和装扮，其中"一个偏于胖，腰间束着三寸宽的黑漆皮带，皮带下面有圆圆的肚子。细眉毛，肿眼泡，因为脸庞的上半部比较突出，上下截然分为两部"。这个胖女人正在对另一个女人愤愤不平地谈论着对自己丈夫的不满："……所以我就一个礼拜没同他说话。他说'哈罗'，我也说'哈罗'。……你知道，我的脾气是倔强的。是我有理的时候，我总是倔强的。"另一个女人"是个老板娘模样的中年太太，梳个乌油油的髻，戴着时行的独粒头喷漆红耳环"。这个中年太太也在愤愤不平地把自己的儿子数落个不停："我要翻翻行头，伊弗拨我翻。难我讲我铜钿弗拨伊用哉！格日子拉电车浪，我教伊买票，伊哪哼话？……'侬拨我十块洋钿，我就搭侬买！坏伐？……"

这篇短短的不足一千字的散文，有好几个值得注意的地方：

首先，张爱玲在这篇短文里写到的电车上的两个女子，一个坐在电车的这一头，另一个坐在电车的那一头，可以想见，无论作者张爱玲处于电车的什么位置要能同时注意到这两个女人的外貌、装扮、言谈话语以及细微的表情，是很不

容易甚至是不可能的。但张爱玲几乎是在一瞥之间就把所有这一切全部都扫描了下，这实在是一种天然的感应，其中不排除某种心理感应。

其次，张爱玲在随意听到的两个女人的谈话中间，又几乎是毫不费力地得出了她特有的那种苍凉的感慨：电车上的女人使"我"悲怆，女人……女人一辈子讲的是男人，念的是男人，怨的是男人，永远，永远。

最后，这篇短文的第一句话非常耐人寻味："这是句句真言，没有经过一点剪裁与润色，所以不能算小说。"其实，这恰恰就是张爱玲的最为典型的小说及其创作方式，这就是张爱玲的生活以及她对生活的体察，这就是张爱玲独特的心理体验及心理反射。读这篇短文，对我们理解和认识张爱玲的作品主要写了些什么，特别是如何写出来的，而读者总能找到价值取向。

第二节　现代性的艺术表现

王安忆曾说"张爱玲是临着虚无之深渊"，但始终警惕着自己不踏进去。她站在虚无的边缘上，她就站在那个深不见底的黑洞的旁边，只要一转身，就可看见所谓的事物的真相，可她不敢看，她没有选择勇敢的面对，而是在关键时刻回过头去。

一、小说中蒙太奇手法的运用

张爱玲有足够的情感能力去抵达深刻，抵达虚无的深处，可她却没有勇气承受这能力所获得的结果，这结果太沉重，她是知道这份量的。[1] 于是她便自己拉住自己，以致使自己避免跌入黑暗的深渊，于是她把自己束缚在一些生活的可爱的细节上，拼命去吮吸它们的实在之处，通过现实的物质、物质的实在之处去抵挡现实生活的虚无。她的小说虽时常可见中国式虚无的片刻或瞬间，然就整部作品而言，却并没有真的陷入虚无哲学，而俗世的欢娱占了重要地位，并没有被虚无浸淫、笼罩。正如王安忆所说的，张爱玲在虚无的深渊的边上一瞥，便迅速回头了。所以，虚无哲学在张爱玲文字中展现的层次其实还是有限度的。与此同时，她在揭露这种虚无主义哲学的叙事方法上，张爱玲亦不免过于便捷。在《红楼梦》里，曹雪芹经过漫长的人世离合、细致的世相表述、日常却又惊心的心灵旅程，一层一层地逼近了这种哲学。然而张爱玲却是用蒙太奇手法，隔着 10 年或 30 年，两个画面一对接，便将这种哲学点将出来，例如关于翠绿青山、屏风上的鸟等描写，都是通过主人公或叙述者的某一闪念，即将这一层意思透露出来。对此，迅雨称之为"节略法"，这是电影的手法：时间与空间，模模糊糊淡下去了，又隐隐约约浮上来。这种方法实际上是张爱玲用巧妙、便捷的方法将人生的虚无"真相"提示给读者，而不是让他们在

---

[1] 王安忆：《我读我看》，上海人民出版社 2002 年版，第 299 页。

层层叠叠的人生中忽然悟透生命。置之短篇小说，这可算是技术过人，但就古典文化的博大精深而言，就不免有"速成"之意。

二、小说中的"异化"

《第一炉香》中的女主角是上海姑娘薇龙，她随父母到香港躲避祸乱，为了完成学业，便去投靠她的姑母梁太太。姑母当年因嫁给香港大亨梁季腾当四姨太，薇龙希望姑母收留自己，完成学业。姑母开始有点感情用事，不愿收留薇龙。然而，细想之下，她变卦了，决定将薇龙留下来，好好为自己服务——充当她勾引青年男友的开路先锋。姑母有许多性对象，其开放程度、性自由程度为某些先锋性学家的榜样，但是她老了，于是为了笼络住男性，她把薇龙留下了，将薇龙待若上宾，在其衣柜里装满了高档衣服。但是，幸福是要付出代价的。薇龙第一个就献上了卢兆麟，获得姑母的垂青。此外，薇龙还要周旋在司徒协、乔其乔等姑母的老少情人之间。薇龙的心灵在慢慢发生变化。至此，姑侄之间的关系，在亲情的掩盖下，变成了一种商品关系，而且是一种特殊的"皮条客"似的买主与卖主之间的关系。之后，薇龙遇见了年轻男友"乔其乔"。乔其乔是梁太太手下败将，变成一名知名男妓，他只知占有女人，而没有丝毫的真心喜爱。薇龙为他献上了童贞。乔其乔什么都不能给她，不能爱她，不能和她结婚，他对薇龙只是一种欢娱。但他竟然征服了薇龙。"她为了乔其乔，已经完全丧失了信心，她不能够应付任何人，乔其乔一天不爱她，她一天在他的势力下。她明明知道乔其乔不过是一个极普通的浪子，没有什么可怕，可怕的是他引起的她不可理喻的蛮暴的热情。"薇龙和乔其乔的关系，说明她进一步"港化"，进一步"堕落"。在常人眼中，乔其乔应该是如花少女的灾星，他是不可能给薇龙带来安全和幸福的。薇龙的满足感、安全感，即使不是一种幻觉，也应该是一种自欺欺人的陶醉和沉迷。上有姑母的控制，下有乔其乔的摆布，薇龙只能在陷阱中挣扎，她无法找回自己的清纯，无法创造自己的幸福了。薇龙经受两方面异化，姑母的性道德异化和乔其乔的爱情观异化。二者的结合，便把薇龙引上了她姑姑十多年来走过来的羊肠小道：不顾人伦道德，只求性享受、性自由甚至性挥霍的淫贱之道。

《金锁记》中的曹七巧是中国现代文学史上一个独特而杰出的典型。曹七巧首先是封建文化、封建礼教、封建婚姻制度的一个牺牲品。她是乡下开麻油店的，姜家则是高门望族，广有家产。她答应了姜家的婚事，成为姜家二奶奶。但嫁过去之后，她发现丈夫患了先天性骨痨，瘫在床上，这样的人，根本没有性能力，自己嫁的竟是一堆死肉。七巧在这个家中，无人能瞧得起，就连下人都不拿她当回事。于是，她便摆出二少奶奶的权威，她要和大少奶奶平起平坐，她要在老太太面前出谋划策。她似乎比谁都活跃，一味掩饰自己内心的空虚。在财产面前，七巧更是寸步不让，然而在九叔公主持的分家上，孤儿寡母还是受欺负了。长期以来的处于劣势地位、受欺负，可说是七巧攀高结贵的代价。而更难以忍受的是长期以来的"性压抑"。七巧试图为自己的性压抑寻找突破点，她爱上了自己的小叔子。然而她的小叔子季泽对七巧只是调戏，向来不动真格。性压抑导致七巧性变态。

在分家之后，季泽来找她，目的是算计她的财产，但也有为二嫂"还愿"的"性"的内涵。然而，她主动浇灭了自己的欲望之火，面对往日的意中人，为了守住金钱，她没有了一点激情。带着黄金枷锁的七巧，已经变成金钱的奴隶。为了那几亩薄田，竟然连自己的意中人都不认了。这自然是在金钱面前的"异化"，但更可怕的是"情异化"。由于自己的情感无法寄托、无法宣泄，于是七巧把目光投到自己儿子身上，她不让儿子过正常的夫妻生活，让长白整夜整夜地为自己烧烟，甚至把双脚搭上长白的肩膀，她所做的超出了一个正常的母亲所应该做的。她蓄意破坏女儿的婚姻，在女儿未婚夫面前故意挑明长安抽大烟，可以说是她亲手毁了女儿的终身幸福，她不但杀死了自己，也杀死了自己的女儿。《金锁记》的后半部，七巧已经不是正常人了，她的情感发生了异化，她的人性、母性均已异化为兽性、食人性，她已经异化为一个以吃掉儿女幸福为乐的半人半魔的魔幻化的人物了。

三、小说中的意识流

《茉莉香片》中聂传庆的意识流、心理独白之类的奇思妙想贯穿全篇。下面是他在课堂上的一段："传庆想着，在他的血管里，或许会留着这个人的血。呵，如果……如果该是什么样的果子呢？该是淡青色的营养多汁的果子，像荔枝而没有核，甜里面带着点心酸。如果他母亲当初略微任性，自私一点，和言子夜诀别的最后一分钟，在情感的支配下向他说出自己的真实感情。"❶ 在母亲初恋情人言子夜教授的中国文学史课堂上，传庆不好好听课，却想到当初母亲和言教授越了轨，主动献身了。一个"如果"之后，又想到另一个"如果"。传庆课堂的走神，走得太远了。心理描写、心理独白、意识流在这里用的恰到好处。这里传庆的"如果"相当精彩，不是枯燥的剖析，而是自然和谐的流动，极其耐人寻味。张爱玲还善于写婚恋中男女的心理变化，善于捕捉感情的蛛丝马迹，大大丰富了现代文学的艺术手段。《倾城之恋》是这方面的代表作，范柳原与白流苏的爱情中，两人一攻一防、真真假假、相互交战。"倾城"之下，范柳原由渔色变真情，白流苏由担心变放心，一步一个脚印，让人惊叹叫绝。《金锁记》中，曹七巧由追求、挑逗姜季泽到打、骂、轰走以"叙旧"骗钱的姜季泽，心理变化跃然纸上。此外，《红玫瑰与白玫瑰》中佟振保、王娇蕊的心理变化都是精彩之笔。

第三节　文化视野中的群像系列

女权主义评论家往往以男权文化的角度观察张爱玲小说中的女性像谱。于青索性以"女奴"称谓张爱玲笔下的众女性。林语堂写道："尊敬妇女品德的纯洁是非常道德而高尚

---

❶ 张爱玲：《张爱玲全集（第 4 卷）》，海南出版社 1995 年版，第 57 页。

的事。"贞节寡妇不仅受男人及其亲属的欢迎，也是妇女使自己出人头地的最方便的办法，不仅给自己的家庭，也为整个村庄和家族带来荣誉。

一、高门望族中的女奴群像

旧的高门巨族的妇女，都受到封建思想的影响，张爱玲很小就敏感到男权问题。张爱玲的笔下出现了一类可怜而又空虚的太太、小姐群像。《等》中高先生的姨太太的卑微。《鸿鸾禧》中的娄太太，感到自己在家像空气一样，永远被人轻视，若是左邻右舍单单剩下她和她丈夫，她丈夫连理都不会理她。《小艾》中的五太太，从新婚的第一天起就被家人告诫要在漂亮的三姨太太面前占到上风。三姨太太和老爷在北京住在一起，而五太太这里只是偶尔回来一趟。她像弃妇又像寡妇的原本不确定的身份现在已经确定了。后来五老爷到外面做官，亏空了，想用五太太的嫁妆去补窟窿，而将她接了过去。但不久之后，五太太和三姨太就闹了矛盾，极受欺负。五太太却认为自己总有熬出头的一天，即使知道希望极其渺茫，也还是守着。在这种境况中，五太太坠入到全无自尊的黑暗中。这类陷入到幽暗的女性比比皆是。"太太"两个字几乎是一个讽刺符号，是人生终点的象征。现代中国对"太太"似乎没有太多期望，除贞操外，很少要求。《花凋》中，冯碧落的一生更像是一个预言，她爱的人负气远去，她也就只能死在屏风上。这是一群缺乏力量的女性。无论太太、姨太太、还是小姐，她们都仰赖于丈夫的爱而生活，然而这种爱是那么稀疏。她们陷入无爱之地，但是她们却无路可走，就只能看着自己在一片虚空中下沉。张爱玲昭示着人性本幻，这类女性的不幸，一方面是女奴的制度性位置，另一方面也是人生苍白本相的一部分，没有改变的可能性。

二、生存智慧的女人群像

然而，旧的高门巨族和男权制度并不单单造就川娥、玉清、五太太这类如花般凋去的柔弱而苍白的女性。有怎样的社会制度，便会有怎样的生存规则。然而男性权利的长期支配，男性权利长期居于主导地位，使女性本能地发展出一条求生的策略，女性怡然、顽强地活下去，活得更加顽强、怡然自得。每种生存规则都可能刺激出适应力极强的生存智慧。像梁太太这种"有本领"的女人，不但一手挽住了时代的巨轮，还一手掌握了自己的命运。她用青春做了一笔交易，又用交换来的钱财开辟了自己的全盛时代，甚至一度控制了自己的侄女。还有《小团圆》中，九莉的母亲也是这类"有本事"的女人。她们有着类似原始社会里那种蛮强的性格，敢于到那个蛮荒的世界中做持续不断的搏斗。这类能够穿越男权制度而怡然活着的女性，构成了女性像谱中特异的一类。在《花凋》中，郑家已经败落，孩子们不能不在竞争中求生活，从小的剧烈的生活竞争把她们造成了能干的人，然而川娥是姊妹中最老实的一个，她的老实是姐妹们厉害的结果，她从来不和姊妹们为了同时看中一件衣料而争吵。姊妹们一口断定"小妹适合学生装，头发还是不烫的好看"，她们用这种方法压榨着小妹。于是川娥终年穿着蓝布长衫，秋天浅蓝，冬天深蓝。川娥的姊妹们，对自己家的骨肉都尽力使着竞争的手段，不难想象她们将来成了太太会成为怎样的勾心斗角的一等好手。《金锁记》中，连下人都瞧不起的曹七巧在接连不断的斗争中，终于成了自己命运的主人，对于她斗争的经历，后来改写成《怨女》。她控制自己的丈夫，控制自己的儿子。在男权的中国家庭，有多少女人取得了令人生畏的控制地位啊！这的确不是性格温顺、心思单纯的女人可以做到的。银娣是典型的"蛮荒世界里得势的女人"，没有家室，没有钱财，凭着自己的本领博取命运。还有斗争形象流苏、霓喜等，她们并不反对封建礼教下的社会结构，她们反对的只是自己在这一结构中的位置，她们希图得到一个更有利的位置。这些有本领的女人，都站在虚无的深渊的边上。然而张爱玲对她们的态度是同情的，她并不看低霓喜、流苏、七巧等以身体作为基本本领的女人。

三、独立、自尊的知性女性群像

若说流苏、七巧、川娥等女性形象多来自社会观察，那么，葛薇龙、虞家茵、顾曼桢、王佳芝等都是较具独立人格追求与爱的渴求的女性，更多地带有张爱玲思想的投射。某些人物的经历和心理，甚至直接取自她本人的生命。这类女性，构成了张爱玲小说女性像谱中的第三种类型。这些女性，除王娇蕊，其他人物都具有深宅大院和男人以外的职业经验和价值目标。这些女性，虽然多数时间都在忙着办公、排演、替人补习，不似霓喜全副精神对付男人，但她们无法避免辗转于情场。她们对异性的期待不仅仅止于谋生，甚至不在于谋生。在《多少恨》中，虞家茵因为父亲的添堵作乱，只能离开心仪的男子夏宗豫。顾曼桢是张爱玲一生中最用力书写的女性，她的自尊、独立与牺牲，构成了张爱玲女性谱像中最动人的一位。她与沈世钧的爱情，完整地诠释了张爱玲自己对"执子之手，与子偕老"的爱情期待。但是由于曼璐的设计，顾曼桢最终与爱的人失之交臂，等到14年后两人意外重逢，却早已物是人非。这样无力把握的爱，无疑是张爱玲的女性境遇，是对人类的一种深切悲悯。张爱玲笔下的爱之所以沦为虚空，并非旧的制度或者观念妨碍了爱。爱的毁掉往往不可理喻。若一定要找出理由，那不妨说是人性自身的弱点导致了爱的虚无。

所以，在张爱玲的小说中，上海是座华美但悲哀的城。她所写的繁华是虚无的繁华，她所写的爱情包含着依附于男人的虚无的爱情。尽管张爱玲运用了许多的现代性艺术手法，变抽象为具象，让我们有可触摸之感，但当我们真正的走进张爱玲之后，发现在欢娱的细节的背后，笼罩的是无尽的虚无。同时，张爱玲也让人看见了不同的三类女性，每种女性的不同境遇，不管是让人愤恨的还是尊重的，张爱玲对她们都给予了同情，给予了深深的关怀。所以张爱玲的小说，在今天仍然有值得学习之处。

第四节　传奇与神秘的文化特质

张爱玲是一位充满传奇和神秘色彩的女性，是一位独具鬼才和怪才的女作家。她于 1921 年出生在上海一个封建化和西洋化畸形交织的家庭。花天酒地、封建遗少式的父亲，深受新思想影响、孤傲睿智、毅然走出家庭的母亲，以及庸俗残暴、自私专横的后母，这样的家庭环境和文化氛围使张爱玲过早地成熟，并决定了她怪异顽强的性格和自立于世的人生态度。

一、传奇与传统相伴

张爱玲从小就怪。据说她还是个小女孩时就有一篇文字在报上登了出来，大人们说第一次稿费，应当去买一本字典做纪念的，可她却马上拿这钱去买了口红。在北平结束了自己的童年时代，张爱玲于第二次世界大战前考入英国伦敦大学，战争的爆发使她没能如愿赴英就读，转而进入香港大学，没等大学读完即返回上海，开始创作生涯，起初她主要在《西风》《万象》《天地》等刊物发表一些散文。1943 年年初至 1945 年，张爱玲在现代文坛横空出世，连续发表了《沉香屑》《茉莉香片》《心经》《倾城之恋》《金锁记》《琉璃瓦》《连环套》《红玫瑰与白玫瑰》等一系列小说，以及大量精美洒脱、奇光异彩的散文。这些充满传奇色彩的文字在文学史上为我们留下了张爱玲这个传奇性的名字。后来她于 20 世纪 50 年代初离开内地去了香港，再后来她又去了美国。近年来大陆和港台文坛不断出现研究张爱玲的"张热"，不断出现大批为张爱玲所倾倒的"张迷"，而此时的张爱玲却在美国加州某小城闭门深居。张爱玲在《金锁记》结尾时说过，"三十年前的月亮早已沉下去"，"然而三十年前的故事还没有完——完不了"。又是数十年过去了，同一个月亮已经沉落得更深、更深，然而同一个张爱玲的传奇故事依然没完，她的人生历程，她的创作世界，关于她的恩恩怨怨，曲曲直直都还没完，恐怕也是完不了的。

张爱玲很会写小说，很会用种种独异新颖的技巧在小说里描写别人的故事，因此人们甚至注意到了她与"新感觉派"小说的某种联系。她的小说世界是那样的凄艳苍凉，有着那么多"惘惘的威胁"，带着那么厚重的世纪末的悲哀。而与之相比，张爱玲的散文却显得那样的清纯、质朴、平直，描写的主要对象就是她自己。如果说张爱玲的小说是一个疯狂扭曲的世界，其中生活着的是一群变态的男女；那么她的散文则是一方宁静恬淡的天地，像一个厌倦了风云世故的人，一个说尽了别人故事的人，需要一片平静的海，需要向别人娓娓叙述一下自己的衷肠。因此可以说，散文是张爱玲的又一个世界，一个属于她自己的别具韵味的世界。

二、轻松与凝重相随

在张爱玲的散文作品里，我们读到了那么多关于她自己的故事，更真切地感到了她首先作为一个主人公而不是作为一个作家的独特个性。走进张爱玲的散文世界，一个既充满理性哲思，又洋溢着主观激情，一个深有城府、饱经沧桑，又单纯得像一个十七八岁正在成长中的小孩，一个时而慷慨无度，时而又小气得一钱如命，一个有时很高雅，有时又甚至很有点俗气，一个很顺从、很柔情，同时又很刻薄、很无情的张爱玲，活脱脱地展现在读者面前。张爱玲可能无意在自己的散文中精心构造自己的形象，然则这个形象是极为鲜明突出的，是无处不在的，令人难忘的。当然，张爱玲散文的视野是开阔的，她不仅用散文谈自己的童年、自己的梦想、自己的家人与朋友、自己的文章、自己的生活情趣和艺术见解，而且也透过自己的眼光和感受谈人世沧桑，谈民族根性、文化品格、宗教信仰、社会战乱。尽管她更多地采用了一种幽默、优雅、轻松，有时甚至是戏谑的笔法，但在这背后透出的那种世界本质的苍凉仍是永恒的，无处不有的。所以在这个看似轻松的世界里同样显露出一种难以真正超越的凝重和深沉。

以张爱玲写小说的清秀才气，她的散文也是完全可以写得更精巧一些的。然而不，她的散文不像小说写得那么精心细腻，更像一匹脱缰的奔马，洒脱无束，少讲究精巧的谋篇布局，更贴近生活的原生态，这倒更显出一种大手笔的气度。在拉家常式的散谈之中写出特有的情致，在随意的点染中直抒自己的情怀，在没什么章法的构架里叙述着一个又一个生动的故事。这种不重渲染的本色本调也算是张爱玲的另一种洒脱吧！

张爱玲曾"发现弄文学的人向来是注重人生飞扬的一面，而忽视人生安稳的一面。其实后者正是前进的底子。又如，他们多是注重人生的斗争，而忽略和谐的一面。其实，人是为了要和谐的一面才斗争的"。她还发现，"悲壮是一种完成，而苍凉则是一种启示"。（《自己的文章》）张爱玲自己也是"弄文学的人"，她的小说里同样充满着人生的斗争与飞扬，但张爱玲毕竟是与众不同的，所以我们在她的散文里又享受到了人生的安稳与和谐。只是张爱玲完成的不仅仅是悲壮，留下的启示也不仅仅是苍凉。人生的色调毕竟是多层次的，复杂的，对作者如此，对读者也是如此。诚如张爱玲自己在散文中所说，"生命是一袭华美的袍，爬满了虱子"。

由于作品改编成电影被搬上了银幕的缘故，时下人们很喜欢读张爱玲的小说《色·戒》。从李安改编的《色·戒》来看，李安是真懂得电影的本质，也真懂得张爱玲的本质。懂得电影是因为他懂得电影最大的魅力在于把故事讲好。不管是改编还是原创，故事演绎得逼真感人是最重要的，那些形式化的东西，那些场面、服饰，甚至编导自己的个性都是第二位的，次要的。懂得张爱玲，使李安能从张爱玲的角度出发从小说中挖掘出感动人心的意蕴，并作出自己的阐释。在笔者看来，《色·戒》无论是小说还是电影，从根本上讲的都是女人的悲哀与悲剧。女性归根结底还是比较相信男人，而且最终感情胜过理性。而男人看起来也动了真感情，但很快理性就会占上风，而且在处理理性与情感的关系上那么迅疾、那么决绝！这与女性的缓慢、优柔形成了鲜明的对比。电影《色·戒》揭示了小说里一句很深刻的话：女人"是完全被动的"，男人"爱"得快，退得干净利落；女人"爱"得慢，甚至往往是以"恨"开始的，但一旦"爱"上，就难以回头，就再也退不出来，非把自己搭进去不可。张爱玲太懂得女人了，太懂得男人与女人的不同了。在这个意义上是不是可以说张爱玲归根到底是一个本色作家？

三、独白与暗示相容

张爱玲是现代文人中唯一恋恋于衣饰的小说家。"生命是一袭华丽的袍"，对衣饰、装扮的爱恋，既是世家大族的闺阁传统，又是张爱玲一生的喜好。张爱玲小说如同《红楼梦》等古典小说一样，所有的爱、所有的人都将奔赴心酸或凄凉的终点，到底都留不住浮华的流散而与虚空迎面相遇。这对她的衣饰隐喻亦有影响。她常常通过衣饰的几笔素描便将人物的命运暗示出来。如电车上的吴翠远，脸如"一朵淡淡几笔的白描牡丹花，额角上两三根吹乱的短发便是风中的花蕊"，"风中的花蕊"是不久存的，正如吴翠远在电车上偶然被勾起的爱情一样，封锁一结束，即会如泡沫般破灭，这是没有光亮的灰白的人生。❶《金锁记》中的"七巧似睡非睡横在烟铺上，30年来她带着黄金的枷锁，用那沉重的枷角劈杀了几个人，没死的也送了半条命。她知道儿子女儿恨毒了她，她婆家的人恨她，她娘家的人恨她。她摸索着腕上的翠玉镯子，徐徐地将镯子顺着瘦骨如柴的手臂往上推，一直推到腋下。她自己也不相信她年轻的时候有过滚圆的胳膊。就连出了嫁几年之后，镯子里也只塞得进一条手帕"。简单的一个推镯子的动作，即将七巧瘦骨如柴、在生命终点万事成空的痛苦写的淋漓尽致。《十八春》中，曼璐出场时"穿着一件苹果绿软缎长旗袍，倒有八成新，只是腰际有一个黑隐隐的手印"，"黑隐隐的手印"即暗示着曼璐不堪的舞女生涯，又象征着曼璐一生被人操纵、亦被畸变的人性所操纵的沉重命运。这些形形色色的闺阁女性，都在张爱玲文字的驱使下，借着衣饰上演着各自或喧闹或单调、或华丽或虚空的人生戏剧。

---

❶ 费勇：《张爱玲传奇》，广东人民出版社2000年版，第90页。

月亮作为一种文学经验的对象，在古典诗词中即已被寄寓生命的哀愁，到张爱玲这里几乎自然的出现在她的小说和散文中，不过，其意象之外却发生了因时制宜的变化。张爱玲在描述月亮时善于使用通感的方式将声音、气味、色彩乃至触觉融合在一起，成为一种精巧的叙事艺术，如"整个山洼子像一只大锅，那月亮便是一团蓝阴阴的火，缓缓地煮着它，锅里的水沸了，咕嘟咕嘟的响"，这是写葛薇龙与乔琪第一次私会，"乔琪趁着月光来了，也趁着月光走"，乔琪不给薇龙承诺爱，却只答应给她"快乐"，薇龙虽知道快乐的含义是什么，但她无法拒绝英俊的乔琪给予她激烈的肉体的诱惑。"蓝阴阴的火""咕嘟咕嘟的响"，都异于前人对月亮的形容，却能恰如其分暗示这一青年男女在情欲的惊涛骇浪中的挣扎，声音、视觉、色彩在这里有效融合。

命运是强悍的，人在命运面前是何其渺小，更何况是大上海消费文化背景下的女性。张爱玲作品中对女性的命运进行着考察和深思，同时也很准确地把握和诠释了女性的命运。

第六章

丁玲对于现代化问题的人文资源价值

文学由传统走向现代是一个不可避免的必然环节，如何跳出中国现代文学的主题学及美学的研究范式，站在当今现代化语境中回眸研究中国现代女性文学的资源价值显得尤为必要。20世纪以来的中国发展之路是走向现代化之路，在中国现代化的过程中，文学是最先促其萌芽和发展的动力之一。中国现代作家丁玲的早期创作不只是一个时代的文学，更是一种真正意义上的全新的人的文学；文学的现代化不仅是一种时间概念，也是一种意义概念。现代化作为一个世界性的历史进程，人类社会从工业革命以来所经历的一场急剧变革，全球性进程的冲击和压力，国家传统意识与现代性的冲突与矛盾，产生了现代化发展的不同模式和道路，在20世纪以来日益成为具有世界历史性影响的行为模式。中国文学现代化的历程正是传统与现代性的相遇过程，传统文化与现代文化、同质文明与异质文明、强势文明与弱势文明的现代化呈现出诸多的矛盾与困惑。从这个意义上而言，丁玲早期创作的《梦珂》《莎菲女士的日记》《韦护》《一九三〇年春上海（之一）》《一九三〇年春上海（之二）》以及《自杀日记》等作品，面对文学现代化的历史与现实困境，以一种全新的思路，以中国现代女性文学的实践为条件探讨中国文学"现代化问题"，更多地运用于推动社会的"现代性"变革的"启蒙主义""创新主义"语境之中，为今天寻找其人文资源价值的途径提供一种可能的选择。

第一节　现代人文精神的守望

　　青春人性呈现千差万别的众生相，恰如帕斯卡尔所言：
"事物的归宿以及它们的起源……都是无可逾越地隐藏在一
个无从渗透的生命神秘里面：由之而出的那种虚无以及所被
吞没于其中的那种无限，这二者都是无法窥测的。"[1] 世界的
神秘难以穷尽，个体在无限面前的被动与无能为力早已缠绕
进不容分说的历史。世界是一个整体，人类只是整体的一部
分，整体的不能有求必应注定了人类生存的永恒困境。丁玲
的早期创作在对轰轰烈烈的人类史的关注中完成了对坚韧而
脆弱的青春人性困境的揭示，她笔下的青年知识女性群像比
普通女性更加敏感、更加自尊，甚至更希望得到别人的认
可。她们在日常生活的空间中挣扎着，努力维持自己的独立
性的地位，然而在不知不觉中又改变着自己的存在，她们的
思考、见地和价值观念都在发生着变化，她们"体验"现实
与心灵的种种微妙关系。小说将知识女性的现实处境、生存
理想、伦理观念及其关系同中国由传统向现代转变的社会背
景和青春人性糅合在一起，传达出作家在时代的困境中的对
生活的一种怀疑和一种对生活可能性的发现。

---

　　[1]　［法］帕斯卡尔著，何兆武译：《思想录》，湖北人民出版社 2007 年
版，第 15 页。

一、坚韧而脆弱的青春人性困境的揭示

"莎菲"与"美琳"们凭借着自己的意识和行为能动性创造自我的价值认识、改变社会，由此出现的局限也是主体精神自由选择的结果。西西弗斯永不停息地推石上山的过程如同人类寻求幸福不断抗争命运的缩影，途中无尽的血泪与辛酸恰是无上光荣的生命写照。在丁玲的笔下，坚韧抗争成为生命的姿态，通过对深沉的青春人性的困境揭示，提倡文学的关照、介入现实的姿态，渴望以文化的求索开创社会生活、精神取向的新局面，触碰女性知识分子的灵魂。

现代化就其本质而言，促成了社会意义系统的深刻变迁，人与人之间得以沟通、认知和把握的意义模式和符号体系发生了重大改变，传统礼俗社会的自然情感联系以及交往规则让位于法理社会的理性主义和个人主义，并成为具有普遍价值的规范和体系。人类社会的特点在于，不同生活环境中的人们能用不同的一整套象征符号体系来认识、传达、解释所处的世界。这种象征符号体系就构成了一个社会的文化网络，规定含有相关社会活动的价值规范、伦理道德和行为规则。因此，"任何现代化都要经过表现为仪式、意识形态、艺术及分类系统的过滤，个人生活和群体生活通过文化符号和符号系统的作用而形成意义结构，并且对这个意义结构进行沟通、设定、共享、修正和再生"。❶ 不管是内源性还是外源性的现代化国家，不管它们是进入了后工业社会还是仍处

---

❶ 艾恺：《世界范围内的反现代化思潮——论文化守成主义》，贵州人民出版社 1991 年版，第 48 页。

发展中国家，也不管它们所面对的现代化难题有多少相似或不同的特征，任何问题的解决只有回到各自的文化环境中去才能把握其发展脉络。一个普遍的解决方案不可能形成。丁玲以青春体悟性经验知识的实践为条件，寻找极具现实效力的答案。青春体悟性经验知识的平等眼光和内敛式的人性追问有别于现代化发展的其它的关于人的成长学说，成为今天反思现代化的物化对人的灵魂拷问的有效途径和方法。然而作为对现代化观念和进程的一种矫正，青春体悟性经验知识在实践中也面对着怎样超越自身理论和实践的局限性，以内部眼光把握和理解现代化，需要坚持一种女性青春感悟与一种男性青春感悟的平等地位：《莎菲女士的日记》写道："苇弟说他爱我，为什么他只常常给我一些难过呢？譬如今晚，他又来了，来了便哭，大约他哭够了，才大声说：'我不喜欢他！'，哦，我这才知道原来是怄我的气。我不觉得笑了。这种无味的嫉妒，这种自私的占有，便是所谓爱吗？我发笑……我只觉得想靠这种小孩般举动来打动我的心，全是无用。"❶ 这种灵与肉的冲突、欲望与理性的悖离、鄙视世俗又不免沉溺于世俗的焦灼与苦闷的体会在民族国家现代化进程中，在大传统与小传统的相遇中，该如何融合个体生命的历史境遇与个体生命的本体意义？现代文化民主与科学的精神该如何建立？它在实践中的落脚点又在哪里？青春体悟性经验知识的丰富和发展有待于对此问题的进一步阐释，文化现代化的最终实现取决于每一个现实成果，"文学是文化中的一种特殊构成，在文化整体的理论视野下，文学就不再是一

---

❶ 丁玲：《丁玲全集》，河北人民出版社 2001 年版，第 61 页。

个封闭的系统，更不是一个独立的文本，而是一个开放的系统，一个与历史、宗教、社会、道德等文化范畴相互联系的本文"❶。从这种文化研究的角度考察这段时期的文学，可以发现推动文学的现代化转换的动力可能就是晨钟之使命式的青春人性困境的图解。

二、自由和自主的独立精神家园的守望

丁玲希望实现这样的社会：它摆脱了必然性的压力，以体现和珍视一种独立的精神性为己任。丁玲笔下的莎菲们从封建家庭中冲出来走向社会，而又对现实社会的一切感到失望。她们孤高矜持，厌恶周围生活的庸俗与无聊；她们愤世嫉俗，鄙视人与人之间的矫揉造作和虚情假意，然而又无力改变现状，常常感到令人窒息的苦闷；她们渴望得到人与人之间的真正理解，渴望得到纯真的友谊和爱情。现代化问题的关键之处在于承认某种独立的精神生活及其在人身个案的展现，人是自然与精神的汇合点，人的义务和特权便是以积极的态度不断地追求精神生活，克服其非精神的本质。精神生活是内在的，它不是植根于外部世界，而是植根于人的心灵，但它又是独立的，它超越主观的个体可以接触到宇宙的广袤和真理。"在萨特看来，人生存就意味着人意识，人意识就意味着人介入自己生存于其中的现实的建构，人经由意识的介入又或多或少地引发改变现实的实际行为。因此，生

---

❶　耿传明：《现代性的文学进程》，中国文史出版社 2003 年版，第 6 页。

存即介入。"❶ 人应以行动追求绝对的真、善、美，追求自由自主的人格；只有当人格发展到一定高度时才能达到独立的精神生活。精神生活决不会是最终的成就，因为它始终是一个随历史而发展的过程，历史的发展就是精神生活的具体化，是它由分散孤立到内在统一的发展史。精神生活的本质就是要超越自身，超出自然与理智的对立，达到二者的统一。精神生活是最真实的实在，它既是主体自我的生活，又是客体宇宙的生活。精神生活在个体身上的展现是有层次的，不同的层次便是不同的境界。人应以自己的全部机能，不仅以理智，更需要以意志和直觉的努力，能动地追求更高的精神水平。神圣的精神生活是人的精神的最高境界，我们要用最终极的东西来确保精神生活的存留与胜利。莎菲说："我总愿意有那么一个人能了解得我清清楚楚的，如若不懂得我，我要那些爱、那些体贴做什么？"，"唉，可怜的男子！神既然赋予你这样的一副美形，却又暗暗的捉弄你，把那样一个毫不相称的灵魂放到你人生的顶上！你以为我所希望的是'家庭'吗？我所欢喜的是'金钱'吗？我所骄傲的是'地位'吗？你，在我面前，是显得多么可怜的一个男子啊！"❷ 因此，莎菲对追求她的苇弟和凌吉士都不满意，对毓芳、云霖的戴着枷锁跳舞式的恋爱加以嘲笑。从莎菲对待爱情的态度上，可以看出她对父母之命、媒妁之言的封建婚姻观的强烈反对和对个性解放的热烈追求。同时莎菲又是一个

---

❶ 胡经之：《西方文艺理论名著教程（下）》，北京大学出版社 2003 年版，第 327 页。
❷ 丁玲：《丁玲全集》，河北人民出版社 2001 年版，第 76 页。

心灵上负着时代苦闷和创伤的叛逆者，她将"个性解放"的要求和自己的全部生活目的结合起来。现代化的追求使她保持一个精神自由王国，捍卫其理想和价值标准，并造成某种与之相适应的精神氛围。

《一九三〇年春上海（之二）》表现在新的环境、新的条件下，知识分子的转变和苦闷，也就是表现小资产阶级文艺队伍的分化、组合与成长。通过主人公望微在生活过程中的成长和对事业与爱情的选择，真实地反映出小资产阶级知识分子转变为战士过程中所经历的思想感情上的痛苦斗争。望微是 20 世纪 30 年代一个有代表性的青年知识分子形象。一年前和玛丽相识并相爱时，他还处在迷茫、彷徨之中；一年以后，他步入社会走上了新的道路，人生观和恋爱观发生了根本的变化。他依然爱着玛丽，但爱情在他的生活中已退居第二位。而玛丽却是个爱慕虚荣的女子，不但对他的工作不感兴趣，并且还试图把他拉回到自己身边来享受生活，这就预示了冲突发展的必然性。作品还用望微经济上的穷困和玛丽的挥霍无度揭示了他们之间尖锐的矛盾冲突。结尾用一个漂亮的青年挽着玛丽的镜头和望微被捕仍不忘鼓励群众的先觉者的镜头进行对比，以玛丽的卑微来突出望微无畏的崇高品格，再现真正的知识分子对自由和自主的独立精神家园的守望。

三、陷落与突围的现代生命意识的探寻

对生命问题的自然主义解答中，对于人来说，自然变得越来越重要，终于构成了人的存在。我们说的并非自在的自

然，是按照某种观点即按照机械因果论的观点呈现在人面前的自然。尽管自然科学实际上并不主张世界与自然的等同，但今天用自然主义的精神解释科学的趋势仍在增长。肇始于启蒙运动的现代，以自然与心灵的断然分离为起点，对于一个没有心灵的自然的要求越急切，认为心灵应当有自己的生存权利的主张便越强烈。但是从一开始，自然的广阔无垠就远比许多分散的个体壮观得多，而且，随着自然的领域不断扩展，有一种侵吞它的本质，最终把它完全纳入一个扩大的自然主义框架的企图，强调按照本真生命意识的存在价值，有一种不断增长的趋势。作为女作家的丁玲，试图以一种思辨的思考赋予被视为自然过程的组成部分的人类生活一种现代生命意识的感悟，她为我们呈现了以莎菲为代表的包括梦珂、阿毛、美琳等在内的一系列具有共同特质的陷落与突围的现代生命意识的探寻的女性形象，她们都在苦闷中觉醒，又终于在觉醒中幻灭。梦珂的挣扎与追求是对新女性觉醒与成长书写的一个完美开篇。随着丁玲创作的不断深入，对现代生命意识的关注与关怀逐渐拉开帷幕并走向成熟，莎菲们用自己独特的方式演绎着自己的陷落与突围。

值得注意的是，丁玲早期作品中的生命意识是合宜的，而人物的陷落与突围实际上是不可避免的。突出女主人公的现代生命意识，这本身便证明了女性的尊严，相反，把女人当作仅是一种自然过程中的人，则必须面对和克服由于珍视人的独特性而产生的敌意；但是为了有效地实现这一目的，必须相信：这种敌意不过是传统衰落的制度不情愿消逝的最后抗议，而且似乎因它的推翻而承受的损失预示着女人的一种真正的获得。这里，压倒一切的偏见在其进步中更新着生活面貌的思想的前进，乃是现代化的显著特征。丁玲骄傲地、旁若无人地面对着世界，提出某些更为严厉的要求——女人出自自己本性的要求——并且毫不妥协地坚持要整个现实认同她们的要求。向旧的生活秩序发动了思想变革的是疾步飞走的作家丁玲！她希望生活摆脱以往的旧习，并力图使生活表现作者自己内在的需要，给予现代运动以力量和热情，我们无法否认在当时思想的发展中有一种典型的强有力的让女人成为人的现代启蒙精神，影响着整个中国社会并渗透到个体的私人生命中。

《一九三〇年春上海（之一）》通过对小资产阶级知识分子的描述，真实反映了青年知识分子在动荡时代面前的苦闷彷徨，赞扬了20世纪30年代初知识分子追求光明的可贵精神。美琳的彷徨、苦闷和追求新生活的心情，在当时是有代表性的。她出走，她要求自由，要求到公众的行列中去寻求"生存的意义"，于是，她的爱情生活与向往、追求便发生了矛盾。在此，美琳两次冲出家门的情节是颇有深意的，如果说她第一次冲出家门与子彬结合，是个性解放以及对封建礼教的叛逆，那么第二次冲出家门走向社会，则是对个性解放、恋爱至上主义的否定。在彷徨中的知识分子，要想获得真正的解放，必须真正理解现代生命意识，方可恢复生活的真正意义与价值。

《自杀日记》中的伊萨在肮脏庸俗的生活环境里追求真爱，是以一种陷落与突围的倔强来成全自己，是发自内心的挣扎与抗争。她追逐的是一种极致的幸福，一种真正的幸福，一种建立在心理平等上的爱情自由。然而，社会并没有给她出路，那种小女子的凄凄切切的爱情悲悯是不可能实现的，在伊萨身上留下的则是一种深深的绝望，是一片历久弥坚的爱情理想轰然倒塌之后的精神废墟。她的逃离是一种绝望式的超越，是凤凰涅槃式的浴火酝酿，透露出强烈的、难以消解的女性的困惑与生存的突围。

丁玲的早期创作为我们显示出一大批在孤独的怪圈里无谓挣扎的苦涩灵魂，倾吐她对现代女性的独特感受。她执着于对人的生存意义的追寻，为我们窥视当代人的生存现状提供了一扇窗户，这种探索无疑是有价值的。丁玲的作品不只是要如实地描摹出现代女性爱情、婚姻的状态，更是试图通过这特定的婚恋生活映照出现代人的心理、思想、行为的方式与特点的人文价值。

第二节　现代文化的女性先行者

在中国新文学史上，丁玲虽不算卷帙浩繁的文学巨匠，也不是有骇世惊人之作的超群天才，但作为被"五四"浪涛冲上时代前沿的弄潮儿，作为现代中国最杰出的革命女作家，她的颇富特色的艺术作品及其独特的生活经历和精神气质，却使她犹如伴随着革命生活洪流而奏鸣着的一个独特的活跃的音符，在整个新文学发展的交响乐中，以其独具的音色和旋律、速度和力度，震响在时代审美思潮的前沿，为文学的发展做出了自己的独特贡献，从而成为新文学史上"五四"文学传统的最忠实的继承者和最优秀的开拓者。

一、重大题材的开拓延伸

在自己熟悉的 20 世纪 20 年代历史生活中的艺术尝试失败了，丁玲把目光扫向 30 年代的现实。《一九三〇年春上海》（之一、之二）较之《韦护》社会背景更为开阔、明朗，它清晰地反映出工人运动、学生运动和左翼文艺运动的某些侧面。小说刻画了小资产阶级知识分子在新的阶级斗争关头的矛盾与分化，热情赞颂冲破狭小生活圈子、"随着大众跑了"的美琳，而对自甘堕落的玛丽，自命清高、对左翼文艺冷嘲热讽的子彬，则给予了严肃的批判。同时，作品着力再现革命者、左翼文学工作者望微等人的形象。但是，由于对生活的了解不够和认识不深，小说仍和《韦护》一样，陷入"革命＋恋爱"的公式，把错综复杂的生活，简化为因为工作忙而不能有时间陪伴爱人的矛盾。但是它在思想和艺术上还是不同于公式化的小说的：它写出了时代的生活和人物内心的活动，真实地表现了当时小资产阶级文艺队伍在革命洪流的冲击下的分化、组合与成长的精神风貌。小说比较真实反映了 30 年代初左翼文艺运动的历史，形象记录了这一运动的倡导者和参加者的战绩。作者用"一九三〇年春上海"作为小说的题目，蕴藏着时代的深刻含义。1919 年的五四运动是中国现代文学史上的第一个春天，而一九三〇年左翼文学运动兴起则是中国现代文学史上的第二个春天，这第二个春天标志着中国现代文学进入一个以无产阶级革命文学为主潮的文学运动的新的历史阶段。作者有意识地从历史的高度，针对当时大批革命的小资产阶级文艺工作者急剧向左转的特点，通过艺术形象热情地赞颂这场在革命低潮下兴起的文学运动，赞美它像春天一样充满了生机，有着无限的生命力和光明前景。在当时的中国，无产阶级的革命文艺运动，其实就是唯一的文艺运动，除此以外，中国已经毫无其他文艺。真正的艺术家，应该既不重复别人，也不重复自己。于是，丁玲暂时停下了笔，重新审视生活，审视自己的创作。她的这一段思考、总结，没有白白浪费时间。她选择了新的突破口，开始了新的"进击"。在当时的丁玲眼前，跳出窠臼的路子很多。例如：一，可以继续在熟悉的题材中发掘。尽管丁玲自己以及其他作家已经写了大量反映小资产阶级知识分子的作品，但也照样可以有新的发现和创造。二，可以开拓新的题材领域，表现和描写工农大众的生活。似乎没有必要在上述途径中分出谁优谁劣，每一条都可能成为成功之途，每一条都各有长短。然而，从左翼文艺运动现状考察，由于思想与生活的局限，大多数作家的艺术视野只停留在小资产阶级男女爱情的纠葛上，沉溺于个人苦闷的抒发。因此，提倡工农大众题材，自然日益迫切地被提到日程上来。这样，丁玲放弃熟悉的生活题材，把敏锐的目光投注到农民——中国新民主主义革命最重要的问题上，这便不是一般的个人创作题材创新的问题了。她实际是尖锐地提出了这样的问题：左翼文学不应该徘徊在狭小的生活天地里，而应该反映更为广阔的现实，成为"时代的生活和情绪的历史"。

丁玲第一篇反映农民题材的小说《田家冲》发表于1931年7月。田家冲，一个风景秀美的南国小山村。赵得胜一家，起早贪黑，为地主老爷的土地流着汗水。革命者三小姐的到来，打破了这里的死寂。她用革命道理，启发农民阶级意识觉醒。后来，三小姐被捕了。然而，她播下的革命火种，却顽强地蔓延开来。赵得胜一家，原本是"安分守己"的佃户，受革命意识的影响后，逐渐认识到自己被剥削、被奴役的阶级地位，萌发了要用自己的力量，创造出属于自己的新局面的想法。《田家冲》的创作表明，丁玲创作题材的变化，并非涉新猎奇，而是标志着作家思想感情和阶级立场的转变。在早期小说里，丁玲把真挚的同情寄予不幸的小资产阶级女性，到这里，她则几乎是用礼赞般的语句，描写了农民的美好品格。通过三小姐的视线，我们看到，勤劳善良而又带几分愚昧的赵得胜，美丽聪敏、多少有一些自发阶级意识的姐姐，天真活泼的幺妹，他们是多么纯朴感人啊！他们与虎狼般的地主们的罪恶行径，形成尖锐鲜明的对立。更重要的是，丁玲不是站在一般的人道主义立场上，谴责地主阶级的道德沦丧，怜悯农民的痛苦生活和不幸遭遇。她从农民身上看到了革命的力量，看到了希望和前途。三小姐不只一次地讲述："怎么会打不赢，你们有那么多的人！从这里望过去，再走，再望过去，无止境的远，所有的冒烟的地方，那些草屋里的，那些土坑里的，那些牛栏边的，所有的强壮有力的，都是你们的人呀！"赵得胜一家，从蒙昧到反抗，为小说增添了清新明亮的光彩。

二、时代女性的开明创作

丁玲的创作，始终把人、人的性格与命运、人和人之间的关系，放在首位。20 世纪 30 年代初期，她谈创作体会说：

"我有一个习惯。就是每写一篇小说之前，一定要把那小说中所出现的人物考虑得详细。"❶

丁玲的作品塑造的人物是十分广泛的。小资产阶级知识分子，革命者，形形色色的地主，从自发状态到自觉的阶级意识的工人、农民，解放区的将军与士兵、干部与群众，建设社会主义的英雄模范人物……构成丁玲创作的人物形象体系。

在人物塑造方面，丁玲比较早期的作品，更注重群像的描绘，着重写人物的对话、动作，而不是只运用静止的心理分析方法。这些人物，大多性格粗犷、心直口快，他们不但在和洪水搏斗时表现出原始性的蛮力，在同帝国主义、地主资本家的斗争中，也显示出大无畏的气概，甚至在日常交谈时，也以粗鲁的方式表示亲昵（如《奔》里工人与农民、与小乞丐谈话的细节）。为了更好地刻画他们的性格，丁玲总是在他们活动的天地里，配置上惊心动魄的场面（如《水》中洪涛巨浪的背景、《某夜》中生死攸关的考验），勾勒出明晰的时代背景，因而，她的作品呈现出粗犷雄浑的艺术特色，为工农大众火热的斗争生活，找到了较为恰切的表现形式。

从《韦护》到《水》，丁玲的思想发展过程是明显的。这时期的丁玲与早期的丁玲，有质的变化。她已经从革命民主主义的小资产阶级作家，成长为初具马克思主义思想的左翼文化战士。"当一个作家有了马克思列宁主义的世界观以后，他对于生活的看法和批评都会有很大的不同。而且生活

---

❶ 丁玲：《丁玲自述》，大象出版社 2006 年版，第 197 页。

也在变，所以也就会有新型的人物产生。我们若去研究每个作家的人物的变化，也可以找出它的线索来的。"❶ 工人、农民、革命者构成丁玲创作的新的形象体系，表明她开始自觉地以无产阶级观点指导文学创作，为人民呐喊，为党的革命事业服务。

《田家冲》发表不久，左联委任丁玲主编《北斗》。这时她在创作思想上，已明确提出左翼文学要成为"反映大众的意识，写大众的需要"。❷ 她强调左翼作家既要认识人民大众是物质财富的创造者，同时又要认识他们是文艺的主人。她还提出左翼作家应在作品中更多地以人民大众为主人公，要写他们的生活和斗争，揭示时代发展的本质特征。丁玲的这种马克思主义文艺观，给她的创作带来了深刻的变化。1931年9月刊载在《北斗》一至三号上的中篇小说《水》，是丁玲创作上的重要成就，也是左翼文学运动的一块碑石，标志着左翼文学创作进入一个新时期。《水》的出现，整个文坛为之轰动，被称为是"新小说的诞生"，是"三一年左翼文坛的优秀之作"。❸ 《水》的构思时间比较长，"在写《水》以前，我有好久没有写成一篇东西，而且非常苦闷。有许多人物事实都在苦恼我，使我不安，可是我写不出来，我抓不到可以任我运用的那一支笔，我讨厌我的'作风'，我以为它限制了我的思想，我构思了好多篇，现在还留下许多头，

---

❶ 丁玲：《丁玲自述》，大象出版社2006年版，第96页。

❷ 邹午蓉："不可逆转的选择——丁玲创作的转型及其得失"，载《南京大学学报（哲学社会科学版）》1994年第2期。

❸ 冯雪峰："《关于新的小说的诞生》——评丁玲的《水》"，见冯雪峰：《论文集（上）》，人民文学出版社1981年版，第77页。

每篇三五千字不等，但总是不满意的就搁笔了，直到《北斗》第一期要出版，才在一个晚上赶忙写了《水》的第一段"。❶ 我们现在无从看到"不满意就搁笔"的好多篇未成品，不能明显看到作家为摆脱旧"作风"而艰苦探索的足迹，但是，《水》确实以与丁玲以前作品迥然不同的面貌出现了。

1931 年，中国发生了"一世纪来世界史上仅有的"大水灾，"灾区达十六省的地域，死亡的人类达二十余万，流离失所的农民更不知多少"。❷ 这场灾难直接影响到了中国社会的政治和经济，引起了阶级斗争的重大变化。《水》正是及时摄取了这一重大的现实题材，以鲜明的阶级观点、粗犷奔放的笔触，描绘出农民与水灾搏斗的惊心动魄的场景、搏斗中体现出的巨大力量，再现农民从与水灾斗争到与官府斗争的逐步觉醒过程。当对官府的一切幻想被残酷现实粉碎之后，农民终于认识到造成自己悲惨命运的敌人的凶恶与残忍，认识到只有暴力斗争才是死里求生的出路，"于是天将朦朦亮的时候，这队饥饿的奴隶，男人走在前面，女人也跟着跑，吼着生命的奔放，比水还凶猛的，朝镇上扑过去"。（《水》）《水》真实反映了 20 世纪 30 年代农民的最初觉悟和他们自发地团结起来同反动政府、地主作斗争的声势浩大的动人情景。《水》具有现实主义的深刻性：一，写无情的洪水给农民带来的重大灾难，用之衬托反动政府比洪水更凶

❶ 丁玲："我的创作生活"，见《丁玲论创作》，上海文艺出版社 1985 年版，第 101 页。
❷ 钱杏邨："一九三一年中国文坛的回顾"，载《北斗》1932 年第 2 卷第 1 期。

残，说明了躲脱洪水的袭击，却逃不掉反动政府的压榨；二，表现觉醒了的农民"群"的力量，有如暴风骤雨势不可挡。《水》虽然在艺术上失去了丁玲过去擅长描写的小资产阶级女性心理的艺术个性，却初步获得了革命文学表现时代和人物性格的艺术个性。

《水》引起文化界的强烈反响。阿英评论说："《水》不仅是反映了洪水的灾难的主要作品，也是左翼文艺运动一九三一年的最优秀的成果。"❶ 冯雪峰同志称《水》的发表为"新小说的诞生"，茅盾先生则指出：《水》的发表，"不论在丁玲个人，或者文坛全体，这都表示了过去的'革命恋爱'的公式已经被清算了"，❷ 精湛地概括了小说的文学史意义。的确，《水》的艺术价值，不仅在于体现了一个作家的创作成就，更在于它是对一个时代的文学的影响。当时出现的以表现"丰收成灾"、反映农村阶级斗争生活的好作品，很明显是受了《水》的影响。虽然《水》还存在一些缺点，但它不愧是左翼文学运动的开拓性的优秀作品。

继《水》之后，丁玲创作的题材更加开阔了，从农村题材转到城市，写无产阶级革命斗争题材。《某夜》《消息》《诗人亚洛夫》《法网》《奔》以及长篇小说《母亲》等作品，无论题材、风格和艺术手法，都有了新的进展，它们真实地写出了人民大众的悲惨生活，有力地抨击了帝国主义和国民党反动派的残酷统治，热情讴歌了中国共产党领导下的

---

❶ 钱杏邨："一九三一年中国文坛的回顾"，载《北斗》1932 年第 2 卷第 1 期。

❷ 茅盾："女作家丁玲"，载《文艺月报》1933 年第 2 号。

革命斗争。这些作品在艺术上，从不同的侧面，把工人阶级推上文学舞台。这对无产阶级革命文学运动的影响是深远的。

丁玲以她敏锐的眼光，注视阶级斗争的发展变化，贫困的农村、繁华而衰败的都市、骇人听闻的水灾、关系民族危亡的"一·二八"战事，都纵横交错地反映在丁玲的作品里，构成一幅轮廓分明的 20 世纪 30 年代历史生活的画卷。

在这真实的画卷里，首先，揭示了现实社会的尖锐的阶级对立。《奔》里的农民，辛劳四季，"收了一点，都还东家了，肥料也还他们，家里一粒也不剩"。只好背井离乡，外出讨生活，希望在似乎繁华的都市谋到出路。可是，在那黑暗的社会里，到处都充满了罪恶、恐怖、冤孽和苦难。都市里的工人也同广大农民一样，整日在死亡线上挣扎、在水深火热中呻吟。一天 14 小时的劳动，"机器把一身都榨干了"。一个膀子被机器绞掉，资本家只不过给了 10 块钱了事。地主、资本家就是这样敲骨吸髓地进行重利盘剥和残酷压榨，在中国的大地上制造了数不清、道不尽的血淋淋、凄惨惨的现实生活的悲剧。其次，再现了反抗黑暗现实的革命斗争，像一阵春风扑面吹来，像一束阳光刺透黑暗。革命的《消息》曲曲折折地传到被压迫被奴役的人民中间。那另一世界，红色革命根据地的曙光，给人民以信心和希望。在"无止境的黑暗"里，25 位革命者，带着沉重的镣铐，迎着敌人的屠刀，毫无惧色。听，他们临终时的呼喊："同志们，起来！不要忘记，现在我们虽说是要死去了，可是在另外一个地方，就在今天正开着盛大的代表会，我们的政府就在今天成立了，我们要庆祝我们的政府，我们的政府万岁！"烈士们的鲜血滴在灰暗的雪地，也滴在千百万人民的心头，启发、激励广大劳苦大众，为推翻旧世界，建设自己的新生活而斗争。在复杂的上海社会，丁玲敢于以如此犀利的笔锋揭露国民党统治区的黑暗，以昂扬的热情歌颂红色根据地的光明，以及革命者在漫漫长夜里所进行的艰苦卓绝的斗争，正表现了她作为一个无产阶级作家的鲜明的阶级立场和坚定的革命精神。

三、语言嬗变的复调隐喻

1927～1929 年，是丁玲写作"女性小说"的个体风格期。而 1929 年底到 1933 年丁玲被软禁前，是丁玲写作"革命小说"、进入主流文学前的探索期。这样的作品有《日》《韦护》《水》《田家冲》等。丁玲于 1932 年开始写作长篇小说《母亲》，与一些散文和诗歌并称，如《不算情书》《给我爱的》等，是她前期风格的延续。因而这段时期丁玲有两副笔调，即来自"眼睛和心"的语言和"信仰"的语言，它们相互交错，彼此遏制，使丁玲一方面在革命小说的洪流中有被共语化的危险，另一方面又固守了她的某种独特性。

首先，是单向度语言的使用。丁玲此时的小说语言又走回到"问题小说"的老路上去了，即语词的中心化、概念化又再度出现，但此时的概念化不再是抽象的价值语汇，而表现为革命化和政治化内涵，如《水》的主题是水灾，《某夜》是屠杀，《奔》与《法网》写的是工人生活。而这一切又无不指向两个核心词——"斗争"与"组织"，从自发的斗争到团结起来进行有组织的战斗，小说语言的一切所指无不聚集在这个中心意念的旗帜下。可以说，这是当时非常流行并具有权势性的话语中心。但语言在对概念和中心的追逐中难免会丧失女性个体所应有的生命力，对概念的向往使文字组织过于累坠和笨重，读起来也是很沉闷的。

其次，小说语词增强了它的阶级分析色彩和政治隐喻性。有大量的语言实例可以说明这一点，但将之全部排列与逐一分析显然是不合适的，我们只需要以"景语"着手就可"以一斑窥全豹"。一切景语皆情语，革命既然不主张个人的"情"，并给它加上了阶级分析的标签，即"小资产阶级的"或"感伤主义的"情感，于是革命小说当然排斥这个传统景物描写的方式。它出现了两种新的形式，第一种形式是直接但非客观的描写法，景语中加入了阶级分析的语词，致使语言由于过多的指称而形成了意义的冗长。我们可以比较《莎菲女士的日记》《阿毛姑娘》与《日》《某夜》《奔》等后期小说对景物的描写，就可以很分明地看出丁玲语言的变化。如小说《日》中虽然同样以一个莎菲式的女郎伊萨作为主人公，并着力描绘她的心理，但写法上已经有了很大变化了。与莎菲仅仅以"今天又刮风"来交代环境不同的是，伊萨开始睁开眼睛看到周围阶级对立的世界了，小说开头说："天亮了。"紧接着就说："这是一个热闹的都市，一块半殖民地，一个为一些帝国主义国家，许多人种所共同管辖，共同生活的地方"，"半殖民地""帝国主义"等当时较为流行的政治词汇的增加，使得景物描写不再那么纯粹了。小说接着用极长的几个段落对城市环境进行描绘，运用的是社会分析观念及二元对立的语言手法，如高楼/小屋，艳冶的红灯/灯光昏暗，为胭脂染污了的长眉女人/找不到生意的少女，柔滑的软被/粗蓝布的工衣等，这种描绘因为失去了独特的莎菲眼光而毫无新意可言。第二种形式是隐喻式的景物描写。由于革命小说大量的复制相同的意象以及它的对应意义，以致造成了意象与政治含义的固定对应，如"夜""月""乌云""暴风雨"等统统指向革命情势的危急，而由于这样一种对应关系的不断被使用被复制、不断地被语言思维所接纳，因而语言被强迫性地增加了隐喻的负累，而丧失了与现实世界的直接对应性，即丧失了它的所指的纯粹性、自在性。因而，在革命时代，"夜晚"这个词绝不是要告诉读者一种客观的时间概念，而是要将一种不属于语言本身的东西强加给读者，而它往往是一种意识形态的意蕴。

从《韦护》到《水》，丁玲的小说艺术有了长足进步。她技巧多样，艺术表现力强，文路宽广，塑造小资产阶级是能手，表现工农大众生活，也显露了才华。她完全有能力表现繁复的生活内容和广阔壮观的场面，她的艺术天地是广阔的。

第七章

茹志鹃小说创作对强权文化的颠覆

茹志鹃从小就伴随祖母、哥哥们在死亡的战线上挣扎，但她从未向生活低头，而是在革命的熔炉里得到千锤百炼，变成一名无产阶级的先锋战士，并在和煦的阳光里踏上了文艺的征途，在获取成功的同时也经历了困难和不幸。在大风浪的冲击下，她没有倒下，而是变得更加深邃、成熟、冷静、坚毅。严冬过后必是温暖的春光，她凭借从小就练就的执拗、坚强的性格，逐渐开拓出一片属于自己的创作坦途，也完成了创作风格的独特飞跃。茹志鹃不愧是一位社会主义新生活的热情歌者，也是一位在文学艺术风格上勇于追求和探索的人。

茹志鹃常以一个新中国的新妇女的观点，来观察、研究、分析新中国成立前后的中国妇女。她的作品内容自然与时代和政治生活有交相辉映的一面，在表现革命战争题材的小说里，表达了对社会新生活的憧憬。在充满时代气息的字里行间，蕴含的不仅是特定的政治理念，而是有普遍人性的母爱、异性相吸、姐妹情谊。她创作上的丰收和艺术上的突破给文坛带来了"春"的气息，引起了社会上的广泛注意，受到了茅盾、冰心等老一辈艺术家的称赞。茹志鹃沿着前辈们为她指明的路，走过了荆棘丛生的沟沟壑壑，又带着无限的思念之情，走向了新生活。

第一节　战争题材小说的纯美绝唱

短篇小说《百合花》是茹志鹃全部作品中最受人称赞和

她自己最钟爱的一篇，是一篇值得反复品味的佳作，它集中了茹志鹃艺术风格之精华，同时也是一朵与作家命运息息相关的心灵之花。它的成功主要在于战争题材的"清新、俊逸"的表现风格令人耳目一新。面对作家所处的冷酷现实，这象征着纯洁与感情的"百合花"在作家的"匝匝忧虑""不无悲凉的思念"中灿烂开放，也给当时文坛带来一股沁人心脾的清香。

一

《百合花》实在是一篇歌颂人性美、人情美的纯美之作，以颠覆的形式揭示战争的强权。在这篇小说中，作者把人们曾用浓墨重彩表现过的题材，用淡雅的笔调和俊逸的风采生动、典型地作了艺术表现。正如茅盾先生概括它的艺术风格所说的四个字"清新、俊逸"。作者"色彩柔和而不浓烈，调子优美而不高亢"（侯金镜语）的独特风格正是由此而形成的。我们不得不承认《百合花》是一部战争小说，不仅是因为它是取材于战争年代和以战争为背景，而且它是由一条作为故事背景的一场攻打海岸的激烈战斗的轴线构成的。但从小说的整个艺术运思与话语操作来看，这又是一篇完全被非战争化了的战争小说，它完全回避了硝烟弥漫、血肉横飞的惨烈景象，就连小通信员的牺牲，也没有雄伟壮烈的场面、震撼人心的行动描写，只简单说明通信员扑倒在一枚即将爆炸的手榴弹上而献身。由此可见作者的创作目的很明确也很坚定，即用最普通的、有血有肉的战士和老百姓来表现战争中最令人难忘的，而且只有战争中才有的、单纯的人际关系，同时也通过这种人际关系体现出人性美和人情美。

在战争中高度统一的人、人情、人性通过小说的几位主人公很好的表现出来。首先，是那位平凡、普通的小通信员。作者没有把他刻画成高大的英雄形象，也没写他在战场上杀敌如何的英勇，而写了他为文工团的"我"领路以及向村民借被子等场面。例如，小通信员为"我"带路时，由于"我"是女性，他不愿意与"我"接触，于是"撒开大步一直走在我前面"，而文工团的"我"热情大方、爽朗机灵。小通信员却时刻与我保持"距离"，当"我"故意惹逗他是否娶媳妇时，"他绯红了脸，更加忸怩起来，两只手不停地数摸着皮带上的扣眼"。从这些细小的动作可以看出他腼腆、害羞的一面。从"我走快，他在前面大踏步向前，我走慢，他在前面摇摇摆摆"，可以看到看似"傻乎乎"的小通信员其实时刻都在注意着"我"的情况，虽然没靠近"我"，但又绝不会丢下"我"。这些小的细节描写透露出他的责任心和细心体贴的一面。从留馒头等情节也可以看出他对革命同志纯朴真挚的爱。这两个青年男女之间潜意识的流露也正是人性的表现，那是一种超脱一切的情感。在那战争的特殊环境中相遇，对于年龄相仿又是同乡的两个年轻人，自然而然地产生许多好感和共鸣也是可以理解的。这也能说明小说真实的一面。又如，当小通信员借被子遭新娘子拒绝后，发牢骚说："老百姓死封建"，对新娘子的转变傲然不理。但得知自己借的是"人家结婚的被子"时又后悔不已，坚持要把被子还给人家，完全不计较刚才的委屈，表现了他通达的一面。再如，在生死攸关的紧要关头，他毫不犹豫地扑在敌人的手榴弹上，以自己的牺牲保全了十几个担架队员的生命，表现出解放军奋不顾身、视死如归的崇高品质。在1947年那激烈的海岸战斗时刻，对生活充满热爱的他还不忘把野菊花插在枪筒里，高兴地走了。对生活的热爱也就是对生命的肯定和赞颂。这样一个质朴、憨厚、腼腆、平凡、执拗、坦率、不善言辞，但又热爱生活、热爱大自然，有着自己天真烂漫的生活情趣的小通信员便跃然纸上。虽然他也有缺点，会发牢骚，并不十全十美，但他身上有更多的闪光点在吸引着我们，这二者自然地结合在一起，让我们看到一个具有人情、人性的小战士形象。

<h2 style="text-align:center">二</h2>

"新娘妇"，过门才三天，浑身上下洋溢着新婚的喜气，"她净咬着嘴唇笑，她像忍了一肚子笑料没笑完"。她是一位极普通的农村妇女，虽然起初不愿意借被子也是可以理解的。但她了解了战争的意义，理解了小通信员生命的价值时，便毫不犹豫地将自己唯一的最心爱的嫁妆——枣红色底子百合花的新被子献了出来。这表现了她对小通信员有着朴素天然的骨肉深情，突出反映了战争中的军民鱼水之情。然而美丽的少妇对一个纯洁如花蕾般还未绽放便在战争中倒下的生命哀悼，是这篇小说真正震撼人心之处。当看到小通信员被抬回来时，她只发出了两声短促的"啊!"声，没有言语却充分表现了她的震惊和难过，以及对小通信员由衷地敬佩之情，这时新媳妇算是真正喜欢上了这个有崇高心灵的"小英雄"。当医生宣布小通信员已经牺牲的时候，她却表现得极为冷静，她也不害羞了，默默解开小通讯员的衣服，为他

擦洗身子。然后一针一线地缝衣上的破洞，当"我"说"不
要缝了"时，"新媳妇却像什么也没听到，依然拿着针细细
地、密密地缝着那个洞"。其实她的内心是何等的痛苦，一
针一针分明是在扎自己的心，也是在扎读者的心！这"洞"
本是小通讯员借被子时给她留下的遗憾，现在她补上了，其
实也是在缝补她内心的愧疚之情。当小通讯员要被放在棺材
中抬走时，新媳妇心中那汹涌澎湃的感情犹如火山喷发般一
刹那爆发出来，她"劈手夺过被子"，亲手盖在了通讯员身
上。"看见那条枣红底色上撒满白色百合花的被子""盖在了
这位平常的、拖毛竹的青年人的脸上"，这时作品才达到了
真正的高潮。新媳妇内心纯朴、圣洁的感情，随着她一系列
无言的行动有力地表现了出来。茹志鹃在谈到新媳妇的形象
时也说："我麻里木足地爱上要有一个新娘子的构想，为什
么要新娘子，不要姑娘，也不要大嫂子？现在我可以坦白的
交待，原因是我要写一个正处于爱情的幸福漩涡之中的美
神，来反衬这个年轻的尚未涉足爱情的小战士，为他谱写了
一曲没有爱情的爱情牧歌。"❶

三

在这战火连天、血肉横飞的战争中，生命变得如此脆
弱。那些周身上洋溢着勃发生命力的青春气息的人，却要受
到战争的洗礼。也从侧面反映了战争的罪恶和人们追求和平
的决心。我们深深地感受到了那些年轻战士生命的珍贵和辉

---

❶　茹志鹃："我写《百合花》的经过"，见《茹志鹃小说选》，四川人民
出版社1983年版，第349页。

煌。战争硝烟中建立起来的淳朴真挚的人际关系也更加令人怀念。"战争使人不能有长谈的机会，但战争却能使人深交。有时仅十几分钟、几分钟，甚至只来得及瞥一眼，便一闪而过，然而人与人之间就在这一刹那间，便能够肝胆相照、生死与共。"❶

纯洁的百合花象征着人们美好的心灵，衬托出平凡而又感人的人，歌颂了他们为革命甘愿献出一切的崇高品质，表现军民之间、革命同志之间纯洁真挚的深厚感情，也从一个特定的角度揭示了解放战争胜利的基础和力量源泉。虽是一篇纯美小说，而又贯注了一种民族精神，它在一种美德极致中蕴含一种纯洁的精神，那是民族精神，而这样的精神又是与我们每个具有民族气节的普通人息息相通的，它所受到广大读者的厚爱，成为战争小说又非战争小说的一曲纯美的绝唱。

第二节　女性传统的回归

作为一名女性作家，茹志鹃受到激进的社会潮流对小说家个人经验的影响，在当时的写作上也要受到现代性要求明晰化和普泛化趋势的影响，同时这种影响也不体现为单一化的过程。在时代主潮背景下，女作家对当时流行的趋势采取

---

❶ 茹志鹃："我写《百合花》的经过"，见《茹志鹃小说选》，四川人民出版社 1983 年版，第 344 页。

一种疏离态度。《春暖时节》这篇文章，虽然没有她的力作《百合花》那么抢眼，却是一篇回应时代风潮的佳作。这样说比笼统地把它说成是附庸政治的应时之作更有意义，这就是"大跃进"年代的社会潮流，碰撞出的一种适应于创作想象的文学出路。

一

冰心曾评价茹志鹃的小说："茹志鹃是以一种'妇女的观点，来观察、研究、分析解放后的中国妇女的'，'特别是关于妇女的，从一个女读者看来，仿佛只有女作家才能写出如此深入、如此动人！作为一个女读者，我心里的欢喜和感激是很大的'"。❶

小说《春暖时节》中主人公静兰对时代的感悟，不是通过学习、工作这些司空见惯的方式，而是从丈夫对一日三餐"随便"的态度开始的。新时代下，丈夫明发并不满足于平静的细细如流水般的日子，虽然这样的日子曾是他们共同的梦想，如今实现了之后，却在他看来变得慵常而琐碎。他要追寻更高的理想，一心想把厂里的技术进行革新，却忽略了静兰的感受。如文中"如今已经是立春时节了，但是她（静兰）心里却觉得冷冰冰的，她现在越来越明显的感到自己和明发间隔了一道墙，她并没感到明发的世界比她宽、明发关心的东西比她多、他爱的东西比她崇高。她只感到受了委屈，她的眼泪流出来了"。在当时的社会中，静兰可以称得

上是一位贤妻良母。在漫漫的历史演变中，"贤妻良母"并不是特定时代的女性称谓，它贯穿于不同时代的社会生活，它也是女性身份的一种指认与塑造，使男性逐渐认同家庭对女性至高无上的意义。无论是政治风云激荡的年代还是在平和慵常的岁月，历史已经为她们打上了时代的烙印，成为社会对她们认可的一种方式。现代性要求无限发展的性质，要求传统意义上的女性要经历脱胎换骨的改造。例如：文中朱大姐开放张扬的性格与静兰含蓄内敛的传统之美是一个反衬，朱大姐工作上不甘示弱，能干、泼辣，丈夫对她既支持又体贴……以朱大姐夫妇之间的和谐、安稳为榜样，静兰对她和明发之间的不和谐也进行了深刻思考。如文中说："她（静兰）觉得闷极了，她不比朱大姐起得迟，也不比朱大姐睡得早，朱大姐忙碌辛苦，她也没闲着，明发更不比朱大姐的丈夫差，为什么他们之间那么和谐，而自己却是这样？为什么？"虽然静兰不承认自己比别人差，但她对自己也有诸多的不满。比如，厂里对技术的革新不够热心，再如，她在悉心照顾家庭和积极投身工作二者之间无法处理的妥帖而又周到等。但静兰有着执着的性格，她执着地承担着各种角色，为使自己的妻子形象更完美，丈夫不嫌弃自己"落后"。她选择了维系家庭、维系丈夫对自己的爱，然而却使本来意义的家庭面临解体。

<h2 style="text-align:center">二</h2>

如果说这篇小说在于表现妇女应该走出家门参加工作，那么其中的抒发现代女性的觉醒意识，也是建立在现代怀疑

主义基础上的。同时，这篇作品也体现了人们对在新的社会氛围中，女人须跟上社会发展的步伐、从幕后走向前台与女人留在家里相夫教子之间的争论。女人要想不做家庭和丈夫的玩偶、陈列品，就得有独立的经济地位。过去是这样，现在也是如此。我们需要用唯物主义世界观来阐释女性的命运，这必须揭开种种玫瑰色幻想的面纱，裸露现实冰冷和无奈的一面。正如鲁迅所说的"所以为娜拉计，钱——高雅的说罢，就是经济是最要紧的了。自由固不是钱所能买到的，但能够为钱而卖掉"，"要求经济权固然是很平常的事，然而也许比要求高尚的参政权，以及博大的女子解放之类更烦难，天下事尽有小作为比大作为更烦难的"。

处于激进年代的时代潮流中，也许主人公静兰多少有一点"落伍"，但作者恰恰是要表现时代落伍者身上体现出的那种沉静、含蓄、内敛之美。在追求轰轰烈烈的年代，作者塑造了一个反潮流的女性形象。这也许是茹志鹃眷顾传统、个人经验占首要地位的结果。她自己也表示："我要'从生活中寻找那种闪着光的属于自己的东西'"，但必须切记的是，"在这样一个年代，公认的适合于创造性想象的文学出路，在于用本身并不是新奇的情节诱发出个人的模式和当代的意蕴，这个任务则尤其不易完成"。❶

当激进的社会变革潮流卷起滚滚红尘，现代性如同惊涛拍岸，在这片传统积蕴深厚的土地上催生出新的根芽，生活也在变革的社会转型期向传统的情感方式回眸。在风风火火

---

❶　[美]伊恩·P.瓦特著，高原、董红钧译：《小说的兴起》，生活·读书·新知三联书店1992年版，第8页。

的年代，作者却眷恋着静兰内在性格中自始至终没发生根本改变的含蓄、内敛的性格之美。通过凡人小景回应内心的审美需要，这才是作者写作的独特之处。全神贯注地捡拾那些"有光彩的珠粒，把它们串缀成精彩的珠链"，这样的写作个性，为当时的文坛吹进一样的清风。

三

茹志鹃一直特别羡慕庐隐及其作品，对庐隐作品中凄婉感伤的调子有着强烈的共鸣。庐隐作品中那种女性的细腻和捕捉生活的独特视角对她以后的创作都产生了潜移默化的影响。茹志鹃的大部分作品都是写女性的，《生活》这篇文章也是茹志鹃创作上的一次小小的试笔，但已初步显示了她的创作才能，孕育了她创作风格的雏形。作品描写了一个女大学生毕业后没有工作，看到一张招聘广告就去应试，实际上人家聘用的是一个供人玩弄的"花瓶"。回家之后，悲愤交加的她把毕业文凭撕成碎片，此处用了象征的手法："撕碎的毕业文凭变成了数十只小小的白蝴蝶，在空中高傲的飞着。"增加了艺术效果，也反映了知识分子生活的苦难和当时社会的黑暗与丑恶。

茹志鹃的作品大致分两个时期——"文革"前与"文革"后。"文革"前，她的作品大都以真人真事为背景，具有色彩柔和、情调优美的独特风格，善于截取日常生活片断，对人物心理活动的刻画细致入微，犹如一支细致动人的抒情曲。而"文革"后，她的作品较为广泛深刻地触及了社会矛盾，提出了新的历史时期中的诸多新问题，深沉地思索了历史和人生，透过对人物命运和人物价值的深刻剖析，努力探索一场场政治灾难发生的内外因，以及人们觉醒的智慧。茹志鹃的写作开创新时期反思文学的先河，黄秋耘形象地把这种创作转变概括为"从微笑到沉思"❶。

"文革"时期，文艺界的风浪从未平息过，像茹志鹃这样以写"儿女情""家务事"著称的女作家当然不能幸免。她被戴上了"文艺黑线的尖子""文艺黑线的金字招牌"等帽子，遭到了无情的批判，甚至还被要求放弃自己的风格，去攀登重大题材的高峰，去描写"高大全"式的形象。愤怒中的茹志鹃发誓不再写一个字。但乌云散去终将是晴空万里，茹志鹃迎来了春回大地，她一颗战士的心又燃烧了。经过10年的沉思，她的文学眼界已远为开阔，思想力度也更为加深，包容在她作品中的对社会人生的思考远比以前丰厚。因此，这也是一个她跃上新高度的创作期。

说到茹志鹃前期的代表作，我们不得不提《百合花》，这是一篇令人满意、令人感动的诗篇，优美、抒情、清新、自然。她努力将生活中发掘出来的美加以提炼、升华，并巧妙编织，给人以艺术的享受。小说呼唤人与人之间纯洁真挚的感情，给人以心灵的震撼。尽管真实的战争场面要比政治运动中的较量和厮杀更为残酷，但作者和读者毕竟生活于现实，变动不一的新时代收获之一就是不断地激发人们对新生活的想象。《百合花》是一篇不缺乏思想内容和优美艺术的文章，周立波曾说："崇高的思想内容和优美的艺术形式的

---

❶ 黄秋耘："从微笑到沉思——读茹志娟同志的几篇新作有感"，载《上海文学》1980年第4期。

统一始终是一个作家追求的理想，不讲求二者的统一，只强调二者的任何一方面都会出岔子。古人说'文以载道'，在我们的时代，文章应载社会主义和共产主义的大道。古人又告诉我们：'言之无文，行而不远。'把文中两句话合并想一想，是有意识的"。❶ 正如评论家所言，茹志鹃"终于找寻到更适合于她，更能全面发挥她的长处的风格和形式"。❷

"文革"后，茹志鹃试图对自己前期形成的风格作适当的改变，但仍不选择波澜壮阔的大事件，而喜欢描写"社会激流中的一朵浪花，社会主义建设大合奏里的一支插曲"。❸她新时期的创作风格已有随岁月沧桑有所变化，显露出深沉、忧愤、嘲讽的特点，主要作品有《出山》《剪辑错了的故事》《草原上的小路》等。其中《剪辑错了的故事》是茹志鹃的一篇得力之作，主要描写一位经历了革命战争年代的老革命、憨厚诚实的老寿与推行浮夸风的公社书记老甘之间的斗争。老寿是一位坚持实事求是、不畏邪恶而遭打击、迫害的老党员。而老甘则是一位通过瞎指挥、浮夸风而步步高升的公社书记。作者通过二人反映了"大跃进"年代的一段痛苦历史，揭示了党群关系从战争年代到"大跃进"年代的恶性转变。作者有较深刻的含义，也有一定的力度，也渗透着感人的脉脉之情，这也是作者探索新的创作路上的成功之处。《着暖色的雪地》对这方面也有很好的表现。作者用深沉、哀伤、痛苦的感情写了一个画家的人生悲剧，以唤起社

---

❶ 周立波：《周立波选集（第6卷）》，湖南人民出版社1984年版，第489页。

❷❸ 魏金枝："创作个性和艺术特色——读茹志鹃小说有感"，载《文艺报》1961年第3期。

会关心每一个人的心灵和命运。《她从那条路上来》中，作者描摹了旧社会的悲苦生活，并给予了无情的鞭挞，作者通过对也宝纯真心灵和敏锐目光的描述，反映了广阔的社会风貌，称得上是一幅清新、浓郁的风俗画。她的封笔之作《跟上、跟上》更加形象也更加繁复地展露了她在揭示惶恐心态和情绪方面的才华。茹志鹃以其严峻的目光审视着时代的锈斑，也显示了她的胆识和力量，从中我们读到的是她心在流血，她的眼中充满泪水。茹志鹃在这一时期的作品中的鞭挞，频有深度和力度，在同类作品中也是技高一筹。她说："我不知不觉地在作品中也使用起批判这一武器……我发现歌颂固然需要洋溢的热情，而鞭挞需要的热情则十倍于歌颂。而且这种热情不是洋溢的、轻松的，它灼灼于内，到了使人心痛的程度，然后才流于笔端。"❶

勇于攀登的人总希望达到光辉的顶点。茹志鹃就是一个不畏险阻、在崎岖小路上顽强攀登的人，她不满足于自己已经驾驭自如的技巧，不固守已经形成的风格，而为了表现新内容的需要，勇于开拓新路，终于完成了从"微笑"到"沉思"的转变。

茹志鹃这朵盛开在战争中的百合花，以其独特的视角、巧妙的构思、清新的笔调，抒写和赞美了人与人之间最美好最纯真的感情，创造出一种优美圣洁的意境，令人久久难忘。她凭借这种艺术的审美直觉，选择了日常生活的写作，构成了对战争文化心理第一特征的颠覆，这样的反叛虽然可

---

❶ 茹志鹃："二十三年这一'横'"，见茹志鹃：《惜花人已去》，上海文艺出版社 1982 年版。

能连作者都不自觉，却是弥足珍贵的。越是平凡、越是靠近生活的本真面目，就越能激发心底的感伤——这才是人类永恒的情愫。阶级意识被人心、人情最大限度地冲淡了，我们看不到什么乐观主义情调和英雄不朽的意念，扑面而来的是深深的感伤。茹志鹃在艰苦的斗争环境中，锻炼了意志，增长了才干，还利用战争的间隙顽强地吮吸知识的乳汁，不断地丰富和提高自己，她也逐渐看到了艺术的神奇力量。文艺给她以力量，她又为文艺献出自己的青春和力量，她义无反顾地沿着这条道路一步一个脚印地走下去，从盲目、朦胧逐渐到自觉、坚定。她说："我到了根据地以后，才第一次吃饱了肚子，又接近了文艺而且靠的这么近……"，"身在此情此景中，即便闭上了眼睛也会遏制不住心跳和热血，这和那些'花谢花飞飞满天，红消香断有谁怜，截然不同，这是何等的文艺啊！能使人要跳、要跑、要唱、要向前冲"。❶

---

❶ 茹志鹃："生活经历与创作风格"，载《语文学习》1979 年第 4 期。

第八章

宗璞创作的家学文化影响

宗璞是一个有自己独特创造性和创造力的作家，其生活经历和文化背景必然对其创作有深刻影响。我们看一看宗璞的履历就会明白她的作品的独特价值的来源。

第一节　创作中体现出的传统文化的积淀

宗璞出生于文化故都北京，自幼生活在清华大学西南联大的校园知识分子生活氛围中，是新儒学最具代表性人物当代著名哲学家冯友兰之女。冯友兰被冠以新儒学的名号，可知他对传统文化是稔熟的，而他又曾留学国外，对西方文化颇多深入接触，研究上以中西贯通为长，是新儒家中真正中西合璧之人。

一

宗璞的姑母冯沅君是"五四"时期著名的文学家，在表达女性解放上曾被鲁迅称许，与庐隐，凌叔华，冰心等人在新文学早期女性文学中"分庭抗礼"，后来专攻古典文学研究，研究唐诗尤为知名。此外，冯友兰的一个早逝的姑姑曾有旧体诗诗集。宗璞的侄女冯峤文笔也很不错。冯友兰曾说南阳冯氏家族大部分人都有艺术气质，女性尤甚，故冯友兰曾有联曰："吾家代代生才女，又出梅花四时新。"宗璞的母亲任载坤于北京女子师范学院毕业，曾亲自教导宗璞学习，宗璞"小学时，每天早上要先到母亲床前背了诗词才去上学"。这样一个有着良好的求学氛围和文化传统的家庭，对宗璞文学上的影响可以说是极大的。而父辈们的学贯中西，开阔的视野，使宗璞对西方文化并不陌生。宗璞大学亦是学英国文学出身。可以说，她在这样的家族环境和知识观念的熏陶和哺育下，积累起深厚的中西方文化底蕴，并逐渐形成了自己独特的文化性格与文化心理。这性格和心理就其主导面而言，无疑是东方的、中国的，但又是开放的、不封闭的、不固守的，其中颇多吸纳了西方文化素养。

二

所有这些良好的家学渊源和家庭背景都对宗璞的创作产生了深远的影响，但其中受冯友兰影响最大。冯友兰的祖父曾考过秀才，因为得罪县令而未通过，但冯氏也自此开始了"耕读传家"。这是中国自古以来最为常见的传统文化传承方式。这种家风培养了一批深受传统文化影响的冯氏家人，而冯友兰是其中最著名的一个。所以在受家风影响方面，宗璞受其父影响，她的创作因此深浸着传统文化的素养，真诚，朴实，严谨，充满诗意和优美的意境，处处体现着大家风范和仪态。因此王安忆有言感叹："读了宗璞先生，我们就算野蛮人了。"纯净有度如王安忆者都如此说，可见宗璞文字之雅致了。

受传统文化之"化"，宗璞的作品有着东方传统道德的含蓄优雅，使她拥有了与一般作家不同的艺术气质。

在她的长篇小说《南渡记》和《东藏记》中，有一些充满古典味道的曲子。这些曲子不仅形式是古典的，在整个诗意营造和传统手法的化用上，可以说都是新时期文学少有的。还未完成的《西征记》也是先写完了曲子，可见作家对曲子这个传统的文学样式是极其喜爱的。实际上她自己也非常喜欢自己的曲子，并称之为得意之作。这自是一个有良好家风的学者型作家的不同凡响之处。

古典诗词的运用体现了宗璞对古典文学的熟稔，而在以《米家山水》为代表的作品中，我们还可以看到她对中国画也是很熟悉的。《米家山水》写米莲予讲"披麻皴，观麻皴，芝麻皴"等一系列中国画的绘画技巧，对米莲予山水画进行了一系列极富诗意和意境的描写："她画的是写意山水，泼墨模糊，烟运一片，再加上她那淡淡的着色，虽然功夫不深，却有浓郁的诗意和一种灵韵"，"她那时正在临摹古人的江干雪霁图卷，山石用披麻皴，树亦写意，江口有松，上垂古藤。草屋中的朱色短楣十分鲜艳，到现在还红在她心里"。还有对"吹云"和"弹雪"技巧的描写，让人感觉是一个国画画家娓娓道来，充满书卷气，仿佛宗璞就是一个有着贵族气质的士大夫阶层的人物（现在我们的文坛多"痞子气"、流氓习气，少有教养和学养的知识分子气息）。

若仅仅从诗词书画这些东西上看宗璞作品的传统文化之"化"，那未免太肤浅。深一点看，她在作品意境上追求清高雅致、深蕴诗情和诗意，以深厚内涵和清远精神。如她所说："我们的画是不大讲究现实的比例的，但它创造一种意境，传达一种精神……应该言有尽而意无穷。"《红豆》不仅以江玫在感情和革命中的艰难选择，而且续接了"五四"时期知识女性如何选择为描写对象人生道路的主题，在艺术审美上更是以作者在语言方面良好的素养与主人公忘我追求人生理想的精神气质有机融合为一体，使作品蕴涵一种十分难得的清新高雅的格调。《心祭》《米家山水》等篇，笔调中荡着浓郁的抒情气质，有传统诗词与散文的韵致。在童话里如《花的话》《无影松》等以及散文《紫藤萝瀑布》《西湖漫笔》之类，无不显示其学识的优雅，涉笔的清高，文字素朴以求深蕴。

三

在对人物气质和精神的塑造上，宗璞更深的内涵上，宗璞的传统文化之"化"更为强烈和与众不同。《红豆》中的江玫、《三生石》中的梅菩提和她的"三生相知"的恋人方知，还有《弦上的梦》中的慕容乐君等，在生活逆境中碰得遍体鳞伤，也决不放弃传统知识分子的人格理想，虽饱经忧患仍执着于美好的人生状态，具有虽九死而无悔的"兰气息，玉精神"。《弦上的梦》和《三生石》都是反映"文革"对知识分子的迫害。前者写了对两代知识分子的戕害，后者不仅以深沉冷峻的笔调刻画几个知识分子身陷囹圄而不馁的性格，而且打开了视野。宗璞对灾难的描写少有悲切的哭诉和呼救，多是知识分子的纯美良知与凛然正气，极富哲理反思。

和这类有着以天下为己任、赤心报国的知识分子相应和，宗璞笔下还有一类倾心创造一种静谧舒适的书斋生活、有着超脱俊逸的性格的知识分子。他们对中国悠久的传统文明很喜欢，而且有着很好的学术的或者文艺的素养。最突出的如米莲予和萌。他们追求自由的生活和艺术创作环境，不喜欢那些俗物的牵绊，其脱俗飘逸的性格有着道家无为隐逸的人生态度。这是中国传统知识分子道路选择的重要一端。

除去她的古典文学素养和作品意韵不谈，在作品人物的品格上，宗璞的描写深受冯友兰的影响。上述两种人生态度，在冯友兰新理学的人生哲学里和现实生活中都能找得到。冯友兰承认中国（东方）精神文明优越，尤其赞扬儒家的道德，一生以"周邦虽旧，其命维新"为学术目标。生活中他随和，安分守己，潜心学术，可以照应宗璞描写的后一种性格；1948年，他为保护清华免遭兵燹之灾，"赶走"傅作义安排在清华校园内的军队，新中国成立前万里归国以及晚年拖着病体著述，"大节不亏，晚节善终"。❶ 这些均在精神上给宗璞以资源。所以宗璞受家学，尤其是冯友兰思想的影响，在创作上有着强烈的传统气质和学识表现。现在，我们的文坛正缺少这样的作家。

第二节　新时期创作表现出的西方文化影响

宗璞曾说自己不仅被中国传统文化"化"过，而且自幼接触过很多西方文学思想著作，所以也很受西方文化的影响。她的作品就结合了东方道德和西方人文主义、人道主义。

---

❶ 转引自宋志明：《冯友兰学术思想评传》，北京图书馆出版社1999年版，第248页。

一

冯友兰曾留学美国且去过欧洲，对西方文化颇为了解，而且自称是新实在主义者，研究中国哲学都是用西方的方法，因此被称为"真正的中西合璧的新儒家"。宗璞受家庭陶冶，大学专业就是学的英国文学。

新中国成立以后很长一段时间，中国向西方学习的热潮冷却了，接触西方文化也以批判为目的。"文革"结束，思想解冻，宗璞在中国可以说是最早打出了向西方现代派学习借鉴的信号，于1979年2~3月写出了代表作《我是谁?》。作品描写了从海外归来的投身新中国建设的学者韦弥在"文革"中被诬陷为"特务""反革命杀人犯"，一系列骇人听闻的罪名及数不清的残酷斗争、无情打击，使韦弥在弥留之际精神恍惚，似乎自己变成了"牛鬼蛇神"，变成不齿于人类的"虫"。这个作品不是用来揭示人类本身的荒诞不经，而意在质询"文革"造成的悲剧。

此外还有《蜗居》《泥淖中的头颅》等明显的以现代派写法写成的小说。作为一个学者型作家，又有得天独厚的学成环境，在文学上，宗璞最具特性的价值在于：雅致、贵族气质的文风和语言风格，对知识分子世界的深刻挖掘和精深刻画，对民族气节、传统知识分子性格的表现，中西合璧的创作特色。这一切，使她成为目前作家里对知识分子描写最为成功的一个，也代表了以知识分子为描写对象的当代文学所能达到的较高的高度。

二

除在技法上借鉴西方外，宗璞的作品在思想上表现较多的是人文主义，表达对人的尊严和价值的思考。她的《红豆》是在新的形势下继承"五四"知识女性"娜拉"的选择。到了新时期，她的文学个性更凸显出来，除对"文革"控诉以外，还有对"人"的价值尊严的关注。"忽然间，黑色的天空上出现一个明亮的人字，人，是由集体排组成的，已在，慢慢地飞向远方。"可以说这是对"文革"这个特殊年代中，人的尊严的溃败的讨伐。《三生石》中，方知和梅菩提的爱情，"被建立在气质相投和对同一本小说的共同认知上。爱情这个两性共有的内部世界，面对的外部世界是生存环境与生活的压力。他们一样承受相同性质与分量的生活压力、生活意味。这是一个人该有的生活意义与生命尊严"。❶ 在新时期文学里，宗璞又是较早提出独特的女性价值。这些成果都可以说是摆脱意识形态束缚后她自己独立思考的产物，尤其是人文主义的思想得到有力的彰显。

这样，宗璞"感情又老庄，又现代，白描象征糅合在一起，有力介入了女性与传统、与现代化的时代话题"。

---

❶ 林丹娅：《当代中国女性文学史论》，厦门大学出版社 2003 年版，第185 页。

第三节　创作视角体现出的历史反思色彩

　　宗璞的创作视角在中国的当代女性作家中有着极其独特的一面。她笔下的人物主要集中于知识分子阶层，尤其是大学校园中有较高文化素养的知识女性，写她们随时代漂泊的命运，写她们真挚的追求、失落与获得的欢欣。这与宗璞深厚的家学渊源、良好的文化素养和独特的生活环境是分不开的。

一

　　宗璞一生中的绝大多数时间都随父亲生活在燕园，生活在中国的高层知识分子群中，与他们学业的专攻、崇高的操守、事业成就的欢欣以及家国危亡的忧患深深纽结在一起。她完全写与自己特定的生活环境和特定的生活阅历有关的人物、事件，写自己感受最深的东西，她说过："许多文字都不只一次地出现在我的梦寐中。"所以她笔下的知识女性形象如此生动、丰满、情感细腻。《红豆》里的江玫、萧素，《弦上的梦》中的慕容乐君，《三生石》里的梅菩提、陶慧韵就是这些突出校园知识女性的代表。校园的一隅成为她独特的对象世界，她获得了她所有的一角土地，甚至可以说，获得了别人难以夺去也无法替代的一角土地。她静守她自有的这一方土地，尤其经过时代动乱从而获得人生和艺术的痛苦经历之后，她更坚定地回到这块土地上，真诚地，甚至不免寂寞地进行艰辛的垦植。

但宗璞并没有把视野仅仅局限在校园。她站在这里，却把目光投向时代、社会与人生。风云激荡的时代使中国广大知识分子都经受了政治斗争和群众斗争的磨砺，使他们把双脚紧紧踩在现实生活的土壤之上。一位当代诗人说过："我虽然在北京这条僻静的，窄小的胡同里，但风暴般的世界，却紧摇着我的房门。"宗璞所在的僻静校园，又何尝不是处于各种风暴的摇撼之中呢？在她的作品里，宁静肃穆的校园里同样涌动着时代的风潮。她以知识分子为视角，反映中国半个世纪的时代变化。《南渡记》中描写一群生长在大学校园的孩子和他们的父母，面对日寇入侵、家园被毁，大学里的知识分子走出书斋，以他们特有的方式表达抗战的决心，他们身上的民族气节和爱国热情表现得尤其强烈，其中有一个细节是孟弗之见到一个士兵把国旗扔在地上而与之怒争。在《红豆》中，大学校园中的江玫和齐虹这一对青年男女的恋爱悲剧，正是新中国成立前社会大变动时期知识分子面临艰难的人生抉择的写照。《弦上的梦》则通过慕容乐君和梁遐两代音乐工作者的对话和冲突，深刻反映了"文化大革命"对知识分子，尤其是对年轻一代的精神戕害。正是由于宗璞的这份社会责任感和直面现实的勇气，使她敢于在"文革"后就拿起笔来控诉"文革"给知识分子带来的巨大创伤，成为"伤痕小说"创作的重要一员。她仍旧以校园知识分子身上特有的"虽九死而不悔"的精神，表现对国家、对民族、对人民执着的爱。如《我是谁?》中，主人公韦弥是20世纪50年代初期从海外归来的学者，在"文革"中惨遭迫害，她的身心受到严重摧残。她在狂乱中陷入了崩溃的边缘，认为自己真的变成了"牛鬼蛇神"，临死前的她，带着最后一丝"人"的意识，张开双臂扑向天空中排成"人"字的雁群。《三生石》中的梅菩提和陶慧韵在身陷绝境时，互相扶助、互相鼓励，不畏惧，不哀伤，从容面对一个又一个灾难。她们很少考虑个人的得失，表现出时刻为民族的命运担忧的崇高思想境界。

二

"把心儿向国托，身儿向前赶，魂儿故土埋！且休问得不得回来！"❶ 在那个年代，许多作家批判民族劣根性，而宗璞回忆这段历史时，给民族精神做"加法"，给我们树立了一个独特的视角。这种对原有劣根性观念的另一面补充，正好较为全面地为我们构建了民族性格。这是在现当代作家里急需的东西，也是我们近代以来所忽视的。所以宗璞在这方面的意义可以说是很重大的。在反映时代风云的同时，宗璞的小说还更深入地关注到"人"的问题上来，她用夸张、变形、荒诞的手法来表现"文革"的非人环境，提出"只有人回到自己的土地，才会有真正的春天"，呼吁"每一个人，都应该像人一样，活在人的世界"。❷ 作家通过知识分子的"非人"遭遇，产生了对"人"的本性、人道主义、人的异化等问题的思考。这继承了现代文学"人"的主题，同时也在"伤痕小说"中显示其思想的深刻性、独特性。

---

❶ 宗璞：《南渡记》，人民文学出版社 2004 年版，第 269 页。

❷ 宗璞：《宗璞文集（第 2 卷）》，华艺出版社 1996 年版，第 119 页。

在当代女性文学中，可以说宗璞的地位最突出，可与张洁称"双璧"。当下文坛女作家，多是描摹现在社会的物质的、表象的、个人的、肤浅的生活，可以说是 20 世纪 90 年代初那种"小女人散文"的风格，这是现在的普遍习气。宗璞不同。在众多女作家中，她可谓是"鹤立鸡群"。她的作品气象阔大，多为对国家、社会、人生的思考，有历史深度和历史气魄。所以她在女性文学中是独树一帜，学养最厚，境界最高远。在整个新时期的文学史上，宗璞的学者型作品是最雅的一部分，最有思想的一部分，也是最为独立的一部分。当今一些女作家"在整个世界范围内，由于物的挤压，商品经济的激烈竞争，使思想界不约而同地开始了一场撤退。他们没有勇气更多地站在时代的前沿，保持知识分子的先锋性，这是可惜可叹的。他们一方面仍保持甚至是加强技术层面的那种探索热情，另一方面在这热情的遮掩下，又开始了逃避重大社会问题和思想问题。他们似乎失去了关怀世界重大问题的能力，失去了大爱大恨的能力，失去了关怀的能力、感动的能力"。❶ 而宗璞对人生的思考，对民族精神、环境的审视，独立于思想和理想倒退的潮流之外。这是在这个历史记忆和思考能力以及现实思考力弱化的社会里，是我们最应该珍视的和需求的。

---

❶　张炜：《融入野地》，作家出版社 1996 年版，第 211 页。

第九章

杨绛与道家文化

　　杨绛是中国式知识分子的典型代表，新时期以来她以古稀之龄，笔耕不辍，相继出版了散文集《干校六记》《将饮茶》《杂忆与杂写》等。杨绛散文的数量虽不多，但是描写"文革"前和其间生活的冷静从容、冲淡自如、怀人记事的深情款款，都充满着生活情趣与一个智者对人间生活的真挚体察，而想象奇特的心灵散文更是最大地彰显了她的个性气质和艺术品位，使她在新时期散文领域独树一帜，有着不可替代的独特个性。杨绛出身书香门第，性情淡泊，才情出众，同时又饱经尘世变幻，领略了风霜雪雨。她在散文中怀忆往昔、追想故人、感慨人生、洞察自我，自然而然地展露着她深厚的艺术功力、丰富的人生阅历和崇高的人格修养。她笔下的散文，无论是追忆亲人、朋友、同事和保姆，还是反映那个"大背景的小点缀，大故事的小穿插"的"五七干校"生活；❶无论是记述 20 世纪 50 年代末到农村进行"社会主义再教育"的点滴心得和见闻，还是叙写丙午丁未年惨遭不幸的人生之一页，都无滥情和絮叨之说。她似乎在诉平常心、说平常事，读她的散文，仿佛在与一位温和而宽厚、睿智而幽默的长者品茗闲聊，听她讲童真童趣、述亲情友情、谈人生体验。跟着她自由的心灵和笔触穿梭在时空中，浏览时代的斑斑痕迹，体会人性的林林总总。她的散文没有虚伪和矫饰，从不故作崇高，只是以平实的笔触，静静地予人以淡泊、宁静的审美感受。

---

　　❶　尹莹："举重若轻·超凡宁静——杨绛散文《干校六记》与《丙午丁未年纪事》的境界"，载《理论界》2006 年第 5 期。

第一节　动荡年代的洒脱淡定

作为一位曾生活在 20 世纪动荡不安中的人，杨绛曾受过各种各样的困厄和磨难，"文革"是她那一时代的文人无法回避的话题。关于"文革"题材的散文，杨绛写得其实并不算多，主要集中在《丙午丁未年纪事》和《干校六记》两个长篇当中。在这些文字里，作者的诉说超乎寻常的平淡。与有些作家的声泪俱下侧重于控诉完全不同，她一方面用画龙点睛的语言活画出"文革"中所谓的英雄的丑陋，又真实地记录了她在这场浩劫中的抗争；另一方面，也是重要的方面，就是她对于这场浩劫进行了深入思考。

一

《干校六记》和《丙午丁未年纪事》面对的是一个我们很难表述的时代——"文化大革命"，杨绛与同时代的知识分子遭受了一定程度的精神强暴和灵魂虐杀。在大多数过来人的印象里，那是一场"劫难"，他们当时的心境，常常是愤激地控诉和沉痛地哀思。而杨绛在叙述那段"无理性的、不可言喻的、令人惊奇的、愚蠢的东西触目皆是"的动荡岁月时，[1] 以轻松、诙谐之语娓娓道来，她把自己受到的精神、

---

[1]　尹莹："举重若轻·超凡宁静——杨绛散文《干校六记》与《丙午丁未年纪事》的境界"，载《理论界》2006 年第 5 期。

肉体摧残平静地、默默地转入到自己的文本叙述中，采取了迥异于他人的远距离视角来痛定思痛。如写被批斗游街的情景：

我们在笑骂声中不知跑了多少圈，初次意识到自己的脚底多么柔嫩。等我们能直起身子，院子里的人已散去大半，很可能是并不欣赏这种表演。我们的鞋袜都已不知去向，只好赤脚上楼回家。

我戴着高帽，举着铜锣，给群众押着先到稠人广众的食堂去绕一周，然后又在院内各条大道上"游街"。他们命我走几步就打两下锣，叫一声"我是资产阶级知识分子！"我想这有何难，就难倒了我？况且知识分子不都是"资产阶级知识分子"吗？叫又何妨！❶

这里没有声泪俱下的血泪控诉，也没有义愤填膺的猛烈声讨，作者只是平和地把人物的真实境遇传达出来，但这种本真、细腻的描述却更加痛人心肺，字里行间都深刻地批判了野蛮愚昧的劣行，显示了作者乐观、倔强的个性和不与世俗同流合污的人格。

杨绛不但没有沉溺于自我哀伤中玩味自己的苦难，反而在苦难中以豁达、宽和的心态观照生活，发掘其中的种种趣事，以诙谐幽默的笔墨勾画了特殊岁月中的温情世界。她写何其芳拿泡肥皂的漱口杯去打红烧鱼，写扫厕所带来的种种

---

❶ 杨绛："丙午丁未年纪事"，见《杨绛散文作品精选》，人民文学出版社 2004 年版，第 163 页。

"好处"，写恶劣环境中的黑夜"冒险"，写钱锺书在干校"脱胎换骨"而面目全非……毫不张扬、平静地叙述的一切都让人笑中含泪，令读者体味着作者心中的辛酸与悲凉。杨绛始终以一种达观的态度来再现生活，她那饱经苦难的生存磨炼体现为一种自觉自然的质真和朴实，这是她人格魅力的显现。作为一个"劫难"中的知识分子，杨绛始终显示了她独立思考、不屈不挠的精神。她想方设法去抢救《堂吉诃德》译稿，认为政治学习"耗费时间""耽误业务工作"，这些"胆大妄为"的言行都显示了她不随波逐流、心口合一的个性。她多次言道："打我骂我欺侮我都不足以辱我，何况我所遭受的实在微不足道。至于天天吃窝窝头咸菜的生活，又何足以折磨我呢？"所以历经整风、跃进、下乡、干校，倔强的杨绛"我还是依然故我"。❶

二

再看《丙午丁未年纪事》。对于史无前例的"文化大革命"，作者不用公元纪年，而是用"丙午丁未年"，颇显作者的匠心独运。这不仅突出了故事的发生地是在"中国"这一文化空间，并且在时间上造成一种历史间离的效果，滤去了许多历史的重量。在"风狂雨骤"的日子里，面对群众愤怒控诉的罪行，钱锺书和杨绛夫妇认真地制作着自己的牌子，他们精工巧制，工楷细描，罗列罪名，并挂在自己胸前，互相欣赏，还不禁引用《爱丽思梦游仙境》的名言，读到这些

---

❶ 尹莹："举重若轻·超凡宁静——杨绛散文《干校六记》与《丙午丁未年纪事》的境界"，载《理论界》2006年第5期。

细节时，你不得不佩服二老在逆境中的大智若愚、洒脱镇定。当被无知的人们拿着束腰的皮带猛抽，被勒令脱掉鞋袜排成一排，伛着腰，后人扶住前人的背，绕着圆形花栏在笑骂声中不知道跑了多少圈后，"我们"才初次意识到自己的脚底是多么柔嫩。这里用笔极为节制，不显任何锋芒，但字字皆有千斤重，让人心酸垂泪，颇多感触。当被人剃成"阴阳头"后，作者还安慰老伴说"小时候老羡慕弟弟剃光头，洗脸可以连带洗头，这会我至少也剃了半个光头"，"只是变了样"而已。❶ 当出门望见小孩就从街这边躲到街那边跑得一溜烟时，作者还戏称自己"活是一只过街老鼠"。作者这样的打趣和自嘲，让我们深深地感受到她内心的痛楚，因为她说，剃成"阴阳头""那是八月二十七日晚上"，绝不是刻骨铭心这几个字所能简单概括得了的。

历史、文化的灾难沉重地压迫着这批文化人，但许多催人泪下、惊心动魄的浩劫在杨绛的笔下显得如此平淡。在儒雅、睿智的叙述中，我们感受到了一个饱受中西方先进文明熏陶的中国知识分子在多灾多难的社会环境中的高贵的人格力量。

三

杨绛从小就生活在一个极为和睦、充满亲情而不乏风趣的开明家庭里：她的父亲杨荫杭是辛亥革命前的老同盟会员，他以道义立身，不畏权势，秉公执法，名重天下，在家

---

❶　杨绛："丙午丁未年纪事"，见《杨绛散文作品精选》，人民文学出版社 2004 年版，第 163 页。

中虽然威严，但毫无封建家长的习性，与妻子相敬如宾，对子女呵护有加，常以密法心印的方式传授智慧果；其母知书达理，温和娴静，宽厚大方，爱好读书，对儿女十分疼爱。在此后的人生旅途中，杨绛与江南才子钱锺书结为伉俪，夫妇之间情深意笃，相濡以沫，甘苦备尝。他们出国留学，受到国外氛围的熏陶，成为欧美自由主义知识分子的典型。当历史的风云改变了他们的命运时，他们依然以一种自由的心态坚守文化，在灵魂的撕裂中完成生命的崇高。杨绛一方面对周围荒诞的世界总能处之泰然，如入无人之境；另一方面，她有自己处身立事的气节、风骨和方正。在"孤岛"上海，在既无藏身之地又走投无路的"公共租界的有轨电车"上，她敢于直面相对、怒斥骄横野蛮的"皇军"士兵，使劲地一字一字地大声说"岂有此理"。也许这在今天看来似乎称不上英雄壮举，但对懂得"日本鬼子"四字真切含意的苦难的中国人而言，则是惊心动魄的。在"文革"中，她面临被剃成"阴阳头"的屈辱而不愿跪地求饶。我们难以想象，当专政的力量以武力的形式来剥夺知识分子的人格尊严时，杨绛是怎样不屈地以正义的人格力量战胜邪恶，在一场场的"闹剧"中戏弄非正义和丑恶的。杨绛的价值和尊严在自我的确认中得到肯定和张扬，我们被她一身的铮铮铁骨和大义凛然的正气所折服。

第二节　不耻世俗且超越俗世

作为作家、文学翻译家、文学研究家，杨绛的散文很自然地被许多论者归入"学者散文"或者"学人散文"。因为它体现着一个有着丰厚文化背景的心灵，然而，与黄裳、金克木、张中行等同时代人的文学者相比，杨绛的散文则显示出极大的差异。[1]

一

通过杨绛散文的字里行间，我们看到的与其说是一位有着深厚中西方文化传统、治学态度严谨的学者，毋宁说是一位体察世情、明辨是非、人情练达的智慧女性。杨绛丝毫没有古代士大夫那种煮茶忆人、抚筝咏歌的闲适隐士情调，而是体现了一个智者对人间情怀的真挚的体察。她写自己的至亲之人因为爱之深、感之切而尽情尽兴。父亲的严厉而温情，母亲的温良和慈爱，多次出现的"放焰口"，求母亲"真吃"瓜子等细节，都让读者心中泛起股股暖流；写姑母杨荫瑜的种种不合时宜，怪怪的性格、打扮、行为以及死后怪模怪样的棺材，让世人对其坎坷别扭的一生寄予深切的同情；写丈夫钱锺书的"痴"情种种，把神秘的大学者写得充

---

[1]　刘锡庆：《散文新思维》，河北教育出版社1998年版，第45页。

满生活气息，使人油然而生亲近之情；写小妹妹杨必的宁静、要强，童真的描述惹人心动。活泼、生动，重性、重情，使杨绛对家人的感情跃然纸上。这些可称得上学者的人，他们在中国学术和文化史上都留下或轻或重的一笔。一般的学者散文在论及此类人物时往往都会将笔力放在介绍他们的学问和对历史的影响上，而杨绛恰恰反其道而行之，在他们对凡人小事的细微处下功夫，让人们在其对人情世态的处理中领略其人格与学识魅力。《回忆我的姑母》《回忆我的父亲》是杨绛非常有代表性的记人散文。前者写三姑母杨荫榆惨死时，来不及准备像样的棺材，"木板是仓卒间合上的，来不及刨光，也不能上漆。那具棺材，好像象征了三姑母坎坷别扭的一辈子"，❶ 寥寥几笔便可见人物的灵魂。另外杨绛在描述暴力的时候也秉持一贯的超脱世俗，《回忆我的姑母》便因为其中的诗化的暴力，被称为"是中国散文史上极为罕见地表现了'残酷之美'的杰作"。杨绛后来的关于"文革"中的知识分子被迫害的描写也都是以一种冷静、简洁、诗性的笔调来展开的。《回忆我的父亲》是对父亲一生的概括，也是对"我"与"父亲"一生情意的回顾，大约有三万多字，可算是长篇散文，但是杨绛的节奏把握非常到位，整篇散文读起来没有任何冗长之感。"父亲"是典型的中国知识分子，秉持"达则兼济天下，穷则独善其身"的立身处世原则，她对于民主政治的主张今天看来仍然发人深思，他认为推翻一个政府并不解决问题，还得争求一个好的制度，保

---

❶ 杨绛："回忆我的姑母"，见《杨绛散文作品精选》，人民文学出版社2004年版，第114页。

障一个好的政府。尽管，最终"父亲"没有写成自己的著作
《诗骚体韵》，但是在子女心中，他还是一个留下了辉煌巨著
的大学问家。杨绛以堂·吉诃德来比拟"父亲"："《堂·吉
诃德》，总觉得最伤心的是他临终清醒以后说的话：'我不是
堂·吉诃德，我只是善人吉哈诺。'我曾经代父亲说：'我不
是堂·吉诃德，我只是《诗骚体韵》的作者。'我如今只能
替父亲说：'我不是堂·吉诃德，我只是你们的爸爸。'虽然著
作没有出版是遗憾，但是我想象中父亲会说：'我只求出版自己几
部著作吗？'短短几句话便形象地概括了父亲的人生"。❶

二

怀人记事怎可少了友人？杨绛抒写友情的文章中最出色
的要数《记傅雷》了。傅雷的严肃和含笑、固执和随和、孤
傲与孤弱、认真和谦虚……一件件生活小事使傅雷复活了一
般。如作品在写傅雷在客厅待客时：

忽然他灵机一动，蹑足走到通往楼梯的门旁，把门一
开，只见门后哥哥弟弟背着脸并坐在门槛后面的台阶上，正
缩着脖子笑呢，傅雷一声呵斥，两个孩子在登登咚咚一阵凌
乱的脚步声里逃跑上楼……客厅里渐渐恢复了当初的气氛。
但过了一会，在笑声中，傅雷又突然过去开那扇门，阿聪、
阿敏依然鬼头鬼脑并坐原处偷听。这回傅雷可冒火了……只
听得傅雷厉声呵喝，夹杂着梅馥的调解和责怪；一个孩子想

---

❶ 杨绛："回忆我的父亲"，见《杨绛散文作品精选》，人民文学出版社
2004年版，第57页。

是哭了，另一个还想为自己辩白。……傅雷回客厅来，脸都气青了。"唉，傅雷就是这样！"❶

个性鲜明的大学者形象就这样被杨绛真真切切地展现在读者面前。而那些与杨绛较疏远的人物，如车夫、保姆、门房、旧式家庭的佣人，甚至旧上海的地痞流氓，他们都是被历史所忽略的普通人物，也是学者散文较少涉及的人物，对这些没有知识和文化的社会底层人，甚至是混沌未蒙的呆少年如阿福，杨绛却不鄙薄，而是设身处地为他们着想，对他们尽力了解，完全体谅这些社会下层人民。他们与杨绛有过或深或浅的交往、接触，杨绛在记叙自己与他们交往的过程中，着力写出他们琐碎的人生以及精神的困顿与迷惘。

三

在杨绛的作品中，值得注意的是：这是一个饱经风霜的高龄老人回忆自己在少女、少妇时代的往事，不但没有一点老气横秋、矫揉造作之感，还能写得篇篇生动、处处诙谐、趣味盎然，确非一般。杨绛以她年轻的心使读者在平平凡凡的生活、平淡无奇的描述中体会到她对生活的热爱和她丰富的生活情趣。对散文家来说，情趣是异常重要的素质之一。这种情趣兼有孩童的天真与成人的雅致，完全没有老于世故的做作和家庭主妇般的庸俗。杨绛能于凡常、琐细的生活形态中发现它、表现它，显示了杨绛淡泊宁静、真实质朴的个

---

❶ 杨绛："记傅雷"，见杨绛：《杨绛散文作品精选》，人民文学出版社2004年版，第257页。

性，也显示了她的自爱、自尊的一面，这是中国知识分子的
典型性格。在《赵佩荣和强英雄》里，在描写门房赵佩荣本
身生活平淡无奇却喜欢向人炫耀自己的英雄行为这一独特的
爱好之后，杨绛写道："大概浪漫的故事总是根据民间实事，
而最平凡的人会有最不平凡的胸襟。"在这里，我们看到了
杨绛悲天悯人的情怀和对人性清明的体察。她所表达的决不
仅仅是对小人物的含泪同情、体谅，更多的是对生活机敏的
领悟。《顺姐的"自由恋爱"》写一个丫环出身、为人作妾
的女性在新中国成立后含辛茹苦地劳作以维持全家人的生
计，可是她在家中却仍然摆脱不了旧时的低贱地位，得不到
应有的尊重。即使如此，她还时常怀念当年在地主家那点滴
的快乐，尽管那一点快乐的代价是她一生的幸福。对这些下
层人民，杨绛没有采取传统士大夫对世俗人生的玩味态度，
从他们的苦难与沉重中挖掘所谓的诗意、情趣，而是采取近
代西方文明的平等态度，真诚地帮助他们并体谅他们，认真
地对待这些陷入人生困境中的人们的向往或追求。"也许只
有我一人知道她的'自由恋爱'，只有我一人领会她的'我
也觉悟了呢'的滋味。"❶

---

❶　杨绛："顺姐的'自由恋爱'"，见杨绛：《杨绛散文作品精选》，人民
文学出版社 2004 年版，第 237 页。

第三节　向心灵内转的抱诚守真

道家文化的心灵之旅，最能显示杨绛的个性气质和艺术品位。《孟婆茶》写"我"登上了由红尘世界开往西方的自动化传送带，在云海驰行，中途要到孟婆店喝茶，据说喝了孟婆茶就能将一切忘干净。在孟婆店上楼的人可以回顾一生从而放下一切，不想上楼的人就要抛掉"身上、头里、心里、肚里"的"私货"，因为"夹带着私货过不了关"。杨绛以朴素真诚的写作姿态追问笔下人物的内心世界，也追问自己是否也夹杂着"私货"。

一

《软红尘里·楔子》是非写实性的，虚拟了女娲与太白星君的对话，女娲感叹天地破败得不堪收拾，战火愈烧愈烈，瘟疫愈出愈奇，现代化污染了江湖海洋，天灾也到处肆虐，而芸芸众生却蒙在软红尘龛，懵懵懂懂，只求自己的幸福。显然，所谓梦境和神域都是杨绛的人生经验、人性思索的外在表现手段。她借助玄妙、神奇、象征等超现实主义手法倾诉了自己的心灵世界。她对现代社会弊病的洞察和忧虑，她对自我的大胆解剖，使这篇作品具有独特的思想深度和艺术魅力。

《隐身衣》以一种朴素无华的语言、平缓的叙述语调、细致而不烦琐的叙事风格保持着杨绛散文的一贯姿态，体现其散文创作中所特有的智慧与宁静。读杨绛的散文，总会给人一种恬淡、从容、大气、睿智、幽默的印象，就像一个历尽人世沧桑的老者用她的丰富的阅读，在同后辈亲切地谈天说地，没有丝毫说教的痕迹，让听者很容易就被她的话打动。

"隐身衣"是传说中的一种仙家法宝，据说穿上它，能隐身起来，在别人看不见自己的情况下，任意行事。文章以夫妇之间要寻求隐身衣的对话开头，说明他们寻得隐身衣"只求摆脱羁束，到处阅历，并不想为非作歹"，进而指出他们的"隐身衣"的料子是卑微，并非等同于神话传说中的那件法宝。作者也深知这种处世哲学，自然不会被现世的人所接受。比如中国笔记小说中一个人梦魂回家，不被关注，反而在心灵上造成更大的苦痛的故事；英美人把社会比作陷阱，相互排挤，相互倾轧，你死我活，只为"钻出头，坐在浪尖上，迎日月之光而生辉"的那一刻。作者在此借用了两个典故来说明现世人的处世哲学。现世人都想做"人上人"，要想方设法做到"出类拔萃""出人头地""脱颖而出""出锋头""拔尖"，这些都说明世人都是不愿身处人下，总是在想方设法挣脱卑微的"隐身衣"，寻求那一举成名天下知的"现世衣"。因为谁也不愿做窝囊废，谁也不"甘心郁郁久居人下"。但是这种心态往往又直接或间接地造成人们活得不幸福，时时承受着自己、社会等方面对个体心理的巨大压力。

于是作者在文章的第二层意思中开始告诉我们如何穿上

卑微的"隐身衣"和穿上这件"隐身衣"的好处："天生万物，有美有不美，有才有不才。"有士兵，有名将；有坐轿的，有抬轿的；有主人，有仆人；有上灶，有灶下婢；"天之生材也不齐，怎能一律均等"。作者用《儒林外史》中王太太和《堂·吉诃德》中桑丘对吃酒的态度的对比来说明人各有志，不能强求一律。最后真诚地发出这样的感慨："好些略具才能的人，一辈子挣扎着求在人上，虚耗了精力，一事无成，真是何苦来。"这些言论，若是一个胸怀大志的人听了，肯定会说："这不是听从命运安排、不求进取的宿命主义和悲观主义人生哲学吗？"还会发出这样的疑问："我没有去争取，怎知我不是那块料，或许通过我的奋斗或者机缘巧合，让我做成了也未必可知。"❶ 这种误解完全可以理解，因为杨绛在此只是借"隐身衣"来告诫我们要量力而行，不要自不量力、自寻苦恼，她要讨论的是一种人生态度和处世哲学。

为了消除这种误解，作者在文章的第三层意思中开始就引用了我国古人所说的"彼人也，予亦人也"和西方谚语"干什么事，成什么人"，明确指出，"人的尊卑，不靠地位，不由出身，只看你自己的成就"，"是什么料，充什么用"，"是一个萝卜，就力求做一个水多肉脆的好萝卜"。❷ 说明作者并不是要我们自暴自弃，而是要求我们立足自身，发挥所长；不好高骛远，不切实际地去空想。而"隐身衣"真正的功用，一是可以"一个人不想攀高就不怕下跌，也不用倾轧

---

❶❷ 杨绛："隐身衣"，见杨绛：《杨绛散文作品精选》，人民文学出版社2004年版，第187页。

排挤，可以保其天真，成其自然，潜心一致完成自己能做的事"，二是"唯有自处卑微的人，最有机缘看到世态人情的真相，而不是面对观众的艺术表演"。❶ 最后，作者用"不过这一派胡言纯是废话罢了"，将文章引入最后一层，指出要想穿上这件"给人以更深刻的效益，更可奇妙的娱乐"的"隐身衣"也是相当不容易的。即使穿上用科学方法制造的"隐身衣"都需大吃苦头，更何况这件凡间的"隐身衣"呢？因为穿上它后不仅要保护衣内的血肉之躯，还要保持一颗平和的心态。虽然不容易做到，但作者还是认为"隐身衣总比国王的新衣好"。"隐身衣"是一种处世哲学、一种人生态度，这种适性、任性的处世哲学和人生态度，很有些老庄哲学的痕迹。这种"隐身衣"哲学，分明体现了一种处世心机，一种立足现实世界而对个人生活的珍重，一种明智而又达观的生存之道。当此转为叙述态度时，则更着意于冲淡与和谐，凭借知识素养用人生阐释人性，纵有揭露与嘲弄，也是乖觉的领悟。

二

杨绛身处新旧文化的夹缝中，经历了旧中国的多灾多难和新中国成立后的动荡不安的十年"文革"，可以说她承受了一代知识分子的苦难，看惯了人间百态和世情冷暖。世间的无休止的争权夺利和相互倾轧，作为普通人不可避免地要与这样一个现实世界正面遭遇，饱受中西文化熏陶

---

❶ 杨绛："隐身衣"，见杨绛：《杨绛散文作品精选》，人民文学出版社2004年版，第187页。

的杨绛自然也洞察到了这一点，于是在她的内心建立了一套自我防御机制的生存哲学，那就是始终以一种平和、宽容的心态对待世间的一切常和变，"不想攀高就不怕下跌"，也不用倾轧排挤，"最有机缘看到世态人情的真相"，以此来消解内心中的矛盾冲突，维系精神层面的微妙平衡，这正是对文中"隐身"之道的最佳注解。作为一个满蕴着南方似水般柔情的女性，杨绛没有张爱玲的绝情刻薄，而是用宽容掩藏了严肃的悲哀，用智慧的调侃拌和着辛酸，为人们提供一条适情任性、淡泊人生的生存哲学。杨绛的文字就如一块没有雕琢的玉石，虽然外表朴素，但内在却有一种宁静、温和之美感，总是流淌着一种生命的律动。她的文章就像她的人一样"淡如菊花"。《隐身衣》和《读书苦乐》都是杨绛阅尽人间世事的智慧结晶。世人若要能得到"卑微"制做的隐身衣，就能"万人如海一身藏"，摆脱羁束，自由遨游；就能保其天真，成其自然，潜心一致地完成自己能做的事。读书，被杨绛生动奇绝地喻为"隐身"的串门儿，不论古今中外的名人，都可以登堂入室或不辞而别，洗耳恭听或抽身而退；每一本书都是壶公悬挂的一把壶，里面别有天地日月，书的境地贯通三界——现在界、过去界、未来界。作者以其博古通今的文化优势向读者尽情展示读书的"乐在其中"。这类散文以流畅洒脱的文笔，带读者畅游作者的人生体悟和心路历程，在想象、诗化的艺术境界中显示出作者心灵的自由自在、人格的旷达冲淡、思想的深邃奇妙、性情的谦和练达。

三

杨绛的散文情真意浓而又淡淡如兰，几乎篇篇关乎情：父女情、母女情、夫妻情、姐妹情、朋友情、世态人情……虽然她历经磨难，却传达出世界上最美好的感情。杨绛和钱锺书的爱情给人的印象最为深刻。在杨绛的笔下，"默存"是出现频率最高的词。他们相互扶持共度一生，彼此间的关爱、体贴、依恋，真真羡煞人。干校劳动时两人分住两地，虽能每日一见，却仍"一日不见如隔三秋"：

每天午后，我可以望见他一脚高、一脚低从砖窑北面跑来，有时风和日丽，我们就在窝棚南面灌水渠上坐会儿晒晒太阳。有时他来晚了，站着说几句话就走。他三言两语、断断续续、想到就写的信，可以亲自摞给我。我常常锁上窝棚的木门，陪他走到溪边，再忙忙回来守在菜园里，目送他的背影渐远渐小，渐渐消失……❶

没有一句热烈煽情的话语，但跳动着情感的音符，蓄积着浓浓的深情。这深情融入生活的长河，温柔地流淌在生活的每一寸土地里，如幽兰的淡淡馨香默默地在人们心间传递，轻轻地拨动着人们最敏感的心弦，使读者不知不觉置身于温馨的氛围中，充满了感动。

杨绛散文的语言平实晓畅，幽默诙谐，自有神韵。杨绛

❶ 杨绛："干校六记"，见杨绛：《杨绛散文作品精选》，人民文学出版社2004年版，第13页。

不事雕琢，尽去粉饰，很少故意选"眼"，很少发挥，更无故作高深的严肃，玩味理性，一切都那么平易畅达。同时，淡泊达观的生活态度也使她有意无意间都在幽默调侃：

我自从做了"扫厕所的"，就乐得放肆，看见我不喜欢的人干脆呆着脸理都不理，甚至瞪着眼睛看人，好像他不是人而是物。绝没有谁会责备我目中无人，因为我自己早已不是人了。这是"颠倒过来"的意想不到的妙处……❶

这种充满喜剧色彩的戏谑式语言在杨绛的散文中俯拾即是，自在自然的洒脱情怀与生动自如的洒脱笔墨完美地结合到一处，令杨绛的散文韵味十足，读者在掩卷之后，仍不禁会心冥想。

散文不同于小说、不同于诗，散文更接近于日常说话，或如知己谈心，或如自言自语。所以杨绛在散文中总是竭力以真诚的态度，来表述真情实事；以高尚的人性、人格，来铸造散文的美的内质。她不是不重视艺术技巧，而是融合中西，尽量以最朴素的方式，来表达这种美的内质。她所追求的，其实正是巴金所崇尚的"无技巧"至境。杨绛散文成功的艺术经验，或许就在这里。"淡泊以明志，宁静以致远"，杨绛以她独特的人格魅力和艺术魅力创造了散文家园中的艺术奇葩。

---

❶ 杨绛："干校六记"，见杨绛：《杨绛散文作品精选》，人民文学出版社2004年版，第24页。

第十章

王安忆人文视野中的诗学文化

王安忆是新时期屈指可数的、可成为旗帜的贯穿性女作家。她被认为是一位能够驾驭多种题材，具有丰富潜力的作家。正如徐坤对她的评价一样："王安忆以她丰富的创作实绩，在当代无论是女性文学写作还是整体文学创作中都建筑成了一座巍然耸立的高峰。她所标志的高度和厚度，几乎都是后来者无法逾越和企及的。"❶

"作家，使一种可存在也可不存在的东西变为存在的，小说就是在创造一个存在"。❷ 出于对这一理解的诠释，王安忆走上了写作小说的道路。从她早期的"雯雯系列小说"到"寻根热"，再到 20 世纪 90 年代后推出的几个中篇和长篇小说，都呈现出不同于以往的创作风格。特别是她在 90 年代后的作品，走出了早期纯任情绪肆意奔放的自然状态，开始思考人生，开始对自己的所见、所闻的社会现象作出分析与判断，以便能更清醒、谨慎地从事写作。小说风格的不同，当然伴随着作家叙述策略的不同。1990 年发表的《叔叔的故事》标志着王安忆小说进入了一个全新的叙述策略的时代。

第一节　都市与民间文化的取向并存

20 世纪 90 年代初，王安忆在反省自己 80 年代的小说创

---

❶ 徐坤："重重帘幕密遮灯——九十年代的中国女性写作"，载《作家》1997 年第 8 期。

❷ 黎荔："论王安忆小说的叙述方式"，载《中国现代、当代文学研究》2000 年第 1 期。

作时说："我总是去选择那些深刻的、高远的、超然于具体事物之上的思想，作为我观察生活的武器。而实际上，对真实的生活，我心里已渐渐淡漠了。因此，当生活中有巨大的冲击来临时，我最先的感觉就是，一切都被破坏了。我身感肝肠俱裂，心如刀绞的时候，那些洞察、超脱的哲学竟然没有一点办法来拯救我，因而这些观念瞬间粉碎了，没有东西支撑我去对世界作出判断。"❶的确，是现实、严峻的生活粉碎了她原有的人生观，迫使她重新思考面对生活的态度，进而对小说的创作有了新的认识与看法，特别在题材的选取上，体现出民间价值取向的特点。而这种"民间价值取向，就是以寻常生活、尘世乐趣和细腻的心理体验为特色的题材选择，它强调对日常岁月和平凡人生的关注"。❷

一、现代都市文化性格的探索

进入 20 世纪 90 年代以后，王安忆以异常清醒的意识进行感悟和思考，在从乡间到城市的漫长跋涉中，在勇敢的追问与探索中，经历了一场深刻的流变。因为城市集结了当代生活一切最典型的矛盾，因此，作家将写作的视角瞄准了城市——上海和上海的弄堂。王安忆曾这样描述上海给她的感觉："我觉得上海是个奇特的地方，带有都市化倾向。它的

❶ 王安忆："近日创作谈"，载《中国现代、当代文学研究》2000 年第 1 期，第 173 页。

❷ 乔以钢：《中国当代女性文学的文化探析》，北京大学出版社 2006 年版，第 204 页。

地域性、本土性不强，比别的城市更符合国际潮流。"❶ 上海是一个充满神秘的城市，在王安忆的小说中，"上海成为一个散发着樟脑味的遥远的梦，它被尘封在旧相册的箱子里，在午后的阳光里偶尔露出光艳的一刹那，却给予现实以美丽的回忆。王安忆试图打开尘封的每个弄堂的窗口，挖掘大上海的秘密"。❷《长恨歌》便是其中一部代表作。

"城市之所以为城市，是因为一座城市除了有名字和物质外壳外，更重要的是还有属于它自己的生命历史和生活历史，以及在生命的成长和生活的演变过程中逐渐发育形成的一种人生态度和生活理念。这种属于一个城市文化精神的人生态度和生活理念，是这个城市的心魄和灵魂"。❸ 而王安忆正是通过"王琦瑶"这个女人在 40 年间的人生变化，将这个女人生存其中的上海的心魄和灵魂表现得淋漓尽致。

王琦瑶的人生似乎是一个悲剧的轮回。从当选"上海小姐"，到最后被谋杀，讲述了上海繁华旧梦的破灭。她起于偶然，终于偶然，成于偶然，死于偶然，但她毕竟实实在在地活过，在这个由无数琐碎小事堆砌起其一生的女人身上真实地体现了上海这座城市独特的时尚感。因此，王琦瑶并不是黑格尔所说的"这一个"的典型人物，而是一个类型的人物象征。王琦瑶代表的是大多数上海弄堂女儿的共性，正如

---

❶ 王安忆、斯特凡亚、秦立德："从现实人生的体验到叙述策略的转型——一份关于王安忆十年小说创作的访谈录"，载《当代作家评论》1991 年第 6 期。

❷ 高秀芹："都市的变迁与作家的书写——从张爱玲到王安忆"，载《山花》2005 年第 3 期。

❸ 於可训：《中国当代文学概论》，武汉大学出版社 2003 年版，第 352 页。

小说中所说的一样："王琦瑶是典型的上海弄堂的女儿。每天早上，后弄的门一响，提着花书包出来的，就是王琦瑶；下午，跟着隔壁留声机哼唱'四季调'的，就是王琦瑶；结伴到电影院看费雯丽主演的'乱世佳人'，是一群王琦瑶；到照相馆去拍小照的，则是两个特别要好的王琦瑶。每间偏厢房或者亭子间里，几乎都坐着一个王琦瑶。"❶

　　作为"上海影子"的王琦瑶，她代表了时间流逝中的上海，是上海旧梦从建立到破灭的象征。这个本来单纯、稚嫩、肤浅的上海弄堂的女儿，正因为跟随了上海的兴衰而获得了生命的展开，才变得饱经风霜、经久不衰。在这个人物身上，作者灌注了上海的故事和命运，这样王琦瑶就超越了一般意义上的人物形象。正是通过她，作者将一个城市曾经有过的辉煌历史展示出来，展示出了大上海的心魄与灵魂。

　　《长恨歌》可以说是王安忆城市题材的经典之作，上海都市生活的细节已在作者的内心落地生根。通过阅读，"我们看见了平安里油烟弥漫的弄堂里市民生活的芯子，也看到了柔和的灯火、咖啡的香气中咖啡馆与西餐厅中透出的城市的优雅，还看到了爱丽丝公寓中由自由和自信开辟出的寂寞与落寞"。因此，《长恨歌》是一座肖像，作者通过它为上海这座城市立像，刻意写出几代上海市民对曾经有过的繁华旧梦的追寻。从这一意义上说，《长恨歌》是属于上海的，王琦瑶也是属于上海的。同时，作者也通过这个属于上海的城市女性，展示了整个上海40年来的历史，完成了作者自己对现代都市的文化性格的追求和探索。

---

❶ 王安忆：《长恨歌》，作家出版社1995年版，第18页。

二、现代都市男女的潜在情感追问

在王安忆的小说中，"男主人公对女主人公有着怜香惜玉般的温情，女人对男人则有着一种母爱般的情爱，即使是阿三、米尼这样曾经堕落的女人，王安忆也没有让她们过分沉沦而使灵魂坠入可怕的深渊"。❶

《长恨歌》中王琦瑶的爱情，似乎每一段中都充满真情，但终皆都是"一场游戏一场梦"。王安忆曾说：在这个过分现实化物质化的世界，我觉得爱情太虚幻了，太没有可靠性，太保不住了。在爱情的世界里，有些人注定等待别人，有些人注定被别人等。于是在等待和被等待中，情和爱的真假虚实已经不再重要，而此时就出现了一种比情和爱更高境界的感情——义。"义"是人类情爱深处最美好的人性。"义"使人追求的是一种渴望彼此拥有相濡以沫、不掺杂任何功利条件即不索取任何回报的圣洁爱情。看透了爱情的王琦瑶，独自抚养女儿长大，度过了一个个多事之秋。如果说当年16岁的王琦瑶是从容的，那么她就不该有李主任，即便那从容是一种自以为是的成熟。纵使王琦瑶当时陷了下去，那么李主任之后的康明逊，也足以让王琦瑶真正地淡定。但是，最后老克腊的出现，不知王琦瑶是出于回忆，还是出于由回忆引起的不甘，她再一次陷了进去。

多年的生活，使王琦瑶明白其实什么都靠不住，只有"这盒子"，看着它时，心里才有了底。但是老克腊的出现，

---

❶ 吴义勤：《王安忆研究资料》，山东文艺出版社2006年版，第380页。

唤醒了她心底一直深埋的情感，她说"倘若一直没有他倒没什么，可有了他，再一下子抽身退出，便觉得脱了底，什么也没了"。两行热泪，让人心碎。最后王琦瑶带着一份遗憾死了。有爱才有恨，爱之不能，焉能不恨！纵观王琦瑶的一生，她从来没有得到过一次完整的、只属她一个人的爱情。传奇式的人生开端，带给王琦瑶以无限的向往，但最终却落得个"情何以堪"。也许，"只有从良心里面生长出来的爱情，才是真爱；也只有这种爱，才能帮助作家实施对生存黑暗的突围"。❶

三、生活历史和人生命运的暗示

从《命运交响曲》到 20 世纪 90 年代的《长恨歌》《我爱比尔》，命运话题始终活跃在王安忆的思维范围之内，成为她逼近生存本义的又一可能途径。但是，到了 90 年代，从《米尼》《长恨歌》《我爱比尔》等几部可读性很强的中篇或长篇小说中我们不难看出，就命运之思而言，作者从早期关于客观命运与主观命运的单纯划分，到其后对宿命意识的两次否定之后，终而抵达了一种全新的境界——主体的抗争与命运的不可逆转。

《米尼》描写了一个女子走向堕落的历程，在这个逐渐走向深渊的故事中，作者始终执着关注、质询于命运。在《米尼》的命运书写中，宿命意识仍然很浓重，其最显著的特点便是反复出现的暗示、预感。如米尼在生活流程中对预

---

❶ 谢有顺："重写爱情的时代"，载《文艺评论》1995 年第 3 期。

兆的领悟，尤其是"后来的十几年里，前后加起来有几十次，米尼这样问阿康：阿康，你为什么不从临淮关上车呢？"似乎就是阿康上车这个偶然动作决定了米尼的一生：与阿康相识相爱，从阿康因偷窃被捕，到米尼也从此靠偷窃养活自己与阿康的孩子，再到认识了皮条客平头，最后彻底堕落成为妓女、皮条客并参与组织卖淫，米尼一步一步进入一个丑陋、卑鄙、肮脏的罪恶世界。也许，这就是命，无法抗拒。之所以说20世纪90年代后王安忆小说中对命运的追问有所深刻，就在于作者不仅写出了宿命论的命运观，更是细致描摹了宿命论掩饰下的心理发展轨迹。米尼天资聪颖且性格顽强，对人生的领悟也很独到，但是家庭的残缺及性格的局限，使她最终不过是社会中比比皆是的小人物，纵使出轨，但自身渺小脆弱的本质仅足以使之毁灭自身而无力祸及他人和社会。

王安忆在这篇小说的后记中说："我想知道米尼为什么那么执着地要走向彼岸，是因为此岸世界排斥她，还是人性深处总是向往彼岸？我还想知道：当一个人决定走向彼岸的时候，他是否有选择的可能？就是说，他有无可能那样走而不这样走？这些可能又是由什么来限定的？人的一生究竟有多少可能性？"到了后期《我爱比尔》中的"阿三"，其命运观似乎增加了些许必然性。阿三的浪漫主义理想和高洁的生命理性，使她游离于浮躁、喧嚣的社会。在这个缺少创新的欲望世界里，阿三的理想逐一坍塌、破灭，但她却仍乐此不疲地继续追寻，所以在比尔、马丁之后，她穿梭于酒店大堂，试图寻回理想，到达彼岸。这样就使得阿三的命运具有了必然性。

《长恨歌》的发表，又使得王安忆对命运的追问进了一步。王琦瑶作为上海这座城市的影子，其40年的人生命运是整座城市与整段历史的缩影。去片场成了王琦瑶命运转折的关键，正如小说开篇写道："四十年前的故事都是从片场这一天开始的。"在片场的试镜，成了王琦瑶40年后命归黄泉的预兆，所谓：命里只有七分，其余多得的三分便是祸，似乎预示着王琦瑶的"不自量力"，觊觎本不属于自己的东西。但是在这个过程中，王琦瑶虽然渺小，但却顽强、从不曾放弃，可以说她直接参与了自身命运的缔造。李主任与王琦瑶的爱情纠葛，体现出主体对权势和富贵荣华的趋附；程先生对王琦瑶的柏拉图式的爱情，则是造化弄人。总之，王琦瑶在为自己的命运而努力规划的同时，神秘的命运似乎在和她开着不大不小的玩笑。而作者正是将这些显在的心理分析与潜在的命运结合起来，最终指向悲剧性的终结。

《米尼》《我爱比尔》《长恨歌》表达出作者更加成熟的命运观，它们不再只是对主人公遭遇的关怀，更是对那些渺小人物悲剧性命运的悲悯与同情。

第二节　审美的嬗变与超越同在

"女性的命运就是城市的命运，而城市的命运也就是妇女的变化，它们互为镜像"。❶世界是两性的，当然，城市也是。如果从"政治经济文化中心"的角度来解读城市，那么就会看到《子夜》——一个无疑是男性的世界，但王安忆却另辟蹊径。城市的传闻、灯光、风景为女性提供了面对公众的舞台和严守秘密的闺房。这个女性的城市稳定、绵长，但却不乏更替与变化，这种变化与男性的城市迥然不同，"它不是金戈铁马、长歌浩叹，而是依稀恍惚的昨日旧梦，是若明若暗的雾里观花，是对月思量的前世今生"。

一、女性视角下的城市精神

当一个城市的精神由生活的细节来呈现时，它的主角就很有可能是由女性来充当了。女人是众多缤纷多彩的城市意象之一，她们可以被替换成旗袍、首饰、香水、照相馆和轻绕在人们耳边嘴旁的流言蜚语……在一篇关于"上海女性"的文章中，王安忆强调："要写上海，最好的代表是女性，不管有多么大的委屈，上海也给了她们好舞台，让她们伸展身手……要说上海的故事也有英雄，她们才是。"❷

《长恨歌》讲述了四十年代的"上海小姐"王琦瑶与几个男人之间的爱情故事。作品围绕王琦瑶一生命运的斗转起伏安排人物情节，不蔓不枝。例如，写与王琦瑶有莫大关系的李主任，王安忆也只写了王琦瑶眼中的李主任，只写"爱丽丝"公寓里的李主任。王琦瑶是上海弄堂的女儿，她在按

---

❶　乔以钢：《中国当代女性文学的文化探析》，北京大学出版社 2006 年版，第 219 页。

❷　王安忆："上海的女性"，载《上海文坛》1995 年第 9 期。

部就班地走着上海女性走过的或期望走过的路。在这条悠长悠长的路上，她领略并吸取着这个城市的精华。作为一个具体的人，王琦瑶是上海弄堂里小女儿情调的象征。她的身份和具体的家庭生活环境决定了她不可能成为大上海的中心。去电影厂的经历为弄堂女儿接触现代的摩登都市提供了机遇，但试镜的失败，暗示甚至宣告了她不可能像电影明星一样成为艳丽、繁华城市的中心，而只能以橱窗淑媛的身份出现在市民公众面前，成为摩登城市的一个陪衬。在她40年的人生遭遇中，蕴含了1940～1980年上海小市民的生活景象。"《长恨歌》中的王琦瑶就是上海的影子，然而这个王琦瑶所代表的上海并不单纯是一个殖民地的腐败上海，也不是一个无产阶级的革命上海，当然也不是改革开放后生机勃勃的上海，事实上在王琦瑶身上容纳了几代的上海市民对于上海四十年来都市日常生活的追忆和难以言明的梦想"。[1] 王琦瑶的存在就是上海的存在，她的存在时刻提醒人们去回望那璀璨夺目的旧时灯火。

除了城市女人，像米尼、阿三等"堕落女人""失足女人"们，在王安忆的笔下也是文本的主体。王安忆着力突出她们的女性特质甚或是精英品格，如聪明、胆识。这些女人蔑视世俗规范，在爱情的长河中，她们乘风破浪，勇往直前；在生活中她们是自主的选择者、探索者，她们如飞蛾扑火般的冒险精神让人叹服。

---

[1]　陈思和：《中国现当代文学名著十五讲》，北京大学出版社2003年版，第388页。

二、全知的叙述视角世事洞明

《长恨歌》中，鸽子是唯一清楚而真切地俯瞰这城市的活物。鸽子是弄堂的全知者，它们注视着发生在弄堂里的一切，聆听着流传在弄堂里的声音，它们喋喋不休地讲述着对王琦瑶的爱怜和对这个世界的洞察。在这一点上，鸽子恰当地充当了研究人间藏污纳垢的眼睛。它们忽而飞上，忽而飞下，审视着世间的种种。但是它们的视角毕竟是局限的，但也正是这种主体与对象间的距离使大世界化为小世界，使上海浓缩为弄堂、浓缩为闺阁、浓缩为三小姐及其周围活动的男女，同时也体现出作者的一种叙事智慧：冷静中蕴藏着慈悲。这是一种世俗的佛家智慧，一种真正的民间叙事智慧。冷静的外表下蕴藏着慈悲的心肠，它包容一切，又似乎有着观音式普度众生的意味。慈悲，使作者关注"浮萍"众生的生活；冷静，使作者从容细腻地表现现实生活。

王安忆的这种"全知视角"受到了西方"全知全能"叙事的影响和启发。"全知全能"在西方的小说叙事中与宗教文化背景有着密不可分的联系，而这个词的另一宗教意义便是"上帝"。"上帝告诉人们：我就是生命，我就是真理，我就是道路。上帝了解人心，不仅俯瞰着世俗人生中的一切，而且是生命运动的强大动力，所以它既是全知的又是全能的"。[1] 但是中国小说并没有如此丰富的宗教精神资源，所以，有全知的视界而无全能的精神职能。如果勉强说有点宗

---

[1]　许德明、王安忆："历史与个人之间的'众生话语'"，载《文学评论》2001年第1期。

教气息，那也是慈悲的世俗佛教。最终，在王安忆大胆的尝试下便有了《长恨歌》中既异于传统又有别于西方的全知叙述视点——"鸽子视点"。"鸽子"，当它降落在屋顶上时，融于世俗；当它飞翔在城市的高空中时，又远远地、冷静地审视着人间的一切。"在王安忆的小说世界中，温情与灾难同等地降临于人类中的男人和女人。鸽子以平原上的人类为伴，而不同于寄居在万仞峰顶的鹰鹫；鸽子以白日晴空中的冷冷哨音给人以慰藉，而不像鹰在风高月黑中枭啸唬人；鸽子以同情慈悲为任，鹰以攫取批判为能"。❶ 以人类为伴的鸽子，给人以慰藉。所以这种视点以"人情"取代了"神性"，是温情的。另外，《长恨歌》中"站在一个至高点看上海"，开篇即是一个俯瞰的角度，体现出在鸽子身上所寄托了的王安忆希望对 40 年来上海历史的发展进行系统反思的自觉精神。

三、传统视角的陌生化——人物有限视角的含蓄表达

人物有限视角是对传统的全知视角的一种陌生化。传统的全知叙事便于展现广阔的生活场景和社会画面，自由剖析众多人物心理。而王安忆的人物有限叙事视角常常把叙事焦点对准生活中某一个人物，娓娓地叙述着故事。

《我爱比尔》是比较有代表性的一部作品：阿三爱比尔但比尔不爱她并走了；马丁爱阿三但阿三不爱马丁，马丁也走了；阿三去宾馆寻找虚幻的爱情替代（变相卖淫）；阿三堕

---

❶ 吴秀明：《中国当代文学史写真》，浙江大学出版社 2002 年版，第1035 页。

落事发被送至劳改农场。故事情节及其简单，但却因视角的艺术选择而有了非凡的艺术魅力。小说聚焦于阿三的意识活动，并以阿三的意识流程为时间顺序组建故事材料，形成一个完整叙事。故事的开始，阿三坐在去劳改农场的客车上，"阿三看着窗栅栏后面的柏树，心想，其实一切都是从爱比尔开始的。说起来，那是十年前了……"于是故事就以阿三的意识活动开始，展开了第一个情节。接下来，阿三仍然坐在车上，"望着丘陵上的孤独的柏树，心里说：'假如事情就停止在这里，不要往下走，也好啊！'她想起了那阵子……"，故事仍以阿三的意识展开。到了第三个情节，阿三还是在车上，望着前往劳改农场路上的景色，"马丁与比尔相比如何呢？阿三问自己……"，仍然是阿三的意识活动推动着故事。最后阿三在劳改农场，小说结尾的文字写道："阿三的心被刺痛了，一些联想涌上心头。她将鸡蛋握在掌心，埋头哭了。"四个情节连贯流畅，由阿三的意识为始，又以阿三的意识为终。此时，故事已不仅仅是爱与不爱的问题，而是一个女性生存价值及精神追求的苦涩历程。阿三单调的视角其实是王安忆这种人物有限视角的突出体现，因为这个有限视角，使得文章增强了情感感染力，既延长了读者感受体验的时间，又产生了意想不到的审美情趣。

第三节　思辨色彩的理性与诗学共生

20世纪90年代初，王安忆就曾清楚地表达了她小说写作中的新诗学："一是不要特殊环境特殊人物；二是不要材料太多；三是不要语言的风格化；四是不要独特性。"具体来说，不要特殊环境特殊人物，指的是她自觉放弃了传统小说反映世界的方法，而采取另外一些人物的塑造方法——类型人物或纪实性人物，追求一种生活的真实，反传奇化是她鲜明的旗帜；材料，只能来自现实的客观世界，而王安忆认为艺术并不是简单的复制客观世界，所以她提出不要太多材料，以寻求一种单纯明晰的叙述方式；而不要语言的风格化，则可以这样理解，所谓语言风格不是指作家的个人语言风格，而是指作品中人物语言的个性化。人物语言的个性化是塑造典型人物的一个标志，既然不需要人物的典型化，自然也就不需要人物语言的个性化，因为类型人物或纪实性人物是不要个性化语言的。这些主张归结为一点，即是王安忆所追求的不要独特性。无论是《长恨歌》还是《富萍》，王安忆都在其小说创作中实践着自己的理想，使她的小说透出一种理性的美。

一、记忆碎片的连缀

在王安忆后期的小说作品中，情节"累积"的主要方式之一就是记忆碎片的连缀，依靠文字图片和记忆的历史碎片重组，写出作者心目中上海都市的体态和风貌。

以小说《长恨歌》为例，全文故事情节所占篇幅很少，且平淡无奇，但构成全文的主要是深埋在作家脑海深处的记忆碎片。面对庞杂纷乱的城市日常生活，要想不让文章成为唠叨而繁复的文字的堆砌，就必须要求作家对全文进行一种具有概括性的叙述。因而在叙述中，王安忆自觉地追求在积累了大量记忆碎片的基础上进行理性操作和逻辑推演。

从结构上来看，《长恨歌》散布了44个小标题，如"弄堂""流言""鸽子""闺阁"等，呈现的是作者的记忆碎片，而后通过作者的缜密思考，使它们独立成章，构成了文章的叙事空间和叙事情节发展。最终通过王琦瑶的贯穿连通，使它们幻化成都市的具象形态，表现出上海的灵魂和心魄，抽象出上海弄堂的精神本质："上海的弄堂是性感的，有一股肌肤之亲似的。它有着触手的凉和暖，是可感可知，有一些私心的……上海弄堂的感动来自于最为日常的情景，这感动不是云水激荡的，而是一点一点累积起来……那是和历史这类概念无关，连野史都难称上，只能叫做流言的那种……上海的弄堂真是见不得的情景，它那背阴处的绿苔，其实全是伤口上结的疤一类的，是靠时间抚平的痛处。因它不是名正言顺，便都长在了阴处，长年见不到阳光。"❶ 这种来自底层的、日常的上海弄堂，充满了人气烟火。还有弄堂中的流言："流言总是带着阴沉之气……流言是真假难辨的，它们假中有真，真中有假，也是一个分不清"，"它们是上海弄堂的思想，昼里夜里都在传播。上海弄堂如果有梦的话，那梦，也就是流言。……流言的浪漫在于它无拘无束能上能下的想象力。……没有比流言更能胡编乱造，信口雌黄的了。它还有无穷的活力，怎么也扼它不死，是野火烧不尽，春风吹又生的"。❷ 接着说上海弄堂里的闺阁是变了种的闺

---

❶　王安忆：《长恨歌》，作家出版社1995年版，第3页。

❷　同上书，第5页。

阁。每一个闺阁里都住着一个"王琦瑶",所有这些弄堂、流言、闺阁、邬桥、平安里……构成了王琦瑶故事发生的背景，展现出大上海市民阶层的生活情态。

从叙述上看，文章因讲述了王琦瑶的一生而完整，同时又因为这些记忆碎片，为作家提供了故事展开的空间，从而将王琦瑶的故事和王琦瑶的背景交织在一起，最终展现给读者一个女性形象的城市。

同是写上海，但比之张爱玲，王安忆并不是过去上海的亲历者，所以作者若想把故事和人物深刻化、小说化，就必须依赖于过去的电影和各种文字图片，并融合自己的感悟和思考，写出自己理解中的上海和属于上海的王琦瑶："世俗中的优雅、日常里的精致、入俗入流的平安、摩登而陈旧的情调。"❶

二、意象叠加与重组

王安忆在 20 世纪 90 年代后的小说创作中，喜欢在一部小说中编织一连串的意象，通过意象叠加和累积的方式来结构和拓展叙事空间，使小说富有立体感和层次感。例如《我爱比尔》中代表比尔圣洁的处女蛋、《米尼》中代表米尼幸福的三颗星等，下面笔者就《长恨歌》中的某些意象进行一下阐述。

在作品的开篇，作者就在故事前面加上了一个沉甸甸的"帽子"，就是这顶帽子，为文章增添了魅力。这些对弄堂、

---

❶ 颜琳："沉入常态叙述与呈现诗性情怀——论九十年代中后期王安忆小说叙事策略"，载《中国文学研究》2003 年第 4 期。

流言、鸽子、闺阁的描述，不仅仅是在为王琦瑶的出场作铺垫，更是向读者展示了一个城市的人格化的想象。

弄堂：弄堂是上海的芯，星罗密布构成了整个城市。"当天黑下来，灯亮起来的时分，这些点和线都是有光的，在那光后面，大片大片的黑暗，便是上海的弄堂了……上海的几点几线的光，全是叫那暗托住的，一托便是几十年。这东方巴黎的璀璨，是以那暗作底铺陈开的"。❶ 弄堂狭长闭塞、一眼看不到底，正是在这样阴暗的通道里，隐藏了许许多多见不得人的旧闻轶事，就像文中说的一样，这里有些脏兮兮的，最深最深的那种隐私也裸露出来的。因此，便显得有些阴沉。

流言：流言是上海弄堂的气味，充斥着这些城市的芯。"流言总是鄙陋的。它有着粗俗的内心，它难免是自感下贱的。它是阴沟里的水，被人使用过，被热污染过的。它是理不直气不壮的，只能背地里喊喊喳喳的那种……流言是混淆视听的，它好像要改写历史似的，并且是从小处入手。它蚕食般地一点一点咬噬着书本上的记载，还像白蚁侵蚀华夏大屋。它是没有章法、乱了套的，也不按规矩来，到哪算哪的，有点流氓地痞气的。它不讲什么长篇大论，也不讲什么小道细节，它只是横着来……流言总是鬼鬼祟祟地隐藏在历史的光明之下，却常常是魑魅魍魉一起来，混淆视听，使城市充满虚无与不定"。❷ 如果说弄堂给人的感觉是一种有形的阴沉，那么滋生其中的流言则给人一种飘忽不定的心理

---

❶ 王安忆：《长恨歌》，作家出版社1995年版，第1页。

❷ 同上书，第5页。

压抑。

闺阁：闺阁是这个城市的体态，柔软美丽而且又古又摩登。在上海，闺阁通常是在偏厢房或亭子间里，总是背阴着窗，拉着花窗帘。闺阁总给人一种更加神秘、隐蔽、见不得人的感觉。在那花窗帘后面，隐藏着躁动不安的气息。闺阁是弄堂女儿施展心计、寄托人生梦想的地方。

鸽子：弄堂的精灵，俯瞰着整个城市。"鸽子是这座城市的精灵……它们是惟一的俯瞰这座城市的生物，有谁看这城市有它们看得清楚和真切呢？许多无头案，它们都是证人，它们眼里收进了多少秘密呢？"鸽子象征了光明、和平，高空飞翔的鸽子成了人们梦想的象征，人们似乎希望自己能如鸽子一样飞翔，飞越那黑暗和狭隘。但是在上海弄堂飞翔的鸽子是特殊的，因为在它们眼中看到的都是罪恶。这城市里最深藏不露的罪与罚、祸与福，都瞒不过它们的眼睛。当天空中有鸽群惊飞而起，盘旋不去的时候，就是罪罚祸福发生的时候。因此，它们是这个城市最有资格的见证人。

象征意象，在不同的人眼中分别代表了不同的事物或情感。因此，王安忆在作品中大量使用的意象，使文章更加深邃，使文章的叙述更加具有包容性。

三、抽象化语言的日常化叙事

20世纪90年代，王安忆的小说叙事语言发生了嬗变：走向抽象化。用象征化的分析语言进行日常化的叙事，显示出作家不要语言风格化的小说观念。在《心灵世界——王安忆小说讲稿》中，王安忆将语言分为日常语言和小说语言，小说语言是一种叙述语言，也可以说是语言的语言或抽象性语言。小说家寻找一种生活中没有的语言，去描绘生活中到处都可以碰到的一些经验现象包括语言现象。特别是到了90年代中后期以后的创作中，王安忆越来越重视用抽象化的语言描写人物的心理、对生命的感受和对人生的评价。

抽象性语言在小说中具有神奇的功能，它有明晰的叙事人身份，自始至终地与故事中的人物保持适当的距离，能客观地描写人物事件。例如在《长恨歌》中，作者力图在30万字里浓缩出上海40年岁月的整体风貌时，我们常常可以听到一个声音，它常常跳出王琦瑶的经历而对上海的日常生活进行细致入微的描写，正是这些抽象化的分析语言渲染出孕育在日常生活中朴素的美。

当然，这里说的"抽象"并不是纯粹意义上的与哲学中"形象思维"相对应的"抽象"，而是相对于具体的情景展示而言的，可以理解为是平白朴实的语言，是一种简单到了极致便是抽象的语言。具体表现在《长恨歌》中便是日常化与写作风格的统一，即将人物的行动、对话、心理以及对心理的分析阐释汇在一起的一种独特的叙述性语言。

"上海的弄堂是形形种种，各色各异的。它们有时候是那样，有时候是这样，莫衷一是的模样。其实，它们是万变不离其宗，形变神不变的，它们是倒过来倒过去最终说的还是那一桩事，千人千面，又万众一心的"。❶

极平凡的语言恰到好处地写出上海弄堂的神秘，使读者感受到"上海"，特别是"上海的弄堂"是坐落在丰富多

---

❶　王安忆：《长恨歌》，作家出版社1995年版，第2页。

彩、贴近事物精神本质的意象群中的：

> 上海的夜晚是以晚会为生命的……晚会是在城市的深处，宁静的林荫道后面，洋房里的客厅，那种包在心里的欢喜……上海的晚会又是以淑媛为生命，淑媛是晚会的心，万种风情都在无言之中，骨子里的艳。这风情和艳是四十年后想也想不起，猜也猜不透的。这风情和艳是一代王朝，光荣赫赫，那是天上王朝。上海的天空都在倾诉衷肠，风情和艳的衷肠。上海的风是撩拨，水是无色的胭脂红。❶

这一段话生动、微妙地写出 20 世纪 40 年代旧上海以晚会为特色的夜风景，但是若仔细推敲其语言，又现出抽象的特点。例如，开头便是一个判断句："上海的夜晚是以晚会为生命的"，然后又写了被视为"晚会的心"的上海淑媛的风情万种，韵味十足。接下来又用一些本身形象的词汇组成抽象的语句，如"上海的风是撩拨，水是无色的胭脂红"。"撩拨""胭脂红"构成了既朦胧又抽象的语言效果，提高了语言语境的再创造功能。

诸如此类的话语在小说文本中几乎是随处可见，抽象性为主的叙述性语言，表现出一个女性作家的理性和冷静。因为是抽象性的分析语言，作者刻意追求语言的技术化、书面化，大量运用比喻、排比、粘连、反复、铺排等修辞手法，通过逻辑的分析，归纳、推理的运用，形成一种具有深度性和思考性的语言，这种话语方式既可以使日常叙事从现实中

---

❶ 王安忆：《长恨歌》，作家出版社 1995 年版，第 47 页。

剥离出来，避免从俗入流，又能加重文本内涵，使之充满意味和诗意。

"是谁规定了小说只能这样写而不能那样写？难道不是先有这样那样的小说，然后才有了我们关于小说的观念吗？谁能说小说不能用议论的文字写，用抽象叙述的语言写？其实，小说之所谓怎么写，标准只有一个，就是'好'"，王安忆如此雄辩道。从《叔叔的故事》《纪实与虚构》到《长恨歌》《米尼》《我爱比尔》等作品，综观王安忆20世纪90年代以来的小说创作，不论哪一部作品，她总是能给我们带来震惊与惊喜。"'下一站'，已不那么朦胧，心里有了一种充实感。奇怪得很……有时感到写空写尽了，有时却感到想写的东西直往外涌。我想：也许是因为对生活的认识有了变化和加深，于是，生活又奉献出全新的内容"。或许对于王安忆来说，写作是一种幸福，这种幸福足以抵消艰辛与困苦。

第十一章

铁凝对道家文化的生命感悟

第一节　崇尚淡泊的香雪底色

　　铁凝在农村的生活时间并不长，但她的写作首先是从农村生活中开掘源头的。铁凝怀揣着一个当代作家的美丽秘密，以昂扬、亢奋的情绪面对农村的新鲜场景。农村姑娘的纯朴和青春，与铁凝的情绪产生共鸣。铁凝说："接触到的也就是十七八岁、二十岁左右的乡村女孩子，从城市里来到乡村这样一个陌生的地方，我觉得首先是这些女孩子接纳了我们，同龄的乡村女孩子，她们接纳了我。我想非要刨这个根的话，这可能是我的一个非常重要的根基，这些女孩子接纳了我。你说乡村是什么，是一片土地接纳了你吗？你必须有一个具体的什么接纳了你，什么使你在那儿还有快乐。本来我们也是小孩嘛，那时侯正因为有了她们，我觉得不那么陌生了，你的温暖、暖意从哪儿来的，你的那种相对的踏实感从哪里来的，我觉得就是从这些女孩子身上来的。"铁凝在她的散文中多次提到当年在乡下的一位农村姑娘素英，一再提到素英的哭，这是一种怜惜的哭，也是一种理解的哭，热泪中传出的是农民的女性的善良。在这一段时间里，农村的清新和善良充溢了铁凝的目光，她的写作多半都从善良出发。《喜糖》是这一段时期的作品。铁凝写陶嫒和白瑛瑛这两位女友好得"分不开"的关系，写白瑛瑛的自私和庸俗，写两位好友终于有了矛盾，有了裂缝，甚至陶嫒都吃不上白瑛瑛结婚的喜糖，可是——由于铁凝的善良才会有了"可是"——陶媛没有去怪罪白瑛瑛，反而自己买来糖果，代白瑛瑛请别人吃喜糖。《哦，香雪》把这种善良之心和温暖情怀转化为一种抒情诗的意境。这篇小说是这一阶段铁凝最为成熟的小说，其成熟之处就在于，她在清丽、明亮的底色上有了精彩的构图，她把这种清丽、明亮的底色赋予了风格化的意义。《哦，香雪》具有某种风格化的倾向，在于它的形式美感大于作品所表达的内容。

铁凝在《哦，香雪》中所表现出的风格化倾向并不是一种自觉性的行为。也就是说，风格化并不是她的一种有意的艺术追求。铁凝是把生活的"块垒"抱在怀里，用自己的"心"溶解成"情"这种流水般、月光般的生命意识，再凝结成自己的小说；我们看到，她喜欢把诗歌、散文的因素融化到小说里，形成一幅幅意境深邃的画面；我们看到，她不长于冷静的客观描写，而偏重于主观感受的诗意抒发；我们还看到，她不善于写政治、经济内容浓厚的现实关系，而善于写道德和情感范畴的微小波澜。

事实上，《哦，香雪》风格的基本内涵在铁凝以后的创作中一直延续下来了。铁凝的性格以及她的家庭熏陶，决定了她在成长的过程中倾向于这样一种明快的人生观。农村的生活将她的这种人生观的基本态度厚厚地夯实了。她下乡当知青，就是带着明确的目的，自觉地把生活作为写作对象来对待。农村的一切在她眼里都变得可爱起来，或者准确地说，是她眼底的感光板只对那些可爱的内容发生作用。善良之心，以及由此带来的对待生活的温暖情怀，这是铁凝从农村生活这一创作源头中开掘出的精神内涵，这一精神内涵就为她今后的创作准备了基本底色，它是清丽的，也是明亮的。《哦，香雪》写了一群这样的女孩，虽然性格各异，有外向的如凤娇，也有内向的如香雪，但善良却是她们共有的。16岁时，铁凝自觉创作了《会飞的镰刀》，写一个乡下男孩和几个学农的城市女学生的友情。城市里来的女学生们第二天要去割麦子，乡下男孩为了帮助这些不熟悉农活的城市女学生，当夜晚大家都入睡了的时候，他悄悄地拿走大家的镰刀，为大家磨镰刀，女生们醒来时突然发现镰刀"飞"了起来。真正的高标准的作家的善良应该是通晓并战胜了一切不善，吸收并扬弃了一切肤浅或初等的小善，又通晓并宽容了一切可以宽容的弱点和透视洞穿了邪恶的汪洋大海式的善，例如铁凝在这一阶段写的短篇小说《意外》（1982年春）。山沟里的山杏带着爹妈去县城的照相馆照相，因为山杏在海岛上当兵的哥哥想要一张"全家福"。去一趟县城不容易，"他们搭了五十里汽车，走了二百里山路，喝凉水，住小店，吃了多半篮子饼干，第三天才来到县城"。他们总算在照相馆照上了相。半个月后，他们收到照相馆寄来的信封，撕开一看，照片上是一个他们谁也不认识的姑娘。这肯定是照相馆出了错，这是一个意外。第二天，山杏家的墙上挂出了这张照片，照片上的姑娘冲所有来参观的人微笑着。有人问起这是谁，爹妈吞吞吐吐不说话，山杏说，那是她未来的新嫂子。这是令读者感到意外的，山杏一家对这件事既没有生气也没有懊丧。

随着以后的阅历的丰富，铁凝对生活与人生的认识也不断地深化，而这个深化的过程是始终携带着《哦，香雪》的清丽，始终是从善良的底色出发的。1985年，王蒙写了一篇读铁凝小说的文章，文章的标题是《香雪的善良的眼睛：读铁凝的小说》。王蒙认为，铁凝的善良是从她开始文学写作起就表现出来了，王蒙有一个一语中的的判断："把香雪作为铁凝的为数不少的中篇小说的一个核心人物。"铁凝小说中的善良是多么浓烈，批评家们在讨论铁凝的作品时无不被如此浓烈的善良所感染。谢有顺在解读铁凝的作品时，再一次拎出"善良"这个词，特别指出了善良对于铁凝的意义。他说："我特别看中她对人类生活中残存的善的发现，并把这种发现视为当代文学的一个重要的精神事件。因为在此之前我不知还有哪一个有现代意识（即他的写作在叙事和精神上都没有忽略二十世纪现代主义文学运动的背景）的年轻作家能如此执着地去发现人性的善，积攒生活的希望，并以此来对抗日常生活中日益增长的丑陋和不安。在她眼中，生活似乎没有不能克服的阴暗和荒凉——我想，她不是在逃避，而是获得了一种更为超越的淡定和自然。"所以，读铁凝的任何文字，你都会发现，那里面蕴含的力量一直是温暖而坚定的，即便有偶尔闪现的阴暗和悲观，也很快就会被一种更根本的善所化解。铁凝的善主要是农村生活酝酿起来的，是源于她走进农村生活时的精神准备，精神向度和她当时的人生态度，是她对农村生活的一种理想化过滤。

第二节　抱诚守真的价值情愫

就在《哦，香雪》给铁凝带来荣誉和风光的同时，她已经启动了自己的另一个创作源头。她写作了中篇小说《没有纽扣的红衬衫》，转到了充满日常生活气息的家庭。小说塑造了一个城市活泼的女中学生安然，这个安然就是铁凝以自己的妹妹为模型塑造的。铁凝在这篇小说中仍保持着相同的创作心态：第一，她在创作中充分体现出自己的青春气息和乐观向上的情绪；第二，她对生活充满了情趣，所以她总是选择自己最熟悉的生活来写；第三，她的创作忠实于自己内心的真实感受，真诚地表达自己的想法。谢望新在评论《没有纽扣的红衬衫》时，主要就是从人物形象的社会意义来立论："她们（注：指安然这类人物形象）对传统的某些做人标准，价值观念，道德信条提出了挑战，她们更愿意正视现在，按照现实时代的发展信息来塑造自己的形象，确立立世做人的准则。因而，脱俗（世俗，流俗和庸俗习气）独立不羁，不随波逐流，不投机取巧，讲信用，重情义，求实（重价值）而不图虚假（重名利），保持人格的尊严和完整，是她们的特质。在五六十年代的作品中，是很难找到这类在思想意识和境界中抗衡型的人物的。"小说发表仅一个月，中国作家协会主办的《文艺报》就在"新作短评"栏目中及时推荐了这篇小说。中国社会科学院文学研究所的学术性刊物《文学评论》在当年发表了评《没有纽扣的红衬衫》的文章，称这篇小说是"一部有很大生活容量和思想容量的作品"。《没有纽扣的红衬衫》所造就的社会反响持续了好几年，这当然也离不开它后来被改编为电影的缘故。小说发表以后，年轻的女导演陆小雅很快就看中了这篇小说，并把它改编成电影，取名为《红衣少女》，许多女中学生把影片中的安然作为自己效仿的对象，安然穿的红上衣也成为当时的一种时装样式，被命名为"安然服"。《没有纽扣的红衬衫》是铁凝的第一个中篇小说，这意味着铁凝正式进入到小说的故事层面。《没有纽扣的红衬衫》充分显示了铁凝对第一个创作源头开掘的方向，这就是日常生活的意义和情趣。铁凝这篇小说的姿态给人们带来了一种久违了的轻松和开心，它不仅将日常生活作为小说的基本描写对象，最重要的是，它还揭示了日常生活的意义。铁凝在《没有纽扣的红衬衫》中试图去表达重要的思想主题，这就是如何正确评价孩子，如何正确教育孩子等类似的问题。但是，铁凝在叙述中又表达了这样一种暗示：日常生活中的小事琐事，它本身就具有存在的意义。

铁凝最初给小说起的题目是《神圣的十六岁》，后来还是与妹妹共同商定了这个充满色彩的标题：《没有纽扣的红衬衫》。小说采用第一人称的叙述："我是安然的姐姐安静。"这样的叙述使得作者能以一个同龄人的身份来表达对一位中学生的思想，心理，行为的理解。毫无疑问，小说触及了学校的教育目标、价值观念、行为标准等，具有直接的社会意义，而这种社会意义更容易引起人们的关注和议论。作为高等院校文科教材的《中国当代文学》的表述很具有代表性："《没有纽扣的红衬衫》以较大的生活容量和思想容量，把眼前急剧变化的生活方式和价值观念，集中到十六岁的中学生安然身上，以敏锐的艺术触角发现她身上蕴含的美好素质……她同老师，同学，父母，姐姐的一系列矛盾纠葛，集中表现出生活中新的力量同旧的价值观念的较量。安然是新时期文学中一个富于童贞美和时代色彩的难忘的形象。"雷达认为："像铁凝把一个中学生的心理的真实性写得这么充分的作品还不多见。"小说发表后，铁凝本人就收到数百封读者来信。有一位中学生在来信中说："当我看完了你写的《没有纽扣的红衬衫》时，我哭了。我感到，安然就是我呀！平常，我总是认为没有人理解我，但现在我认为有一个人理解了，那就是您——我最尊敬的铁凝姐姐。"铁凝后来也回忆起这篇小说带来的风光："当年的一些报纸特为这部作品开辟专栏供读者畅所欲言；多家电台也连续播出这篇小说；我亦见过南方一些城市的服装店门口高悬着招牌，上写：'安然服已到货！'安然即是这小说的女主人公，一个十六岁中学女生，安然服则是她在学校穿的一件稍显'先锋'的衣服。许多与安然年龄相仿的中学生读者给我来信宣称她们就是安然，许多成年男女给我来信说他们是多么留恋那曾经有过的'安然'时光。"安然是一个快乐的女孩子，她的快乐就来自日常生活，她有滋有味地沉浸在日常生活的阳光之中。她喜欢在一定距离内，毫无顾忌地对着你说，也希望你像她一样对着她说。她还喜欢什么？喜欢快节奏的音乐，喜欢足球赛，她知道马拉多纳在西班牙一蹶不振的原因，还知道鲁梅尼格为什么不参加意大利的"尤文图斯"的俱乐部，喜欢黄梅戏（怪事儿），喜欢冷饮，能一口气吃七只雪糕，喜欢游泳，喜欢读短篇小说，喜欢集邮，喜欢练习针灸，喜欢织毛袜子（仅仅织成过半只），喜欢体育课上的跳"山羊"，喜欢山口百惠。她打开录音机，随着山口百惠朴实、动情的歌声，抄下中文的谐音……铁凝并非比其他作家高明，她不是一位站在前沿的思想家，但她有自己的优势，一方面，她从开始写作以来就相对地远离文学主流的中心，没有被主导性的写作原则束缚得太紧；另一方面，她对日常生活充满了情趣，她的和谐的家庭生活为她的写作积累起一个重要的资源。

铁凝把日常生活引入小说叙述之中，则是对日常生活意义的肯定，这源于她对日常生活的态度。而她这样一种面对生活的态度越来越确定时，她从生活中看到的就是越来越多的美好和善意。她即使是热心关注着生活中的小事琐事，即使会从这些琐事小事中选取小说的素材，但她写进自己作品中的显然不会是"日常"的生活，而是有"意义"的生活。在铁凝的一些散文中，她讲述了她家庭的生活氛围。她特别提到她的父亲，他是一位很会享受生活乐趣的父亲，即使是在那个贬抑个人化乐趣的时代。当铁凝的思路从乡村生活转向家庭生活时，她会有一种如鱼得水的自在，所以她写《没有纽扣的红衬衫》，小说的虚构世界和现实的真实世界往往在她的思绪中浑然不分。当铁凝开启这个创作源头时，就发现了日常生活的价值，她只是在《没有纽扣的红衬衫》中微微地抖露了一点儿，人们就感到了清新奇异之处。铁凝在一篇回忆在《花山》做编辑的散文中有过这样的议论："这一切就显得离过日子太近，离过日子太近就仿佛离文学太远，也许你说日子和文学不能以远近而论，这简直是一种俗气，一个编辑部首先需要神秘和庄严。但不知为什么引起我思念的反倒是这种种的'俗气'。我想人是不可能免俗的，每个人都得有自己的一份日子。谁能有理由去责怪我的同事们那份日子？何况真正的文学也并非那样的远离人间烟火。你敢说哪部巨著形成时，作者的桌面上准没有油盐酱醋？"铁凝是一名热爱生活的女性，在她以后的日子里，并非始终是阳光灿烂，风和日丽。不过所有的挫折和不顺心，并不影响她对生活的热爱，她始终充满热情地去体会生活的情趣。我们读铁凝的小说，能从中发现一个隐藏着的真诚的自我。另外，她在写作中总是会不由自主地表达自己所获取的生活情趣，愿意和读者分享，这就仿佛是在善良之心的底色上铺上一层明媚的阳光。

第三节　玫瑰门的人性记忆

《麦秸垛》的阶段对于铁凝来说，意味着她对人性的关注，这个阶段还有一个更大的意义，这就是通过这个阶段，铁凝开启了自己的第三个创作源头：幼年时期在北京生活的童年记忆以及家族记忆。铁凝回忆说："我在北京保姆家一住3年，我管她叫奶奶。她是一位粮栈老板的遗孀，却粗手大脚，喜爱劳作，当时她大约五十岁。住在奶奶里屋的还有那老板的二房，我管她叫里屋奶奶。我和两位寡妇住在一起，对我负有责任的是外屋奶奶。这奶奶十分疼爱我，遇我高兴或不高兴时，便从一个齐腰高的大缸里拿点心给我吃。我以为那青缸盖子下一定是有满满一缸点心，一缸点心总能使一个人的情绪稳定吧，我常因此而忘掉不在身边的父母。"铁凝小时候，曾经有一段时间住在姥姥家，姥姥家在北京的一个四合院里，她记得那时的胡同是安详的："外婆的院里就有四棵大树，两棵矮的是丁香，两棵高的是枣树。五月里，丁香会喷出一院子雪白的芬芳；

到了秋日，在寂静的中午我常常听见树上沉实的枣子落在青砖地上溅起的噗噗声。那时我便箭一般地蹿出屋门，去寻找那些落地的大枣。"第三个创作源头对于铁凝来说具有很重的分量，这是因为它不仅包含着她的童年记忆，而且还包含着她的家族记忆。家族记忆伴随着她的童年记忆，也缘于血缘亲情，作为一种文化基因沉淀在她的记忆深层。铁凝回忆，那正是"文革"初期，她已是一名退休教师，粗看和北京市民没什么两样，用学生练习本作账簿，仔细计算全家的开支。像许多家庭妇女一样，她也争抢着参加"文革"。从争抢着交出家里的"四旧"到争抢着去街道读报、开会、沿胡同值勤。外婆最后争一个读报的位置，对于她当然是件幸事。她常把当时报章上的一些语言带回家来，比如遇家人不知节省时便说："贪污和犯罪是极大的犯罪。"遇"我"做家务不得法便说："毛主席教导我们说：'不懂就是不懂，不要装懂'。"因从外婆那儿得到的家族记忆有一种实际的触摸，所以在《玫瑰门》中，我们可以感觉到"外婆"这条家族线索的浓重的影响。"父亲"的这一条家族线索对于铁凝来说基本上是一种精神上的想象。但铁凝的善良之心，其实就包含着父亲这条家族线索的文化基因。童年记忆和家族记忆，作为铁凝的第三个创作源头，包含着十分丰富的内涵，使她的文学意境更加深远。铁凝从未见过她的祖父祖母，祖父祖母却活在她的内心深处，是她心仪的先辈，她对他们是发自内心地景仰。

铁凝本人也承认童年记忆对她的文学创作的影响，曾在与记者的一次对话中谈到了这一点："父母在革命背景下去了'五七干校'劳动，我和妹妹离开父母在北京，跟外婆住在一起。几岁远离父母，走进北京的四合院的一瞬间，与亲戚相处和个人境遇的改变……可能，我不敢保证，也许对我成为作家是一个重大的影响……一下子就使一个少年没有防备地看到听到许多她根本不该看到听到的人间故事，必须过早地看一些不明白的人和事……生活的变迁影响了我以后看生活看人生的眼光。"铁凝的外婆祖籍浙江，出生于一个旧官吏家庭，后来大学肄业于南京。铁凝没有见过她的外公，她曾这样描述他："在家中没有给人留下他经营家庭的印象，或许家庭之于他也少了几分吸引。母亲只记得有时他带她到北海溜冰的一些细节。外公在金陵和复旦大学读书时，迷恋的是足球和汽车，常代表校足球队出征。他当时学经济……外公五十几岁年纪便因病去世。去世时，他随身的一只旧羊皮箱里只两样东西：一只木烟斗和一沓英文旧信，是他恋爱一生的女友写给他的情书。"下面还有一段铁凝本人对祖父的描述："祖父不具备曾祖父'天庭饱满，地倾方圆'的福相，幼时且因伤寒使左眼失明，右眼也仅存微弱的视力。但他凭着一点私塾底子，顽强地自修读书。他爱书如命，藏书也甚丰，从线装诸子经典到精装《胡适文存》《资本论》，乃至库普林的《亚玛》……父亲常提及他读书的顽强：晚上，夜深人静时，在昏暗的灯光下，常听见一种微弱的沙沙声，那是祖父的鼻尖和书面的摩擦声。可见他视力之低下，读书之艰辛。他通读着历史和文学，又精研着医学。拍此照片时他已是当地名医。"

但这个源头埋藏得特别深，就像是地底下的一脉清泉，还需要凿开一个泉眼，泉水才会涌到地面上来。从 1983 年以来，铁凝相继写的《远城不陌生》《村路带我回家》等，虽然场景也多半还在农村，虽然作品中还保留着《哦，香雪》中的大自然的清新和乡村的淳朴，但作者明显地脱下了安然的那件洋溢着青春气息的红衬衫，她不再是一位快乐无忧的城市少女，她走进社会深处，也走进人性深处。《玫瑰门》可以说是铁凝第三次创作源头的一次成功的喷发，也是她的三大创作源头的首次汇合和交融。《玫瑰门》发表后即引起文学界的重视，《文艺报》以《铁凝的玫瑰门很有嚼头》为题发表了记者绿雪的会议报道，称"与会的四十多位作家评论指出，《玫瑰门》的丰富内涵，出色的女性心理刻画和新颖耐读等品貌，值得当代文坛认真研讨"。冲击了传统的小说叙事模式和鉴赏经验，这是与会的作家评论家们对于《玫瑰门》的共同感受，它充分体现出这部小说的独特性。雷达说："它不是情节小说，不是性格小说，而是耐读，经读，抗拒时间磨损的小说。"❶

铁凝的这部作品的确给人们一个极大的惊喜，这部作品与人们所熟悉的铁凝相距太远："普遍感到铁凝的探索性实践，冲击了传统的小说叙事模式和鉴赏经验。"❷但是《玫瑰门》有些生不逢时。假如能够把文学从整个社会文化环境中单拎出来的话，那么《玫瑰门》在 1989 年年初出现在文坛，很有可能成为这一年的中心话题。即使当这场政治风暴平息之后，关于《玫瑰门》的讨论也没有接续下去，因为讨论的文化环境已经发生了很大的变化，对这场讨论的语境无法兼容。

❶ 雷达：《蜕变与新潮》，中国文联出版公司 1987 年版，第 279 页。
❷ 贺绍俊：《铁凝评传》，郑州大学出版社 2005 年版，第 71 页。

　　潜藏的状态，需要我们去开发出来，所以说铁凝是不引人注目的。铁凝的写作实际上起到了将启蒙叙事与日常生活叙事这两种叙事传统融合为一体的作用。在启蒙学者眼里，思想主题被视为文学的第一要义，而在日常生活叙事者眼里，启蒙叙事是用意义约束了文学的自由，只有通过日常的真实才能贴近文学的真谛。从铁凝早期，写作《夜路》时期的作品中，就可以看出，她力图使自己的创作与这种思想氛围合拍，她的主题意图十分明显，而且这种主题意图往往是与当时的主导政治话语相一致的。

第十二章

池莉小说的大众文化

近年来，研究池莉创作的成果很多，涵盖的面也很广，从作家的创作论到作家的人生体验以及作家个体的人生思考对作品的影响；从新写实小说的创作特色到作家作为创作个体的独特风格；从"汉味文化"的地域特色到池莉小说题材的选择和把握；从"零度情感""中性立场"到自觉的民间创作立场及女性意识的渗透……笔者认为，池莉小说创作的文化精神内核主要体现在大众文化与喜剧精神的追求。

第一节　大众文化——小人物的生存哲学

池莉作品的精神高度来源于她对人类生存真谛的独特解读，这种"哲学发现"超越了历史与现实，构成充溢在作品里面的灵魂，这也使得她的小说在形而下地反映社会现实的同时，达到了有关人生哲学的形而上的境界。力图用作品唤起读者的人生经验，使读者在人物的种种生存境况中无意间看到或是捕捉到自己的影子，乃至引发读者对生命和生存哲学的思索。尽管池莉一再表明自己的创作绝非启蒙性创作，"我不是老师，不想当精神导师，不想刻意教诲世人，换句简单的话说：我不推销真理，只是对于生活进行审美性的虚构与塑造，我乐意让读者自己从中去获取他需要获得的东西"，❶ 但这种哲学意味是对生活暗含的一种悟性，是对现实

---

❶ 赵艳、池莉："敬畏个体生命的存在状态——池莉访谈录"，载《小说评论》2003 年第 1 期。

生活本身的超越。

没有哪一位作家的创作能如池莉这般地尊重现实，她的许多作品几乎就是世俗人生百态的仿真写照，如《所以》《怀念声名狼藉的日子》《冷也好热也好活着就好》《不要与陌生人说话》《你是一条河》等，个体生命本身的生存现状和处境、人与人之间的各种微妙的关联在池莉的笔下得到了惟妙惟肖的再现，这与作家的创作观念、观察生活的视角密切相关。池莉说过"我就是小市民"，她总是很实在地将自己摆在芸芸众生中极为寻常的"小市民"的位置上，以一个俗常人的眼光密切关注俗常人的酸甜苦辣、喜怒哀乐。通过池莉作品，不难看到她对现实的感悟、对生命和生存哲学的思索。

爱情自古以来就是文人墨客讴歌追求的一种令人神往、富有浪漫诗意的情感，但在现实面前，这种被美化了的情感被无情地撞击、拷问。在池莉的笔下，披在爱情身上的那层神圣的外衣被逐层揭开，恰如池莉所言："现实是无情的，它不允许一个人带着过多的幻想色彩……"❶ 1993 年池莉创作了《绿水长流》。在谈这篇小说的创作体会时，池莉对自己所要叙写的爱情观作了进一步的梳理，她说："我一直认为爱情极不合理，它为人类生发出错误的导向……有一句话不知是谁说的，说爱情是文学创作中永恒的主题。我不这么看，我的文学创作将以拆穿虚幻的爱情为主题之一。"❷ 这表明在池莉眼中，爱情虽然是人们不断追求和向往的美好情

---

❶ 池莉："我写《烦恼人生》"，载《小说选刊》1988 年第 2 期。
❷ 池莉："请让绿水长流"，载《中篇小说选刊》1994 年第 1 期。

感，但它在很大程度上存在人为的虚幻性。因此，池莉在其作品中所展示出来的凡俗人生的爱情不得不向严酷的现实屈服，为了生存，不谈爱情也罢。

2007 年，池莉发表了最新长篇力作《所以》。在这部作品中，叶紫是个曾经纯真但最终却伤痕累累，努力追求生命尊严，历经家庭、婚姻、事业的一系列否定，依旧坚忍地维护着自己的心灵和个性的人物形象，凝视她的三次婚姻，透过她的生存际遇，我们不难看到作家对爱情的否定。当高大英俊的关淳以跳水的方式出现，叶紫的少女情愫被唤醒，她的初恋情怀被关淳家的物质条件所吸引，她被关淳父母"温情"的关怀所醉倒，叶紫那么快接受关淳的最主要因素，就是关淳家能为叶紫提供大学毕业后的居所，以致少女的单纯被欺骗、利用。"噢！学校，我的救星！我的天堂！我六岁就奔向你的怀抱，现在我为什么要离开？……为什么要离开我亲爱的学校？以至于我不得不出此下策，色诱关淳，想让他把我带回他的家。老天爷，请原谅我，我知道，爱情应该是纯洁无瑕的，只有纯洁无瑕才会幸福甜蜜。"❶毫不夸张地说，叶紫的第一次婚姻在很大程度上是为了逃离缺失温暖的家庭，为了拥有一个自己的居所。在孝感文化馆屡遭打击，前途黯淡，想通过自己的才情回到武汉的梦想被击碎以后，现实迫使叶紫运用婚姻进行了非常直接的灵与肉的交换，因为"在武汉这个庞大的城市里，道路有千千万万条，我的蹊径，只有一条：嫁人。还只能嫁一种特定的对象：军人。军人还必须有特定的条件：正团级以上的军官。只有正团级以

---

❶　池莉：《所以》，人民文学出版社 2007 年版，第 47 页。

上的军官，他的婚姻配偶才够资格随军"。于是禹宏宽应需而生。可以说，叶紫的第二次婚姻完全是为了调户口回武汉。叶紫将至真至纯的爱情献给了"导演"华林，然而正如华林前妻所言，华林是个玩弄女人的老手，10 年后，华林不仅欺骗了叶紫的感情，还设计骗取了叶紫的最后一笔积蓄。叶紫闪电般撞击出来的爱情遭到现实无情地嘲讽和愚弄。

如果说《所以》还不能完全代表池莉的爱情观，那么《不谈爱情》就比较突出地反映了池莉的爱情观。这篇作品创作于 1988 年，市场经济初步形成，而商品时代、市场经济时代最大的特点是务实，在这种氛围中的浪漫爱情，当然难逃被物化和俗化的命运，而摘掉了理想化的面纱。池莉对此有着非常清醒的认识，她说："我的基本态度同否定精神贵族一样否定古典爱情，因为在现代社会里，古典爱情是不存在的。爱情只是人与人之间的一种关系，与物质基础有很大关系。以前有些姑娘纷纷找工农兵，找党员，后来结果是纷纷离婚。这说明靠精神是不行的，必须要有物质基础。"❶庄建非与吉玲的婚姻谈不上爱情，吉玲"设计找个社会地位较高的丈夫，你恩我爱，生个儿子，两人一心一意过日子"。❷庄建非对婚姻也有自己的认识："结婚是成家，是从各方面找一个终生伴侣。是创造一个稳定的社会细胞。"❸庄建非与吉玲的婚姻显然是缺少爱情的，但是却有物质利益作

❶ 李蹇、曾军："浩瀚时空和卑微生命的对照性书写——池莉访谈录"，载《长江文艺》1998 年第 2 期。

❷ 池莉：《池莉文集 2·一冬无雪》，江苏文艺出版社 1995 年版，第 93 页。

❸ 同上书，第 61 页。

基础。比如庄建非准备离婚而这又会影响他出国深造的时候，庄建非及其父母不得不向现实利益妥协，庄建非的父母放下架子，亲自去拜见亲家，以便促成儿子家庭矛盾的化解。庄建非之所以能拒绝"不屑于谈家庭琐事、柴米油盐，喜欢讨论音乐、诗歌、时事政治及社会关注的大问题"的王璐，而选择小市民气十足的吉玲，其主要原因也是对现实的一种屈服——"好好过日子"。在池莉看来，爱情是虚幻的，而现实是沉重的，凡俗人生的爱情是一种现实而不虚妄、艰辛而充满温情的世俗之爱。这种世俗的爱情观、婚恋观在池莉的小说中比比皆是，《你以为你是谁》中的宜欣不是也为了自己的前程，为了更好的环境和生存条件而毅然绝然地离开陆武桥远嫁加拿大男人了吗？正如小说中的另一个人物丁曼所言："爱情那是女人的终生之狱。我不谈爱情。"池莉用她的作品戳穿了"爱情是一种纯洁的精神"的神话。

第二节　大众生存的压力与生命的韧性

池莉通过自己的小说，在写当代的一种不屈不挠的生活，在物质与精神的双重困窘中，在命运制造的一个又一个悲剧事件下，人物却保持着一种乐观、明朗的心态，以一种不屈不挠的姿态在天地间活着，进行着命运的抗争。

《你是一条河》中的辣辣，一个30岁失去丈夫的寡妇，一个没有经济来源的母亲，一个处于动荡社会底层的女人，该如何独自把8个年幼孩子抚养成人？底层市民生存的挣扎——不屈不挠，在一个母亲的艰难历程中达到极致。作品把一个底层市民家庭的艰辛，一个苦难母亲的命运，几乎演绎到了极致。这过程中没有抱怨，没有叹息，没有怯懦，有的只是毫无雕琢和斧凿痕迹、自然而然流露出来的生命的刚强、坚忍以及一种从不怨天尤人的达观与超然。

朱光潜说："如果苦难落在一个生性怯懦的人身上，他逆来顺受地接受了苦难，那就不是真正的悲剧。只有当他表现出坚毅和斗争精神的时候，才有真正的悲剧。哪怕表现出的仅仅是片刻的活力，激情和灵感，使他能超越平时的自己。"

同样的抗争也体现在《所以》当中。叶紫40年的人生充满了否定，但穿过这一系列的否定，我们看到的同样是对生命的尊重与坚守，看到生命的坚忍与顽强。叶紫出生后就面对生存的苦痛，饥饿年代的一次意外造就了这个严重营养不良、"又瘦又小""皮包骨头"的生命，连名字都是彭刘扬路的户籍民警小何叔叔给取的。她从小就受歧视，恰又赶上"文革"，母亲无休止地被揪斗，"她在家里的时间十分短暂，几乎所有的家务，都由我弱小的肩膀勉力承担。她心爱的小女儿，我的妹妹叶爱红，从接生到洗涤尿布，我做了我的年龄做不了的事情。可是，我的母亲，还是把她的难熬，转嫁在我的身上。'过来！把你的耳朵送过来！'……我颤抖着，勉强把自己的耳朵送到她面前。她一把揪住，使劲地拉、拽和拧着"。然而家庭温暖的缺失并没有影响叶紫的成长，她在家庭的排斥和漠视中悄然长大，没有屈服，更没有放弃对生命尊严的追求。只要是在家庭之外，叶紫便能感受到阳光，街坊的同情关爱，学校学习生活的如鱼得水，"我会坐一只小板凳，伏在刘太婆的冰棍箱上写作业"，"只要逮着卖冰棍的箱子、蛇山公园的石块、红楼的台阶、人家单位院子里的乒乓球台子，她就趴下写作业"。❶ 最终叶紫以"相当高的分数，稳笃笃地被武汉大学录取"。穿越家庭漠视和排斥的叶紫，在事业上展露着她出众的才华，然而她的才情不是被人利用就是无处施展，只能沦落成为了生存而修改烂剧的枪手，以至于搞垮自己的身体。叶紫在否定中收获着人生的经验和教训。尤其是三次失败的婚姻，让叶紫从幼稚逐渐走向成熟。其实每段结果发生后，叶紫都曾有过刻骨铭心的伤痛，但她每次都能独自面对、自我疗伤、自我救赎，在自己精神世界的最隐秘之处剧烈地思索着，顽强地寻找和认知着生活的智慧。伤痕斑驳的叶紫，学会了克制，学会了向社会、向人际关系妥协。叶紫用她的坚忍体会到一些生存感悟，通过她对世界的观察、思考，终于明白了生活的真谛，"香喷喷的日子，不需要那么多的钱，也不需要那么多物质，只要季节还是季节，树林还是树林，太阳还是太阳"。❷ 叶紫的人生在穿越了 40 年的否定后，以她的坚韧不屈超然进入了新的境界。

从池莉早期的几篇小说中可以看到她对男性具有一种同情心和谅解心，她感觉到男人们生活在"烦恼"与沉重、无聊与烦琐的生活之中，无法摆脱的种种压力使他们如同生活

---

❶ 池莉：《所以》，人民文学出版社 2007 年版，第 31 页。

❷ 同上书，第 26 页。

在"网"中。在池莉笔下，男性对女性的需要是因为他们征战社会身心疲惫、精神无所依托，是因为他们需要女性的关心与爱护，这时，他们像孩子一样受到女人们的呵护。《烦恼人生》中的印家厚，在忙里偷闲与情人的约会中获得一点精神上的慰安，也只有在与情人的约会中他才真正感到了一点欣慰，才升腾起一点生活的希望。这一思想在《不谈爱情》中得到了集中的体现。梅莹的出现让庄建非的生活变得更有意义，使他懂得一种高贵与神圣的生活。梅莹对他的帮助不仅仅是男女两性意义上的帮助，而且是精神上的、人格意义上的。作品中，梅莹与吉玲的区别不仅在于年龄，更是一种精神生活的品位。池莉的女性观不是肆意张扬女性意识，而是张扬一种素质优秀、见多识广的女性，是具有良好的人生意识和审美意识的女性。因此，她并没有一味地否定男性，也不是一味地肯定女性，而是在两性关系的某种和谐与完美中，寻找女性应有的形象和位置。池莉在《绿水长流》中有一段经典的话："上天的原则是不让人和事物达到极致，女人你想在你最美丽的时候又得到最终能爱你皱纹的人；男人你想功成名就又得到如心可意的娇妻美眷？这就是十全十美，是一大忌，世上的事只可九九不可十足。"《预谋杀人》《凝眸》和《滴血晚霞》中的主人公都是男性，但他们没有一个是英雄，有的甚至连草莽英雄都算不上，有的过分沉醉于政治，有的面对爱情无法作出正确的抉择。作者甚至在《来来往往》和《小姐你早》中审视拥有金钱的"成功男人"或"时代英雄"道德腐败的过程。

池莉连续发表了三部作品，把注意力和思考都转向了女性。这三部作品分别是《太阳出世》《一冬无雪》《你是一条河》。《一冬无雪》把赞美女性的主体上升了一个高度。一个被称为武汉市妇科手术"金手"的女医生，却在家庭和单位里处处遭遇不幸：身为大学教授的丈夫为了传宗接代，竟亲自劝诱妻子"借种"，当借种生下的不是男孩而是女孩时，丈夫就把全部脏水都泼到妻子身上；而在医院，她的认真和敬业，反而给自己招来了"失职致人死亡"的罪名，锒铛入狱。小说不仅为这样的女子鸣不平，而且第一次表达了依靠"姐妹们"的力量为女人伸张正义的观念。小说中的"我"以一种姐妹们的火热心肠为同学和同事四处奔走，终于在法律面前讨回了公道。小说通篇洋溢着一股巾帼不让须眉之气，读来令人荡气回肠。

池莉的小说是在写当代的一种不屈不挠的生活。对个体生命存在状态的关怀是池莉写作成熟后一直坚持的创作原则，正如她自己所说："在我的作品里头，有一根脊梁是不变的，那就是对于中国人真实生命状态的关注与表达。说得更加具体一点，就是关注与表达中国人的个体生命，这将是我永远不变的情怀与追求。"

第三节　在创作回眸中对大众文化的反观

如果顺着写作轨迹来解读池莉的小说，我们能鲜明地感受到她的作品的不断蜕变。分析池莉的小说创作历程，大致可以分为三个阶段。第一个阶段：20世纪80年代中期以前。

这一阶段应该是她的学步阶段，也是起步阶段。这时的池莉的创作主要是以青少年作为创作题材，有着十分浓郁的青春气息，本阶段的主要作品有《妙龄时光》（1979）、《未眠夜》（1981）、《鸽子》（1982）、《月儿好》（1982）、《看着我的眼睛》（1984）和中篇小说《有土地就会有足迹》（1981）等。这一时期的作品大多是歌颂人生与心灵美好的东西。作品风格清新俊逸，但创作笔法却显得十分稚嫩，语言上也有失雕琢，相对比较粗糙。第二阶段：80年代中期到90年代初期。这一阶段是池莉的成名期。用池莉自己的话来说，这一阶段是一个"撕裂自己"的过程。作品由天真烂漫的"少女情怀"式的叙写，转向对现实生活、"凡俗人生"的关注，作品主要是叙写普通市民的日常生活，着重展现普通人卑微、琐碎的生活以及他们在现实中的烦恼和无奈。这一阶段的主要作品有被誉为"人生三部曲"的《烦恼人生》（1987）、《不谈爱情》（1988）、《太阳出世》（1990），其行文大多平实而琐屑，仿佛一位中年妇女在叙述自己及自己身边事般的清浅唠叨。但这恰恰形成了池莉在艺术上的基本特色和主要特征。也正是这一时期的作品让池莉享有"新写实代表作家"的美誉。第三阶段：90年代中期开始延续至今。这一阶段的池莉所关注的重心已经从武汉底层的平民生活转向了对改革开放后出现的市场经济价值观念、道德准则的变化的追踪。如果说从创作题材上第二阶段是对普通市民的日常生活、凡俗人生的叙写，这一阶段则开始转向了都市言情。这一阶段的代表作品有《来来往往》（1997）、《小姐你早》（1998）、《口红》（2000）、《生活秀》《所以》（2007），等等，情节大多曲折离奇，语言也相对变得华丽夸张，迎合了普通大众的阅读趣味。

纵观池莉小说创作前后艺术风格的变化（主要是第二阶段到第三阶段的变化），可以做如下的梳理。

一、题材之变——从凡俗人生到知性世界的呼唤

1987 年，池莉创作了《烦恼人生》，1988 年创作了《太阳出世》，1990 年创作了《不谈爱情》，三部作品并称为"人生三部曲"。自 20 世纪 80 年代中期至 90 年代初期创作的这些作品大都是以对现实社会凡俗人生的叙写作为主要内容，忠实于现实生活本相，客观真实地再现作家经历过、感受过或是体验过的现实人生。用另一位新写实代表作家方方的话说就是："其实都是身边的事"。比如：经济的拮据，菜价的涨幅，住房的拥挤，气候的冷暖，人情的世故；小夫妻间的吵吵闹闹、打情骂俏，婆媳间的鸡毛蒜皮、勾心斗角，同事间的明争暗斗、争风吃醋，领导间的尔虞我诈、争权夺利……大都就是我们身边的事。又比如恋爱、结婚、怀孕、生子；上班、下班、打瞌睡、磨洋工；工作的繁忙，奖金的多少，单位的远近，职位的竞争……大都就是些家常里短的凡人琐事。池莉也由此而被誉为"新写实小说"的代表作家。也就是说，80 年代后期至 90 年代初，池莉的作品一向是以对世俗人生的深切关注和对现实生活的"原生态"的展示而被读者所熟知和钟爱。这种新写实的写作风格忠于生活的本真状态，"少有抽象的议论与哲理思考"，往往"通过大量琐屑的、平凡的、充满偶然性的生活事件表达对生活的感受与看法"，因此池莉的小说创作贴近生活，具有平民化、

世俗化的特点。但当"新写实"的文学浪潮过后，尤其是90年代以来，随着市场经济和改革开放的进一步深化以及社会主义市场经济的迅猛发展，许多前所未有的人生问题、社会问题大量涌现，又促使作家对文学创作的题材进行进一步的探索，并发生明显的转变。

如果说在《烦恼人生》中，池莉通过印加厚让人们看到了庸常人生中吃喝拉撒睡无所不在的烦扰；《太阳出世》中又让读者看到一个普通家庭哺育"小太阳"的"千辛万苦"；那么《冷也好热也好活着就好》中，池莉则向人们展示了市民生活的枯燥乏味，人们穷极无聊的生活状态；《白云苍狗谣》中人们的钻营为癖、懒散成风，《紫陌红尘》中人们精神的大幅度滑坡、刁钻世故的环境氛围……凡此种种，所有的这些使人们看到的是现实生活中的种种"形而下"的东西。然而这种对"形而下"、世俗化生活的叙写，在市场经济浪潮的冲击下又发生了明显的转变。这些转变主要体现在近年来池莉已将视角转向以经济关系为主要交谈方式的人的生存现状，充分挖掘现实中存在的生活之变、个体之变以及家庭内部的情爱冲突。面对转型期风云际会的时代生活变动，池莉不仅十分敏感、敏锐，而且感应非常强烈。她用独具特色的文学眼光把关注的视角从对普通百姓在繁杂生活中的问题的叙写转向了现代都市。池莉曾说："现在的城市生活无时无刻地发生着急骤的变化，荣和辱、富和穷、相聚和别离、爱情和仇恨，等等，皆可以在瞬间转换，这是中国前所未有的历史阶段，希望与困惑并存，使人们的精神世界撞击起了比物质世界更大的波澜。我的小说，便在这波澜中载沉载浮。"

　　这种对风云际会的时代浪潮的敏锐感知，非常自然地体现在池莉的作品中。从《午夜起舞》《化蛹为蝶》《汉口永远的浪漫》，到《云破处》《来来往往》《小姐，你早!》，再到《不要与陌生人说话》等，我们明显感受到，池莉小说创作题材的重心，正在发生着战略性的转变——由静态人生的素写，转变为动态人生的捕捉和把握；由社会结构内部关系的静态叙写，转变为对历史过程、社会变迁等社会动态的速写和捕捉。这个时候的池莉已经紧紧按住时代的脉搏，用开放的视角、开放的姿态，以充满活力和与时俱进的精神，及时察觉生活和时代在节奏、韵律方面的变化，让自己的创作显示出非常强劲的生活动感。阅读和品味这一时期池莉的小说创作，我们不难看出，世俗化生活依然是她创作的主源，也是她刻意坚守的东西。然而，其作品人物的生活舞台已不再囿于家庭或家族生活的小圈子，而是更多地渗入了市场经济的各种元素，并努力为其作品设置一个比较确定的大的时代背景，那就是改革开放，就是市场经济发展建设过程中的繁荣昌盛。比如小说《你以为你是谁》的背景是国营大中型企业的经济转轨；《化蛹为蝶》《来来往往》《午夜起舞》等作品的总体背景是商品经济大潮的滚滚洪流和市场经济建设。确立这样的一个总的时代大背景，让池莉笔下的人物置身其中，来展示和揭示城乡经济转轨和市场经济建设过程中的矛盾和问题，为人物的生活和活动提供一个世俗化的舞台，同时将世俗生活具体为充斥于都市社会的各种欲望与诱惑，让作品中的人物在其中载沉载浮，演绎人生的悲欢离合，尝遍世间的喜怒哀乐。

　　《小姐，你早!》中的夜总会，霓虹灯五彩斑斓；海鲜城，美人捞和珠光宝气交相辉映，显现出现代气息十足的都市特征。《来来往往》中的名牌消费、空中约会构成现代都市的奇特风景。形形色色的主人公们也已不同于传统城镇小市民的都市小人物，而是一些高级白领、个体户老板、公司老总。在池莉看来，商品经济让人们的欲望急速膨胀，暴富者们的成功让人们蠢蠢欲动、跃跃欲试，进而胆大妄为。池莉所注重的就是这种人的从胆小向胆大的变化，并借此展现社会转型时期人们的精神状态。从新写实阶段池莉所创作的系列小说中，我们可以看出池莉倾向于强调人的现实存在的受动性，她笔下的主人公们更倾向于接受这种受动性的制约和限制，他们不能做自己所爱做的和能做的事情，面对如网的生活呈现更多的是无奈与隐忍。而池莉的近期创作无疑是更注重表现人的能动性，更注重描摹人在现实生存中的积极能动的理想与生活追求，表现人物与传统伦理所格格不入的叛逆性。

池莉用独具特色的文学眼光把关注的焦点从对普通百姓在繁杂生活中的问题转向了对现代都市，尤其是现代知识女性的内在精神状况的探寻，如《来来往往》《口红》《小姐，你早!》《水与火的缠绵》《爱情在草丛中哭泣》《所以》等。我们非常惊喜地看到，此刻的池莉已不再囿于新写实作家所惯有的创作主源和创作风格，开始以一个知识分子的视角关注、叙写社会转型并运用自己的敏锐的洞察力去看待社会、分析社会问题。池莉已然不再是那个执著于武汉小市民的生活琐事、婚丧嫁娶、生儿育女，并自称为"小市民"的新写实作家了。

二、叙事风格之变——从零度叙事到主观意识的凸现

20世纪80年代后期至90年代初期，注重于写实小说创作的池莉，在叙事模式上对传统现实主义与先锋文学进行了"刻意颠覆"和"精心反叛"。其在创作时，力求还原生活本相，不再人为地设置某种政治激情或某种观念做先导，而是采用忠实于民间的话语方式，隐匿"主体性"，摈弃传统现实主义的"启蒙话语"和先锋文学的"个人话语"，进行"零度叙事"。

池莉前期的小说创作一直严格遵循一种"民间的叙述手法"，不仅在叙事视角上采取"零度叙事"的视角，在叙事手法上也完全不用或者是避免运用那些会使小说读起来吃力、晦涩或是陌生的叙事手法，例如倒叙、插叙等。池莉在叙事的时候总是努力按照时间的流程，尽力将故事处理成粗砺鲜活的生活流，并采取近距离或零距离的叙述视角，按照时间的流程将一个个普通人在物质世界的困扰和不如意，精神世界的困惑、压抑和烦闷，融入自己的写作空间。池莉总是很善于借助零度情感的后现代方式把笼罩在普通人头上的神圣光环驱散，用日常自在的方式向人们阐释存在的意义和价值。

比如《冷也好热也好活着就好》就是采用了这种典型的生活流式作为叙事方式，小说以尾随主人公猫仔行踪的叙事方法，没有什么引人入胜的情节，只是一些平常的琐碎的小事，集中描述了主人公猫仔在女友家的日常琐事，作者随着猫仔的行踪，不厌其烦地录下了他的所作所为，构成了生活

流式的故事结构，真切地展示了猫仔及周围人们的生存状态。这种叙事方式也被称为平面叙述，它不采用传统小说由开端、发展、到高潮、结局的结构方式，这使作品真切生动，就像走入你身边的生活。

然而，这种零度的创作状态也将使作品人物停留在表层状态，削弱表达的空间。反观池莉近期的作品，作家的主体意识明显加强，这种"零度叙事"、平面叙述的风格随着时代的变迁发生了诸多变化。

首先，表现为叙述立场及目的指向的改变。在 1994 年创作的《绿水长流》和 1995 年创作的《化蛹为蝶》中，池莉一改以往的"形而下"，转而为"形而上"，使其作品的理性色彩明显加重。从原来对消极状态的"零度情感"的真实再现，而走向一种对热情和理解的直接呼唤和对作品的直接干预。比如《化蛹为蝶》，尽管这部作品显得有些粗糙，但故事的叙事节奏和风格发生了根本性的变化，作品一改以往对琐碎的生活流的直接呈现而转入极富跳跃性的梗概叙述，从真实琐碎的再现转向与现实相距遥远的理性叙述，其思辨力度明显增强。

其次，叙述语言发生了转变。过去池莉的叙述语言基本上是以民间话语为主，现在却在民间话语的基础之上大量运用文人气与市民气相杂的语言。语言文明并且略显张扬，即使是在笔力较弱的时候也能做到张扬铺陈，有时甚至很煽情，而且伸缩性增强，语句意蕴变得深厚。例如，《致无尽岁月》的开头作家就用了一句极具张力的语言："有的时候，闭上眼睛把头一摇，就可以感觉到生命的速度是飞。"结尾处又与开头遥相呼应："十几年的岁月在他和我之间倏忽地就过去了！如旷野的灰色野兔在奔跑。"呈现出明显的诗化倾向，这里作家借助时间的流速来慨叹萌动青春的一去不返。这种情感的流泻在小说中随处可见，使整篇小说蒙上了一种浪漫的诗韵。又如《细腰》的开头："一个凄迷的大城市里的一条凄迷的小街。一辆乌鱼般的小轿车缓缓游来。"再如《锦绣沙滩》："一时间，房间里静极了，连颜色都是静的。"这种通感的运用让作品的语言更具韵味，也彰显了作家驾驭语言的能力。在《化蛹为蝶》《黑鸽子》等多篇作品中这种语言的张力也明显增强并且诗味更浓，语言意蕴更加厚重，语言技巧也更趋圆熟。

再次，体现在叙事形式上的改变。作家的创作虽依然延续着极强的写实主义风格，但在审美意蕴上却赋予了更多的隐喻意味以及对生命潜在状态的探索。对先锋叙事某些成分的大胆借鉴和尝试，以及大量袭用偶然性、戏剧性的元素，使她近期的小说创作增添了浓郁的智性色彩。以《云破处》为例，小说在时间安排上，一改以往生活流的推进方式，有意识地将其切割为白天和夜晚两块，白天是延续着过去的白天；只有到了夜晚，才形成一个与世隔绝的空间，才构成作品情节控制的真正的时间线索。小说最终以曾善美手刃金祥而告终。作品所叙写的这桩子夜复仇的故事，其实源于一个非常偶然的事件：当年11岁的金祥被推摔倒流了鼻血，于是他恶作剧地把一条河豚的内脏扔到了化工厂食堂的鱼头豆腐汤里，结果导致曾善美家破人亡。多年后曾善美成了金祥的妻子，偶然间知道了事实。这种偶然性作为一种对叙事节奏的有效控制，为小说《云破处》增添了戏剧化的审美效果，给读者增设了更多的阅读悬念。从叙事形式、情节安排上一改作家以往的风格。

三、女性意识的逐渐显现

纵观池莉的创作历程，20 世纪 80 年代中期到 90 年代初，池莉的创作一直保持着中性立场。龚展在《论池莉小说中女性意识的发展演变》中说到："许多批评家敏感地意识到，她与其他女作家大不相同。池莉往往以一种非常冷静客观的笔调，叙述现实生活中最司空见惯的平凡生活，抒发一份'平平淡淡才是真'的感慨。所以许多人都将她的写作称为不偏不倚的'中性立场'。"

但是到了 20 世纪 90 年代中期以后，池莉创作中的女性意识开始逐渐觉醒，并实现了从中性立场到女性意识高扬的一个转变过程。对此，池莉自己也曾说道："女性自我意识的觉醒是近年来随着改革开放才渐渐萌发的，我的小说想提示的就是当下女性意识的自我觉醒和自我探索。女人原本不认识女人的，认识自己最不容易。"同时，一些评论者或者是池莉创作的研究者也敏锐地捕捉到了这一点，在《论池莉小说中女性意识的发展演变》中，龚展就有类似的描述。

池莉的这种对女性自主意识的强调和转变，一方面来源于文学作品对社会现实的观照，因为 20 世纪 90 年代以来，随着改革开放和市场经济时代的到来，女性越来越面临精神的独立，女性对自主意识、自我观照有了更高的需求；另一方面也源自池莉对当代女性社会地位的切身感受，池莉在作品中写道："我之所以想要男孩最主要的原因在于我认为女人太苦。身为女人真的是太苦，不漂亮是一大不幸，漂亮又是一大凶险。一想到自己将来的女儿也要来月经、结婚、生孩子，心里就万分的难受。身为男人就幸福多了，漂亮可以潇洒，丑也可以潇洒，永远不知道血与疼痛是什么滋味，多好！女人的一生，没有爱是不幸，拥有了爱也是不幸；无情心寂寞，多情心更寂寞；太强了人疏远，太弱了人欺负。可男人，多情和爱是风流，无情和不爱是冷峻。到今天为止，中国的社会还是男人的社会，我没法不希望生男孩。"从这段话中，我们不难看出池莉清醒地看到传统的男权文化对现代女性的压迫的一种现实存在。她所说的要"生男孩"，实际上是对现实存在的两性不公平的一种愤慨。所以当她在用自己的笔描写这种性别差异的时候，便自觉不自觉地对女性的自主意识作了一种强调。

池莉小说创作的这种女性意识变化的轨迹首先体现在她笔下塑造出的女性形象身上。刘钊在《论池莉小说中女性存在的市民化策略》中，认为池莉的小说从最初《烦恼人生》中印家厚妻子的陪衬地位，到《不谈爱情》中的吉玲和《太阳出世》中李小兰们共同与男性面对生活的无奈，进而到《怀念声名狼籍的日子》中的豆芽菜和《生活秀》中的来双扬变成故事主体、小说的主人公，不难看出池莉笔下的"女性形象的女性意识由隐到显、由粗到细、由疏到密的过程"。

在池莉最初的作品中，被传统观念束缚的女性往往成了婚姻家庭的附属品，而她们作为女性的情感则完全被忽视。《看着我的眼睛》中的米淑君虽然对现实婚姻不满，但也只能发牢骚："原来竟还有明文规定抚养娃娃是女性的责任。"《烦恼人生》中印家厚与妻子共同承担了抚养孩子的责任，但作为女性形象的印家厚妻子完全隐身在家庭背后，她没有自己的名姓，只是作为印家厚的妻子出现。《不谈爱情》中的吉玲虽使出尽浑身解数迫使其丈夫庄建非尊重并重视自己和自己的家庭，她也确实让庄建非从男性中心的幻觉中跌落，不得不正视现实与利益以及妻子的自主权益与丈夫的责任。但最终吉玲还是回到了世俗婚姻的社会约束当中，吉玲艰苦挣扎的结局依然是陷落。

然而当纯真的"爱情"在权利和金钱至上的社会规则面前突然变得异常脆弱和不堪一击时，这时的女性自主意识、女性精神不得不开始进行突围。1997年，池莉在其创作的《来来往往》中作了初步尝试。高傲的段莉娜利用其高干家庭在那个特殊的年代的优越性征服了康伟业，虽然最终也只能是维系着名存实亡的婚姻，但段莉娜是胜利者，因为她自始至终牢牢地控制了康伟业以及与康伟业的婚姻。在《来来往往》之后创作的《小姐，你早!》中，主人公戚润物是个很智性的女研究员，当面对丈夫突然背弃的现实时，她痛苦、惊诧、伤心，几近崩溃。但她没有忍气吞声、逆来顺受，而是联合同样受过男人伤害的两个女人——李开玲和艾月，通过精心策划让现代陈世美王自立终落得人财两空的下场，从而实现了一次现代"娜拉"的"突围"。2007年，池莉在《所以》中塑造的主人公叶紫遇上华林的时候更是突破重围、义无反顾，面对关淳的欺骗、华林的无耻背叛她没有自怨自艾，叶紫的一生都在寻求女性精神上的自主自立，她不仅实现了爱情婚姻上的突围，同时也以常人难以想象的倔强实现了对家庭的突围。这里作者强调的女性在知识、经济及品格上的自立自主，更多地融进了对女性地位的反思和女性意识的反省。

　　至此，池莉的小说创作不仅实现了从中性立场到女性意识觉醒的转变，同时也实现了从觉醒到高扬的转变。中国女性在千古封建文化阴影下，正向着现代文明迈进，池莉笔下出现了江晓歌（《口红》）这样独立奋斗的女性，她们在面对生活创痛、精神压力时冷静承受，不再背负事业或家庭沉重的十字架，不再无原则地恪守传统女性的忍耐与包容，这显然是作家创作精神的一种新质。同时，在池莉的部分作品中，塑造了作为主动者的女性对男性的始乱终弃，似乎女性成为了情感世界的操纵者。如《你以为你是谁》中的女博士宜欣，她尽管深爱小老板陆武桥，但她对生活的目标、对爱情事业有着更清醒的认识，当时机成熟时毅然决然地弃他而去，而远嫁给在事业上能给她帮助、在生活上能给她更好的环境的加拿大人马斯。《来来往往》中的林珠，她跟康伟业的爱情可谓轰轰烈烈，不计得失和后果，但当她洞察了自己与康伟业之间无法消除的距离后，毅然决然离开了康伟业。

　　宜欣和林珠，都是新时代的现代女性。在她们的意识中，爱情固然是重要的，但却绝不是人生目标的全部，她们不会以爱情为代价牺牲自我的独立性，自己的命运完全自主地掌控在自己手里，她们努力行走在自己的人生轨道上，实现着自己的人生价值。林珠和宜欣的爱情故事无疑是对现代男权意识的有力冲击。她们不再用传统的价值观念来衡量自己的爱情与婚姻。

　　池莉在20世纪90年代中期的创作已经改变了第二个时期的中性立场，转变为一种女性立场，也可以说是一种女性主义的写作。

　　通过这些分析，我们不难看出池莉笔下的女性们，有着自己的思维能力，自己的生活态度和准则，池莉近期的小说创作已经摆脱了过去小说创作中女性的从属性地位，她们已不再是简单地追求婚姻自由，而是开始向更深层次的经济独立和平等观念推进。在创作中"池莉自觉不自觉地将个人的写作同女性的集体权利的张扬胶着在一起"。

第十三章

20 世纪 80 年代少女题材小说的性别文化特征

因为是少女题材，自然要较多地涉及儿童和儿童生活。一直以来，人们就有一种倾向，似乎说到儿童、儿童生活，就离不开纯洁、天真、蓬勃向上等。其实，这不过是人们习惯了的一种看待儿童文学的某种角度，成为一种多少有些定型化了的美学观念而已。但儿童文学也需要不同的美学观念，有人曾经提出说儿童文学也需要悲剧，所以以秦文君、陈丹燕、彭学军及殷建灵为代表的这几位儿童文学女性作家所创作的作品具备多样美学形式，从不同的角度去体味儿童文学。单从人物形象而言就有不同分类，即便是上述我们说到的深入人心的儿童单纯天真本性的抒写，也有不同的侧面不同的角度。就好像有些人会从儿童文学中读到天真无邪，有人就会读出幼稚无知，有人却能读出纯真无暇，这就决定于读者的感受和作家的呈现形式不同。

第一节　少女形象系列的文化个性

理想少女形象的出现无疑代表了作家的某种理想，她们被塑造成为自信、聪明、美丽、有主见的女孩，她们不但有自己的原则同时也会随机应变，她们诚实、真诚、富有同情心，集万千宠爱于一身，无论遇到什么事情都能够乐观的对待，并且能够将事情迎刃而解，具有坚韧不拔的精神。

一、可爱与真性情——少女的理想形象

秦文君在《孤女俱乐部》中就成功地塑造了一个理想型的少女形象，主人公郑洁岚离开了远在东北的父母，只身回到母亲当年插队之前的家乡上海求学，她善良、诚实、坚毅，她不会隐藏自己的内心，无讳无饰，忠实于自己的眼睛和心灵，她具备了作家理想型的要求，但毕竟她只是一个13岁的女孩，独自在异乡，她的所见所闻所感还有她对待人事的看法与做法，会有迷茫和偏差。但是，随着作家的叙述过程，随着人物的成长，我们看到了一个从不了解不认识到了解、认识，进而更加深入的全面了解社会的少女形象。在这个成长的过程中，她的视野更加开阔了，敏锐了，认知能力提高了，逐渐形成了自己的人生观价值观，如果说郑洁岚是拥有理想的人生观价值观的少女形象，那么秦文君的另一部《小丫林晓梅》中的主人公林晓梅则是代表了作家的另一种美好理想，她聪明善良美丽，是父母眼中的宝贝，老师眼中的好学生，是同学中的佼佼者，成为同龄人羡慕的对象，但她不似郑洁岚那般"懂事"，而是更加显得无忧无虑，偶尔会有惊人之举，偶有小插曲，向我们道出另一种人生，另一种理想中的少女：她们可能有时莽撞，但是她们都是出于善良。比如她们想帮助同学，但是无形中伤害到同学的自尊心；比如她们追求所谓的时尚，结果适得其反；还有她们也会有崇拜的偶像去跟风追星，但是最后失望而归，这些都说明了她们的可爱和真性情。秦文君的另一部作品《女生贾梅》中的贾梅，是一个拥有许多"小毛病"的完美女孩，之

所以称之为完美是她绝对具备了少女所该拥有的一切美好的优点，但有时有些小迷糊或者小调皮也都充分体现出她可爱单纯的一面。除了秦文君的作品中出现过这类理想的少女形象外，彭学军的作品《你是我的妹》中的主人公阿桃也可以作为另一种理想形象的典型，她伴着灿烂夺艳的桃花登场，是一个集善良、美丽、勤劳懂事、无私于一身的少女形象。阿桃为了照顾年幼的妹妹不得已跟龙老师取消了婚约，独自面对内心的辛酸苦痛。可以说她是作者心中一切美好景象的化身，作家的巧妙之处就是通过这些人物形象用自己对世界对人生的理解来对青少年进行的引导。这些人物的确实现了她们自己所追求的健康、快乐两个宗旨，她们显示出一种对包括爱情观、道德观、价值观和人生观在内的现代生活模式和理想设计的探索、追求，体现了对在新的历史现实条件下塑造、培养年青一代这一关键的社会问题的关注和思索，从而达到一种思想的深度和表现的力度，一种"人生观的深度"。

二、苦闷与忧伤——忧郁的形象

忧郁的少女形象在于她们戴着多重面具生活，表面强悍、刻薄、极度敏感自尊，同时心灵深处又是柔软、细腻、易碎的。她们多为问题少女兼具美丽、聪明、早慧与敏感、自闭、多思。她们又都很勇敢、正义、有侠义精神，她们都有各自如钻石一般的闪光质地，如雨花石一般的清澈干净，但是由于主观和客观的原因，逃离不了各自命运的痛苦，比如：陈丹燕的《天使肚子疼》中塑造的少女主人公们，通过作家的笔触透露出来的情绪是忧伤甚至悲愤的，她写出了大部分成人对少女的误解，人在少年时是无忧无虑的，是祖国的花朵，只有纯洁美好。少女的世界就应该是山青水秀风和日丽，如果写她们内心有风暴，就是太灰，这对她们心灵的健康成长能起到什么作用呢？一个孩子对快乐有天生的感受力，不需要书来教她怎么把嘴咧开作出笑容，到忧伤的时候就需要书来帮她了。在四周满是青山绿水的歌谣声中独自忍受着内心的风暴，这也许是少年最孤独无助的时候。陈丹燕以独特的视角塑造了宁歌、庄庆、丁丁等有血有肉的青春少女的感人形象，作品既写了在学习的重压下，少女们成长的烦恼，又写了在青春发育期，她们对异性的朦胧情愫，向我们展示了这一时期的少男少女的早熟、封闭、敏感和悸动，呼唤成人与孩子之间的心灵沟通和情感交流。她们因为许许多多的事情的重压，进而郁闷悲愤，有苦无人诉，成人只会告诉她们努力学习读书，从来不会深切的关怀，与她们心与心的沟通。陈丹燕在《女中学生之死》中曾借主人公宁歌之口说过这样一段话："真盼望能出现奇迹！出现一双大手保护我，我能像书中女主人公一样躲到一副宽大的肩膀后面，但我又希望在外人眼里，我永远是天真纯洁，无忧无虑的孩子。我也不想让母亲知道我苦闷、彷徨。怕她为我难过，更怕她认真，最怕老师接踵而来的一本正经的教导，教导得愚昧专制。我希望大家永远用看孩子的眼光来看我，为我感到快乐。但其实这种心理也是一条代沟。人们都说，孩子的心灵是一张白纸。他们反以为白色最纯洁。岂知，白色才是最复杂的色！我苦闷、愤怒，正艰难地同生活中一个又一个形形色色的旋涡抗争。"● 像这样苦闷的内心独白在作品中出现很多，向我们展现了另一类少女形象，再比如这段也是宁歌道出了内心的孤独无助与冰冷："心里很凉，仿佛曾把心遗忘在雪地里，解冻后，就再也没有热气了。这块雪地是什么？难道真是那魔镜的碎片落在我心里了？" 在陈丹燕的小说里，塑造了众多少女形象，她们不像秦文君笔下的少女那样健康明朗，对待自己的人生遇到的问题能有足够的力量去理解或者解决，她作品中的少女们有着各自命定的创痛和局限，遇到的问题往往是不能够单靠个人力量便可迎刃而解的。有些问题是个体生命在具体时代和生活环境中面临的必然困境，个人在环境的束缚下显得异常瘦弱与渺小，悲剧往往就是从个体的命定性产生的，或许可以说是更加凸显了人类的普遍性，更加真实地反映了人生。

三、好胜与无奈——失落的形象

"失落"，顾名思义就是在某种程度上有些小缺陷，让人们有些小失望，她们多为好胜、虚荣、性格有缺陷的女孩，成绩好，外形好，这类少女是老师眼中的"好好学生"，同时表面上又不会让父母操心，但灵魂里已经掺杂了一些杂质，显得不那么美好，失去了少女的纯美。这些少女形象显现出了当今少女的人性中的美好与缺陷，也道出了形成这些美好与缺陷是来源自身、家庭、学校、社会等各方面生活生存环境的影响。比如，秦文君的《孤女俱乐部》中的李霞在

● 陈丹燕：《天使肚子痛——女中学生之死》，上海文艺出版社 2003 年版，第 4 页。

歌唱比赛中落选后自暴自弃的种种不被人接受的举动都来自于她自身的好胜心理、报复心理与社会经验的缺乏；还有陈丹燕创作的少女丁丁，她成绩好，为人孤傲又自卑，每天忧心忡忡地过日子，且分分计较，除了学习不考虑其他，眼中只有成绩分数，失去了少女本应有的无忧无虑与美好；殷建灵的作品《橘子鱼》中的主人公"少女妈妈"艾未未，她由于父母的离异而变得叛逆，铸成错误，成了少女妈妈。最具代表意义的是陈丹燕《绯闻》中的女主人公王朵莱。这个作品可以说是讲述了一个女孩的成长史。朵莱在内心中一直保护着一种东西，那是一个虚幻而苍白但却足够美丽的童话。她一直在寻找她心目中的英雄即王子，一旦她发现找到的不是心目中的王子，她就会极尽残忍地将他们抛弃，使自己成为刻毒的女孩。她为了得到自己想得到的人或事物可以不择手段，但是真正得到了又会觉得索然无味，不似当初想象的那般美好，就将之抛弃掉，她无视于世人的眼光，总是活在自己的世界里，即便是最终撞得头破血流也在所不惜，她是这种形象的典型代表。

四、生命的永恒召唤——少女题材小说的精神内涵

这些儿童文学女性作家倾注心血为读者营造出了一个青春的、充满梦幻色彩的少女世界，同时也树起一个生命的标杆，作者以成年女性的角度看待过往的一切，它同时也包含了两层含义。其一，作为一种美的、生命的极致，作为一个已逝的春天般的梦幻，它对已经成年的生命是一个永恒的召唤。其二，作为一种情结，一个自我陶醉和欣赏的倔强时

期，一段充满荒诞且十分敏感的岁月，即使它是那么的荒唐和不可理喻，或者那么的苍白和平淡无奇，作家也会尽可能地作出纯美的解释，为它着上美丽的色彩，因为它是绝不容亵渎的。

陈丹燕曾经说过："关于女孩时代的梦，我们都做过而且似乎没有忘记，我们希望它充满过自由自在美丽无双，希望那岁月优美而纯洁，又希望它充满了情感，以及一匹白马带来了王子，以及与父母第一次艰难的宣告自己独立的行动或者谈话，还有许多的忧郁失落，现在回想起来，它们似乎也像纯净的水一样。记录下成长中的故事和心情，记录下成长中的希望和向往，这对一个长大的女孩来说，是极其幸福的。"笔者将分别选择四位作家的一两部代表作进行论述，从她们的作品中体味她们是如何怀着挚诚纯洁的少女之心为读者进行着生命写作。

第二节　穿越时空的"成长滋味"的对话

创造未来的，不是天生的运气，而是不懈的努力。

生活不可能十全十美，然而每个人只要存有健康之心，都能得到属于自己的那份收获。这些在秦文君的创作中都充分体现。

秦文君在她创作初期的一部作品《十六岁少女》的卷头题辞中提道："直至一个晴朗得要命的早晨，我突发奇想，要清点那些宝贝。打开宝箱，那儿飘出丝丝缕缕的尘埃，恰如我想象中的幽灵出没。那些珍贵的纪念物上霉迹遍布，我惊奇，那些霉斑居然是圆形的。我的心痛楚了一阵突然又痊愈了：自从那些活灵灵的生命葬入穿梭着野风的墓地，它们就老了，衰竭了，废掉了；凝聚在它们之中的辉煌、磨难、忧愁也必定会陈旧，被日久天长磨得黯然失色。"作家就是这样，会将许多美好的与不那么美好的回忆注入心血凝成作品，当她们回首往事，特别是追忆描述少女时代的情愫，总是带有一种眷恋青春的呵护和宽容。

秦文君的作品最吸引人的地方是能够用小说解读孩子们心灵成长的密码，让孩子们在阅读中跨越成长的障碍，实现心灵的升华。这也是儿童文学最难能可贵的地方。一般成人对待孩子总是带有一种居高临下的态度，很少真正地从儿童本位出发，而秦文君的作品恰恰就呈现出一种反传统的状态，这并不是传统意义上的"教"与"哄"，而是把孩子当朋友，站在孩子的角度，或者说是以儿童本位写作。虽然所有的大人都曾经是孩子，可当他们长大之后似乎就忘记了这件事。秦文君是一个把儿童文学视为人类最美的事业的作家，读她的小说，真的会有一种被呵护的感觉。成人和儿童分别处于人类生命形态的两极，儿童是独特文化的拥护者，他们以纯洁无瑕的心灵、敏锐的感受性、丰富而奇崛的想象力以及旺盛的生命活力自立于独特的生存空间。从这个意义上讲，儿童文学就是一种穿越时空的对话，要实现两者之间真正的对话，儿童文学作家必须采用特定的叙述方式，充当这当中的纽带，道出关于人生的独特感悟。

秦文君从一开始创作就怀有一种强烈的追求童年的情

结，她坚信这是一个有趣的发端，足以引出任何涵盖大意义的命题。她希望通过儿童文学的写作体现人类自省的能力，某种预见性，发现更多的童年秘密和趣味，并将其认为是幸运的事情。她把目光聚焦于儿童在成长道路上所遇到的种种问题，对于这些问题她往往在作品中给予明确而具体的解决方式，因此她无异于儿童成长之路上的一位导师。

秦文君的早期作品多关注和涉及少女的成长。提到"成长"，似乎只有"未成年人"独享。其实，好多儿童文学作品也多是关注孩子的成长，毕竟成长从来都是与时俱进的，它同样适用于所有人。未成年人在成人的熏陶教育下成长，成人也同时在陪伴未成年人的过程中成长着，孩子的天真善良也能教育和感染成年人。成长是一件永远"在路上"的过程。在秦文君笔下，孩子们在广阔的世界里成长，这个世界充满了新奇和不可预知的变化。她了解孩子，但并不迁就孩子，而是在给孩子们带来快乐和感动的同时，给他们一个更加广阔的天空，让孩子们接受善的熏陶，使成长的过程变得更加美好。

谈到成长小说，秦文君早期的一部作品《十六岁少女》，可以说是一部真正意义上的成长小说，小说中的少女主人公，以第一人称"我"的形式出现，"我"在16岁时离开上海，到遥远的黑龙江林场插队，在那里度过了两年艰辛而又令人难忘的日子。这部小说与此前或者同期的知青小说不同，作者没有把上山下乡作为一种红色革命的壮举来歌颂，也没有将其作为一场践踏人权的青春浩劫来批判，甚至都没有像后来的文学作品中那样，写自己在农村与纯朴的村民和辽阔的大自然接触之后所产生的诗意情怀。在作者眼里，

"文革"的上山下乡只是一个大的环境、大的背景，作者只是将它作为一种际遇存在，完全忽略了它本身存在的意义。秦文君关注的是这场"革命"是如何改变了一个正逢花季的都市少女的生命历程，使她在突然间有机会离开了上海那座大都市，来到一个从没想过的遥远的、陌生的环境，过着与以前的生活所截然不同的日子。但是在这不同之中我们又看到了相似的地方，也可以说，这是作家的巧妙安排，我们看到了关于爱情、友谊还有人性中的善与恶。"我"是一个善良颇有艺术天分的少女，突然"闯入"了社会，体会到了那些具有永恒性质的人性体验。"我"当初是自愿的离开家、离开父母，到遥远的黑龙江插队，而且还是我自己通过努力争取到的名额，但是"我"并非是响应"反修""防修"改造自己的政治热情，而是出于一个少女急切要摆脱家庭以及逃避束缚，希望到外面的世界闯荡，急于成为一个真正自己当家作主的"成人"，还有一些是连"我"都说不清的冲动原因。但是真正的生活远没有想象中的那般美好，"我"一到目的地就大病一场，甚至接近死亡的边缘，在如此艰难的环境下，"我"接受了一场严酷的考验，包括来自自然环境的和在学校未曾见识的复杂的人际关系。"我"在此过程中感受到了刻骨铭心的爱情、友谊，也遭受了不愿回忆的背叛。美与丑、善与恶、希望与绝望等来自生活的全部欢笑与泪水，它们毫无预警地一股脑涌到一个独自在异乡的 16 岁少女面前。这对于"我"来说都是"我"这一生最宝贵的财富。

《十六岁少女》属于带些自传体性质的成长小说，作家将自己的经历、心路历程以及情感体验都融入作品中。尽管经过长久的岁月磨砺，作家仍然没有让往事尘封，而是将其分享给读者，特别是放在今天这个大环境下，读者在真切的体味中渗透进理性的力量，使作品显得既深沉又耐人寻味。

如果说秦文君的小说给人以温暖的力量，那么陈丹燕的作品则给人以清醒的力量。

张洁曾经这样评价陈丹燕，她说："一代又一代的心灵总处于压抑之中，被扭曲、被歪解。当代少女的生活在有过相似内心经历的陈丹燕心里激起比普通人更尖锐、敏感的痛苦，创作成了这种愤懑情节排解和宣泄的出口，促动她强烈地试图对女孩的精神现象进行深层的艺术把握和再现。"❶

陈丹燕是 20 世纪 80 年代开始的儿童文学创作，主要作品有《百合深渊》《女中学生三部曲》《灾难的礼物》《我的妈妈是精灵》《绯闻》（后改编成《鱼和它的自行车》）等。她是较早倡导少年文学和直接与中学生进行对话的作家。可以说，她开辟了儿童文学的新天地，是一位能够真正走进青少年内心世界的作家。陈丹燕在 1990 年之后转为成人文学创作，是一位拥有强烈使命感的作家。

陈丹燕自己说："在那时我刚从大学毕业，到杂志社做小说编辑，当时我工作的杂志是新文学尝试的重镇之一，我本人就是直接在弗洛伊德译文的启发下开始文学创作的，我创作的主题一直偏重于青少年时代的境遇对人生的影响。在平淡的童年生活中孩子波澜起伏的内心世界以及他们看待外部世界的方式与印象，可以说这是非常自我的表达方式和非

---

❶ 转引自韩丽君：《当代少女文学研究》，华东师范大学 2006 年硕士学位论文，第 31 页。

常本色的创作实践。我对教育他人没有兴趣，也不认为作家
有资格担当这样的责任，我写作的故事，大多数发生在青春
期，是对这个阶段社会生活和个人内心风暴的描绘，我关心
的是我的描绘与永恒的青春冲突之间的同与不同，也就是弗
洛伊德指出的儿童周遭的人与事对儿童的影响。可以说，我
是一个八十年代儿童文学的典型的产儿，带着鲜明的印记也
许也只会属于那个无限探究的时代。"❶

　　陈丹燕确如她自己所说的那样，对教育别人没有兴趣，
她只是描绘而不教育。她所创作的作品中的少女形象多被塑
造成为有阴影的人，她毫不留情地揭示她们的弱点，有时显
得过于现实、过于残忍，对于少女来说那些是不容触碰的伤
疤，但同时它们又是那么真实地存在着。她敢于挑战敏感话
题，例如，《看海的窗》中少女陈天歌爱上了父亲的同事；
《百合深渊》中和和与简佳两个少女的同性之恋，《青春的谜
底》中庄庆的秘密组织"金剑党"；《吧女琳达》中的师生
恋，这部作品中有一段老师在画人体素描时所说的话，恰恰
体现了作家对少女的欣赏和赞美，她将少女的身体比喻成这
世上最美最纯洁最自然的圣物，人们惊奇于造物主的伟大和
完美；《女中学生之死》中少女宁歌的自杀，陈丹燕在作品
中毫不回避死亡，她所表达的死亡是那么的痛彻心扉，这种
对优美的天然的未经雕琢的人性载体的死亡描写，让我们感
到了一种理想破灭的直透心底的哀痛。这种情感细细密密地
流淌在小说的字里行间。少女的肉身虽然陨灭了，但死神也

------

❶　转引自韩丽君：《当代少女文学研究》，华东师范大学 2006 年硕士
论文。

带不走的少女的生命之美，这成为了陈丹燕得以抗衡命运、守护理想的最后防线。

有的时侯，陈丹燕会因为过于沉浸在自己的体悟之中，而在一定程度上忽略了少年读者的领悟能力。不能不说这是一个小小的遗憾，因为毕竟不是所有的小读者都能体会到她作品中对生命的描绘的意义。

陈丹燕所描绘的少女形象是20世纪80年代的少女，可以说已经远离了我们这个时代。但是在今天看来，这些形象仍然没有落伍。尽管时代在变，不管是什么时代的少女，她们那颗驿动的心不会变，无论是哪个时代少女的矛盾心境都不会有太大变化。陈丹燕写的作品虽然远离了我们这个时代，但是她作品中那些少女的内心独白，道出了不同时代的少女的内心世界是相通的，她的作品能够给人带来力量和无限遐想，好多时候确实能够引出回忆，"从垂下来的头发缝里看太阳和树叶，连我自己都感到自己有点神秘。可十七岁有什么可神秘的？像一块空地。大家都是经历了一段神秘的故事以后才神秘，不神秘还要装，就造作，尤其恨拼命让人觉得是女人，恨得牙根痒。头发暖烘烘围在脸上，心里真失望"。❶ 上面这段描写让我们感受到少女的内心透露着矛盾。这种复杂的心境，同样适用于当下的女孩子。女孩子在青春期这个过渡时期会产生一种强烈的想被人发现注视的心理，尤其在这个张扬个性的时代。她们想追求美，内心又矛盾；想制造某种氛围，又全无生活阅历；想长大，又惧怕长大；已经懵懵懂懂

---

❶　陈丹燕："黑发"，见陈丹燕：《陈丹燕经典少女小说》，少年儿童出版社2009年版，第108页。

懂地有了某种意识，又急于扼杀掉……矛盾无所不在。

在这里，笔者选择陈丹燕20世纪80年代创作的独具代表性的作品《上锁的抽屉》来论述。她以细腻温馨的笔触，写下了这篇具有十足人情味的小说。小说的描写角度在当时有点"出格"，处于青春期发育的少女主人公，由于迅速发展的性成熟，伴随着强烈的自我意识的快速形成，强烈意识到自己快要长大成人，于是将孩提时代从不锁闭的抽屉，配了一把锁，把自认为是秘密的日记本珍藏进抽屉，以免被家长发现。妈妈对她的种种反常举动开始有所怀疑，幸运的是她有一位能够理解女儿内心的爸爸，妈妈也在爸爸的劝解下明白过来父母的关怀和信任对孩子成长的重要意义。

《上锁的抽屉》有几处绝妙的描绘，如少女脸发烧，对妈妈撒谎、洗澡锁门、抽屉上锁和参加"环球通信"希望男孩子回信等。总有一天，少女会忽然听见来自她心底响起的一种最甜蜜温柔的乐章。这就是青春的萌动与召唤。每个女孩都渴望长大，变成自己期许的理想女人，但是一旦被看作是"女人"，却又会有伴随着失落惆怅等诸多的复杂情绪，会有一种欲哭无泪、失去了想留住又抓不住的惆怅。这大概就是成长的必经之路，每一个女孩都要经历面对：小的时候想快快长大，真的长大后又无法控制的追忆童年。对此，这部小说有这样一段精彩的描写："我又发现了不少以前从没感受的美……我突然发现初夏的夜晚非常舒服。梧桐树长得很高很高，新长的枝叶像细细的、奇妙的网一样在天空中交错。橙色的灯那么温暖，那么安静，那么优雅，像我理想中的一个女人该有的模样。还有风，那种夏天晚上清凉的风，像手掌一样的，在我脚踝上拂过。还有情人们，在灯光下一双一对慢慢走过，他们都是特别美丽，每个姑娘都美。这就是大人的生活。我想……" ❶ 这篇小说的题材在当时不能不说是一种突破，它推翻了以往对此类问题的讳莫如深的态度，它直面人生，反映当代社会生活和孩子们的生活。可以说，这是一部帮助少年读者谋求"青春期"平衡的作品，使她们在交流沟通之中，通过作品对此类问题的态度、行为和事情发展的描绘，得到心灵的调节与修复，消除人们在面对青春期出现的诸多问题时产生的精神紧张情绪，让家长能够站在孩子的角度真正地做到理解和信任，让少年儿童自身接受更加睿智、深厚的人道精神。

如果说秦文君和陈丹燕等女性儿童文学作家是 20 世纪 80 年代少女题材小说的拓荒者，那么彭学军、殷建灵等就是这场接力赛的传递者。

彭学军以其诗性的文字书写湘西风情，并巧妙地将儿童世界与童年的乡土记忆相融合，自成一派，成为清灵诗意的儿童小说代表作家。近年来，彭学军的小说以女性独特的视角，对生命现象给予细致入微的关注和描写，流露出一种浓厚的生命意识，她的作品因此在儿童文学领域独树一帜。读她的作品，总有一种心底深处某一温柔而敏感的地方被触动的感觉，有些惆怅，有些震颤。细细品味，便是感动于她对居于自然状态的美好生命的一往情深的歌咏，以及对死亡的幽深、细腻的感悟和思索。很多作家的灵感和创作激情都是来自那种童年诱惑力的。童年已经不再是当下了，但那种诱

---

❶ 陈丹燕："上锁的抽屉"，见陈丹燕：《陈丹燕经典少女小说》，少年儿童出版社 2009 年版，第 70 页。

惑力让人感觉仿佛沐浴在灿烂的光辉中。童年回忆是对过去的自由向往，因为回忆把作家从以别种方式将她召回去的东西中解救出来。

彭学军作品最大的两个特色就是她独特的"童年经验"和她作品中体现出的"童年情结"。其实童年经验对于任何一个作家来说，都是一笔财富。彭学军的童年记忆，是她创作的重要源泉，已成为她生命中的印记，影响着她个人的精神与审美，也影响着她的创作风格，导致她的作品风格从容淡然，却又拥有幽深的情怀。体味这样的自然生命和生命的自然形态便是体味人类自身的美。只有意识到生命的美好才能体会生命的珍贵，才不会在外界的诱惑下去践踏、去毁灭它。因此，在忙碌喧闹的现代社会，彭学军对生命的咏叹，宛如一首幽远的古老的歌谣悠悠吟唱着、呼唤着。但是与此同时，生活在现代城市、接受了文明熏陶的彭学军也深知，随着现代文明的发展进程，这种自然的人性已逐渐失去了它的生存空间。虽然由于内心的或外在的原因，她难免也有失望，但是她不想改变，也别无选择。她以女性的细腻和感性直觉以及对生命的独特的感悟，宛如一位生命意识的守望者，固守着自己的理想，一路吟唱着生命的特殊意义，为自己，也为现实生活中每一个风华正茂的小读者。

汤锐在《现代儿童文学本体论》中曾对"童年情结"作过这样的解释，她说："童年情结首先是指一个人在成年之后仍具有的对整个（甚至形而上的）童年的留恋、难以释怀。许多作家在作品中会出现对自己童年的无限追忆，童年的回忆并没有随着岁月的流逝而变得暗淡，反而是愈加鲜明。童年情结常常是童年时期某种特殊苦难的产物，即源自某种发生于童年时期的深刻而持久的内部冲突，这种特殊的体验将伴随作家的成长过程，以致成年之后都会或隐或显地受到影响，造成作家对生活的独特认识和感受，乃至造成独特的人格和性格，并引发强烈的补偿心理，和从更高的理性层次上返现童年，使情结获得升华的动力。"❶

彭学军有不少作品致力于描写少女生命的美好和纯洁，最著名的有《你是我的妹》《腰门》《告别小妖》等。《你是我的妹》曾获得宋庆龄儿童文学奖，是一部典型的少女题材小说。这部小说写了少女的成长，也道出了她们在成长过程中彼此之间的关怀与温暖。这种女性之间深切的相互理解、温暖的关爱，是这部小说独具深刻意义之处。9 岁那年，故事的主人公"我"跟随母亲下放到湘西的苗区，在那里，"我"认识了阿桃、二桃等五姐妹以及最幼小的妹和古怪的阿秀婆，而"我"不是以少女的视角，而是以成人的视角来回忆这一切。阿桃，一个为了家庭和姐妹作出巨大牺牲的伟大姐姐形象，为了年幼的妹，她牺牲了自己与龙老师之间纯美而又忧伤的爱情。然而妹还是因为一次意外丧失于一个大雨夜，化成了后来的一株开满灿烂桃花的桃树。而故事中古怪的阿秀婆则为了救我与野猪同归于尽于陷阱之中。书中多次涉及死亡，但是我们在作品中看到的却不是死亡的可怕与恐怖，而是一种超脱。作为一个作家，尤其是儿童文学作家，彭学军又不可避免地要从自己感性体验的迷宫里探索出一条理性的通道。对自然的、健全的、优美的人性的向往和追求以及对死亡的无奈和追问，无一不浸透着彭学军对生命

---

❶　汤锐：《现代儿童文学本体论》，明天出版社 2009 年版，第 37 页。

的刻骨铭心的眷恋和珍视。她希望读者通过读这部小说能够找到一个属于自己的天使般的纯真的笑容，能够在这里找到一个属于自己的灿烂童年。

北京大学教授、著名作家曹文轩评论殷建灵说："如果谈论成长文学，我以为，在当下的作品中，她（殷建灵）的作品是最应该得到关注的。她一直在苦苦地寻找成长的奥义。在各式人等中，她的少女形象，是我们不可忽略的。"❶

殷建灵在《纸人》的卷首如是说："时间从指缝里无声流逝，为了永远年轻，我们回忆和追索。当我早已与少女时代挥别，它从时间的深处发出耀眼的光芒，提醒我那是你无法摆脱的迷恋。"❷

殷建灵作为中国第五代儿童文学代表作家之一，真正实现了改革创新，她创作出了中国第一部涉及少女的性的小说《纸人》，使之成为所有的女孩和曾经是女孩的人不容错过的经典。

她在《纸人》的后记中说，"对女孩来说，引导她们将身体的发育成熟看做美的过程显得尤为重要，爱自己的身体，进而才会珍视生命。而成长，正是在懵懂中疼痛和清醒"。殷建灵出生于上海，却在南京市郊一座钢城长大，那儿像一个世外桃源，没有喧嚣和嘈杂，大人和孩子都按照应有的轨迹生活着，但看似平静的生活下不缺少任何地方都有的涟漪。在那样的环境下，和殷建灵一样，我们也都从小向

---

❶ 曹文轩："《风中之樱》和殷建灵的诗性想象"，载《文学报》2005年8月4日。

❷ 殷建灵：《纸人》，贵州人民出版社2007年版，第6页。

往着美好的事物。那段生活是水泥墙和烟灰色，是秋日午后阳光下的宁静，是门前开不败的月季。很多看似微不足道的故事就在这样的氛围下悄无声息地演绎着，转瞬即逝。但殷建灵记录了它，而经历过那个生活的我们有幸读到了它，便自然而然喜欢上它。

西蒙·波伏瓦曾经将女性划分为几个不同的阶段，她将童年期的女性划分为女孩，将青春期的女性划分为少女，而作为一个女性从女孩到女人的分界线，青春期就像是一个门槛，或者说是美丽的陷阱。原本纯真自然、活力四射的小女孩，突然间进入了一个矛盾重重、变幻莫测的陌生世界。她们中的一些人，逐渐埋葬了自己的童年，顺从地进入了成人设计好的未来。父母所提供的成长环境和价值标准，也或许是社会所提供的纷繁复杂的危险重重的大环境。她们所面临的更为直接的危险是：青春期的迷雾将弥漫她们身为女人的一生。是在青春之河里溺死还是美丽地安全地渡过，这个时期是尤为重要的。虽然世界并不如理想中那样完美无缺，我们要做的，便是把伤害减少到最小，即便有伤痕，也要想方设法来弥补它。青春期的困惑是永远存在的。它是一代又一代人都将经历的，我们无法避免人生中的种种磨难，但我们至少可以为孩子们避免一些不该有的沟坎和挫折、人为的阻碍与压力，告诉她们如何面对人生的挫折与磨难，尽量将危害减到最低，为她们创造一个有所皈依的精神世界。

殷建灵的可贵之处就是通过作品来正视青春期这一敏感话题，引领青春期少女正确地认清方向，走出泥沼。她的好几部作品中都会出现教母式的人物，如《纸人》中加入了纸人丹妮这一寓意深刻的教母式幻想人物，通过她与成长中的苏了了的对话，有了更深刻的思想内容。笔者认为纸人丹妮就是成熟后的殷建灵自己的化身，而苏了了则是过去的殷建灵，她是在和过去的自己对话、分析、总结，借此引领少女读者走出迷茫和为少女读者解答困惑。还有《橘子鱼》中的夏荷对艾未未来说是教母式的人物，而秦川则是当年夏荷的"精神摆渡者"。这些作品的字里行间都传递出一种温情的力量，是一种温暖的关怀和温和的警示，没有言辞过激的话语，没有喋喋不休的劝解，只让人感到温暖和舒服。但是正是这样一位温情的作家，她曾经说："我并不满意自己的少女时代。如果让我重头来过，我会是怎么样的？我曾经不止一次自问。——我会更张扬天性；我会勇敢表达我需要爱；我会剔除束缚做一个完完全全的自己；我会问我想问的看我想看的说我想说的，痛痛快快地道出困惑、无望和失落……我知道，自己曾是那样地封闭压抑，尽管那时的我看上去常常充满阳光面带微笑。"笔者认为正因如此，殷建灵才会切身地感受到少女的世界是如此的敏感和丰富，她希望借着她的作品跟读者一起感动和思索，从中破译成长中心理、生理以及情感的密码。

笔者认为，殷建灵是少女心灵成长小说的最好叙述者，因为她的作品道出了我们欲说又表达不出的感觉，直到为她精彩的叙述而鼓掌叫好的时候才深切地体会到她作品的魅力。阅读她的作品也是对自己成长的回望，唤醒了笔者的回忆。她像是一位少女情怀的收藏家，当我们长大之后挣扎于成人世界时，她打开了自己的宝藏，一一清点、叙述。小女孩间的小别扭，男女同学间的试探，孩子对成人世界的迷茫，对自己身体变化的担惊受怕；等等，让我们不得不惊叹的是，她道出的正是我们一代又一代延续下来的相似的感受，只不过有的人善于忘记，有个人善于收藏。而今天的小读者应该比我们那时更加幸运，她们可以在成长的岁月里及时和殷建灵遇见，而已经长大的我们只能靠读她的书回味自己的童年，只因它已一去不复返了。

毕竟回忆有时是一件美好的事情。有人曾经说过总是回忆过去是对现实的某种不满，但是那种感觉是可以让人静下心来，读着别人的故事，回忆自己的过去，这让笔者想起普希金的一句诗"而那逝去的，将变得可爱"。不管前面是怎么样的一个境遇，我们总要走过去，走过去了，就并没有什么可怕的了，而剩下的终将是美好的回忆。喜欢某位作家作品的理由有很多，但笔者坚信有一种是最有力量的，那就是"共鸣"。每个人都喜欢怀旧，上了高中想初中，上了大学想高中，上了研究生怀念大学，而身处每一个以"刚刚过去"为标志存在的段落时，其实几乎都是以一种盼望长大渴望逃离的心态去面对。笔者在殷建灵作品中的主人公苏了了们身上看到了这样的东西，而天米她们让笔者看到人一生中最纯真最无忧的童年……过去的很多东西被丢弃在记忆的角落里，我们没有想过要去重新找回，却在不经意间，感受到那曾经的感觉，有时是气味，有时是感官，已经分不清楚到底是什么提醒了我们，只在那一霎那间一闪而过，接着剩下我们一个人站在原地。

正因为如此，殷建灵的创作远远超出了读者的想象，她的作品时时令读者惊喜，甚至不敢相信自己的眼睛。同时，殷建灵深重的责任感和道义感，对人类的忧患意识也令笔者由衷地佩服！阅读殷建灵的作品，也开始了读者对自己成长的回望，唤醒了读者封存的记忆，从而使读者的心情变得平和、宁静和简单。

如同伟大思想总是产生于内心深处一样，作家的慷慨馈赠也会永远赢得人们的心灵。专为少年儿童创作散文的作家，其实正是做着这种慷慨馈赠，它比小说或者童话等其他文体来得更直接，小读者会感谢这样的赠与。作为一个心灵的引路人或者说是点灯人，殷建灵提着灯陪着那么多孩子走过那条黑色隧道。同时带给人愉悦感和自由呼吸的快感，如同喝了沁人心脾的好茶，又如同是薄荷充满全身的血管，精神舒展，仿佛得到重生。

第三节　新时期女作家的写作姿态

新时期以来儿童文学女性作家从主题的把握到题材的择定，从叙事角度和叙事方式的拣选到具体文学语言的使用等，都显示出她们的独特视角。

这一时期的作家当中，秦文君的创作数量和跨时是最大的，她的作品使她在今天的小读者心目中依然占据着重要的地位。而陈丹燕作品中所透露出的精致、灵动、含有贵族气和都市味的语言也依旧是今天读者的最爱。少女题材的创作都发生在她们的创作初期，正因为是创作的初期，所以会有不足和不成熟的地方，但这却又最贴近她们的女性经验，使她们能够将那种对自身生命旅程的回顾以及对新一代少女的期许相融合，汇聚成为年长女性对年轻女性相知相惜的情感和在此过程中体会的喜悦和欣慰。

著名作家、评论家班马认为这类小说的基本创作情结是沟通代与代之间、人与人之间，更确切的说是女性与女性之间所产生的某种跨越和继承。秦文君在谈到创作时曾说她的创作初期是她认为最得心应手的时期，在那些作品里读者能够看到一个亲切、智慧宽容并善解人意的影子，她们以超越的姿态接近少女心灵，给予她们以抚慰和理解，同样作为成熟的女人，陈丹燕则似乎更愿意将这种关怀演化为一个过来人的回忆、感触和感性以及理性结合的诉说，这种叙述在成年和少年之间的交汇循环中很明显地表达了想"对话"的欲望。这种致力于精神沟通并达到精神抚慰的文学创作情绪成为儿童文学女性作家的特征之一，她们所拥有和传递的是一种超越于混乱现实之上的人生观念和人生态度。

作为后起之秀的彭学军和殷建灵也毫不示弱。近几年来，她们在儿童文学领域也取得卓越的成就。她们以女性独有的细腻、敏感的天性，敏锐地观察儿童的生活，并且能够透彻地揭示孩子所隐藏的心底秘密，充分反映出孩子们关心的现实问题。

新时期的儿童文学女作家在写作内容上表现着与"少女"有关的具体事件和文化思想，在审美表现上积淀了"少女本位"的创作特征。女作家具有女性特有的温柔善良、多情善感的天性，她们内心的情感异常丰富，自觉或者不自觉地溢于言表。尤其是对待孩子，她们有着出于本能的母爱，在她们的作品中不难看到，那发自内心的情感呼唤，自然流露出一股爱的力量，使她们的作品极富感染力。作为女性，她们也许永远不会拥有男性可能拥有的宏伟与大器。但是她们自信为女孩们写作，来自一些女人独有的天然、纯真、幽深和敏感，以及对世界的无限热爱、对造物主的感恩。这么说可能有些夸张，但是我们真的能够从她们的作品中体悟到由生命的某些深沉情愫从心底里喷薄而出，这种声音成为大地母亲的众多呢喃和叹息中的一种，尽管非常微弱，但是却成为我们梦想的慰藉，让人挂念，从而加入美妙而永恒的天籁之声。儿童文学女性作家把我们带进一个五彩缤纷的少女文学世界。她们的创作有时是非常本体化的。因为对于她们而言，写作可能就是一种"记录"，而完全突破了文学形式本身，这也成就了她们独特的视角。

由于传统观念的原因，中国现当代的许多儿童文学作品都是以教育孩子为目的，较少将小说的审美性和娱乐性放在首位。受此影响，儿童文学的叙述视角多是叙述者以第三人称的角度来讲述故事，或者以第一人称"我"通过回忆来叙述，但是这两种叙述方式都是使读者在阅读中感受到教育大于审美，远离了文学作品本来应该带给读者的审美愉悦，秦文君在这方面走出了传统的模式，她的早期作品《十六岁少女》虽然写的是知青插队支边的事情，但是基本上脱离了大的政治背景，而只是写一个16岁的从大城市上海到黑龙江林场插队的少女在这整个过程中心路历程以及成长史进行描写。在那里，她结识了因为各种原因来到这片黑土地的少女们，她们一起经受生活历练，体验人生的复杂与磨难。秦文君就是通过这部作品打破了传统的以第一人称的主人公为叙述视角，而在作品中又建立了一个现实中的"我"来回忆过去的"我"。作品中的两个"我"，一个是16岁时的"我"，一个是已经成人回忆往事的"我"。通过现在的"我"来讲述过去的"我",讲述过去曾经发生的故事,讲述自己也回忆同伴的喜怒哀乐。所以说,这部小说的叙述任务是由两个视角交替承担,以此来完善故事的构造。作品通过两个叙述者的回忆娓娓道来,使之显得亲切自然,感人至深,能够让读者迅速地进入人物的内心精神世界。作者将少女独有的心境体验与成人成熟的视角相融合,运用这样的独特视角对人生进行反视,以成人的视角回忆已经逝去的生命,回味曾经逝去的青春,体味那逝去的幸福与苦难,使叙述抒情由议论交织而成,在情感的表达传递上相较于之前的儿童文学作品更加显得意味深长。通过秦文君作品中的创作特色和独特视角的叙述,我们可以从中看出她的个性意识和自我价值观中所包含的深重的社会责任感和历史使命感,这使我们不得不惊叹于她那丰富的情感和敏锐的思想。因此,从作家对儿童文学创作情感的投入以及升华来看,可以传达出她们要为儿童呼吁的强烈愿望,而这也正是儿童文学发展所大力提倡的,并且需要我们热切地关注与不断地探索。

陈丹燕的作品从不回避死亡,这对于儿童文学是一种突破。她以异于其他作家的视角,向读者展现了少女这一纯美个体在与生命抗争中陨灭,道出生命的无常与无奈。孩子在长大后进入成人世界,她会发现成人世界并不那么美好,成人的价值观与自己原来的想象是截然不同的,进而她们就会以自己的方式进行反抗。作家通过作品写出她们的反抗,希望以此激发成人世界的反省。这种反抗与反省,为成人世界注入清新的力量。

陈丹燕善于写真实可信的作品,写确实可感的人生,因此她的作品看起来新颖别致，与一般的儿童文学作品在创作文体视角等方面就不大一致，因为她有着对少女题材文学作品的真实性和虚构性的出色掌控，将文学样式和读者的感受力相结合考虑。正是由于她创作的这种真实性，使她的作品更具有真实感和艺术感染力。她将作品的关注视角聚焦在"问题少女"身上，以独特视角塑造了庄庆、宁歌、顾峥嵘等个性鲜明的青春期少女形象，写出了在学习的压力下，少女们成长的烦恼，也写了她们在青春期对异性的朦胧情愫，还道出她们对道德的追寻与追问，对人生的困惑与迷茫。作品深刻揭示了这一时期的少女的早熟、封闭、压抑、敏感和驿动。这些在现今看来可能不算是新鲜的话题，但在20世纪80年代，这不能不说是一种全新的尝试与突破。她们的作品具有亲和力，让孩子们感受到平等，这是一种特殊的写作姿态，也可以说是对题材的一种取舍。通过作品告诉我们千万不要低估孩子，我们的小读者和我们是平等的。在儿童文学的领域里，题材是没有禁区的。任何问题都是可以和孩子们开诚布公平等交谈的，除了日常生活的故事外，还可以用他们能够理解和接受的方式，谈谈人生、爱情、死亡、失去、背叛等所谓深层次的话题，这里面有些事情是他们经历过的，有些没有，但却是他们将来的人生必经的。正是通过这些交流沟通，女性作家们所创作的作品更自然地流露出对儿童纯洁的爱和温柔善良的母爱，这也是儿童文学特定的表现领域与女性作家特有的心理素质有机结合的表现。

新时期儿童文学女作家并没有囿于一种叙述方法，呈现出创作形式多元化的格局。这一时期的领军人物秦文君创作的许多儿童文学作品运用了一种特殊的写作手法，她的小说结构成散射状，在一部作品中一次性叙述多个故事，使之叙述变得有质感，更加细致，特别是对人物的心理和感觉的描写，细腻而有深度。比如《女生贾梅》《小丫林晓梅》《十六岁少女》等，这些作品中的无论哪一部分都可以作为一部小小说，而落下哪个部分没有读又不会影响全书阅读效果，并不像其他小说那样有较强的连贯性，这是她的绝妙之处。我们能够通过更多重的角度来体会作品，人生又何尝不是这样呢？无数个不同的小插曲、小段落汇成一个人的一生。

陈丹燕则擅长挖掘少女的内心世界，尤其善于运用心灵写作的抒情手法。她的作品多描述在青春发育初期的少女微妙的心理变化，她们既渴望理解，同时又竭力维护属于自己内心深处的那块秘密基地。作家对这一方面的心理描绘尤为细致逼真，每个小细节都充分表现了少女内心趋向成熟的自我肯定，不惜以精细的笔墨揭示少女内心丰富的情感，总是带有一种少女独有的细心。

殷建灵和彭学军这批被誉为中国第五代的儿童文学代表作家，她们已经成长起来，她们以更为青春、更具灵气、更富先锋张力的姿态，更加贴近新时期少年儿童的世界，成为新时期儿童文学创作的生力军。彭学军有着令人欣赏的写作姿态，她曾经在自我简介中提道："以很快的速度编书，以很慢的速度写书，写的书自然不多，大约有 10 本，偶有获奖。"淡淡的，从容的，也许这就是她的个性使然，也或者这就是她的生活方式。儿童文学作家中从事少女题材创作的作家并不多，而像彭学军这样以清灵淡雅的写作手法创作的人更是少之又少。她的作品读起来使人有一种淡淡的忧伤感，善于运用各种意象制造忧伤美的氛围。女性作家极其偏爱回味和表现个人体验，或者说女性更容易沉浸在忧伤的往事当中，以优美婉转的节奏娓娓道来，向世人展示出一种独特的艺术魅力，尤其使少女读者得到情感的宣泄和心灵的抚慰。比如《你是我的妹》中，故事刚一开始就运用3月路旁一株清丽的桃树引出阿桃的经历，并在故事的发展过程中，尤其是故事的关键处，多次对阿桃家的那棵桃树进行特写，使之成为贯穿小说全局的优美意象。由此可以看出作家的独具匠心。小说由表层的叙事紧张演化为人物的内心冲突，虽然表面看淡化了故事情节，但是加强了情绪的表现力，营造出一种说不出的淡淡失落的凄美意境。

殷建灵在作品中大胆地尝试对少女青春期懵懂的性的描述，她善于通过作品表达了少女对自己身体和精神的奇妙变化的专注，即少女对自我的一种审视、确定等，这些是女性作家所能够真切体会的。由于读者群体的特殊性，这种描写又与成人文学有着明显差别，但是同样通过作品使人留下深刻的印象。殷建灵运用了女性儿童文学中不可忽视的柔美感性色彩，对少女幼小的身体和容颜的审美加以关注和表达，更加显示出一种无法言说的美感特色。

殷建灵在早期作品《玻璃鸟》中有过这样一段描写，主人公"我"在腰间围一条红色的毛巾装扮成古代仕女，展示出一种端庄而又灵动的感性之美，给予少女读者一种正在经历和已经经历的、似曾相识的美感体验。女性作家们往往会赋予女孩身体发育以美感，为读者呈现出少女独有的生理变化的美好旋律。殷建灵在她的短篇小说《初潮》中，对女孩的青春初潮有过这样的描写："似岩石上融化的泉水，一滴一滴，充满生命的节奏。"而在她的另一部作品《纸人》中也有过类似的描写，她歌颂少女唯美的身体，惊叹少女的亭亭玉立，这传达出她在艺术上的唯美追求。

　　进入20世纪90年代之后，由于儿童文学多元化局面的形成，女性作家在视角上有了更大的突破，这也跟进入90年代之后，整体文学倾向个人化写作有很大的关系，女性作家创作的儿童文学在这一时期迅速崛起，她们为儿童文学带来了新鲜的血液和另一番风貌。

　　彭学军作品中呈现出的诗意和乡恋是那么的特别。她的创作有些受沈从文湘西文化的影响，字里行间透露出浓浓的乡情和古朴、清灵之美。作品从情感出发，很自然地为作品增添了感人的力量，较易引起读者共鸣。我们从彭学军的作品中不难发现，她所描绘的自然环境都是清丽的，她所抒写的自然人性都是美好的，作品中所涉及的传统景象都是纯美的。正是由于她对自然的非同一般的感受力，和她以女性独有的视角对自然给予更加细致入微的描绘，使她的作品具有一种浓郁的诗性意味，让读者在这诗性的意境中，感受人与自然的紧密联系、相互依偎。

　　殷建灵首次大胆尝试对少女的性的描写，通过女性视角来看少女这一纯美个体蕴含着的自然人性。在少女身上，女性作家找到了最初理想人性的寄托，于是她们在作品中塑造了一系列生命内涵极其纯美的理想女孩，抒写着对自然生命的执著追求。殷建灵的创作一直围绕着她所熟悉的少女世界，出于女性本身敏锐的感受力和她洋溢的才情，她总是以自身成长的直觉把握创作的精神要素，作品透露着青春、纯真、明朗的朝气，其中涉及的成长主题已不再单一地在精神层面徘徊，而是更深入地开掘少女身体与心灵在成长过程中遇到的冲突和困惑。这一尖锐敏感的话题实际上恰是延续着人类生存发展中灵与肉的古老话题，而因为是"青春期少女"则显得更为迷茫、困惑和深刻。

平和、自然、亲切、冲淡，没有矫饰和做作，没有故作高深的成人架子，没有冷漠的隔阂，是殷建灵作品的语言风格，而宽容、理解和爱则是她贯穿始终的意蕴。这十分契合她所崇尚的本色人生和她对世人世事所抱有的赤子般的善意。读殷建灵的作品，印象最深的是她对人物心理那种非常细腻到位的抒写，简单的文字中让我把遗忘在时间河流中却异常珍惜的"生活边角料"重拾起来，那种感觉微妙到无法用话语表达。那是一种小家碧玉式的宁静，沾染着一种细腻绵长的小忧郁。读她的作品，就像走在树荫缭绕的小路上，阳光透过层叠的叶片，洒下一地的斑驳，我们似乎是对什么都已经明了了的，但又任着自己的性子继续独自行走，独自陶醉。

"时间从指缝里无声流逝，为了永远年轻，我们回忆和追索。当我早已与少女时代挥别，它从时间的深处发出耀眼的光芒，提醒我：那是你无法摆脱的迷恋"。殷建灵在《纸人》中这样写道。通过清新的文字，我们不难领略到作家的良苦用心：虽然远离了少女时代，却仍然保有赤子之心，使作品中显现出无限的光芒。"空气中隐隐浮现出一双深邃的满含泪水的眼睛，那曾经是我见过的最美丽的眼睛，在银白的月色下投射出纸一样脆薄而凄美的光泽。它已经消失在时间的深处。而此刻，那双眼睛的目光又开始凝视我、抚摩我，它拨动我的记忆之树，那些静止的却没有睡着的叶片又

哗啦啦地响了……"❶

　　陈丹燕创作的少女小说题材对少女的心理描写细致入微，特别善于运用比喻、象征等修辞手法来抓住少女内心瞬间的感受，表达得恰到好处，且相较其他几位作家显得更为深沉。

　　陈丹燕有时会天马行空地用很不容易理解的语言来叙述故事，"妈妈总是以她无比干净的气势来显示她的毫不通融"。她创作的人物多为早熟、封闭的少女，由她们口中讲出来的话语显得那么的成熟而又深沉。

　　"我只有和书交谈，在书里寻找共鸣的时候心里才平静。我一直在寻找这样一本书：它能真诚地和我谈谈我将面对的人生，我该怎么办？怎么对付那许多肮脏的东西，创造美好的东西，我该怎么做才会越来越美好。但好书都是为大人写的，给我们看的书全是闭着眼睛在说一些美丽的梦话，学校的政治课又全是在说连他们都不相信都不愿意做的不着边际的大道理，见了鬼！音乐轻轻地在屋顶荡漾、荡漾，像美丽的幽灵。我很孤独无援。"以上这些文字出自陈丹燕小说《女中学生之死》中少女主人公宁歌之口，她在临别前的内心独白，道出了心中的困惑、无奈和孤独。作家借作品中人物之口讲述青春期少女的无助与迷茫，以其深沉的语言直视真实惨淡的人生，并告诉小读者如何泅渡青春之河，勇敢面对未来的一切。

　　秦文君的作品生动地展现了20世纪90年代都市中学生的生活图景，字里行间流露出浓郁的时代气息。她笔下的主

---

❶　殷建灵：《纸人》，贵州人民出版社2007年版，第8页。

人公多为初中低年级的少男少女，他们一个个虽然普普通通，却十分真切生动。她多讲述富于喜剧色彩的趣事，但是多涉及少男少女在成长过程中遇到的诸多问题，很少直接表达自己的理念，而是通过小主人公自己的认真思索得出解决问题的办法，让读者真正感受到少年儿童是如何从幼稚走向成熟的。小说的语言虽然用的是中学生的口吻，但经过加工和提炼，从幽默诙谐、俏皮生动中透出智慧。

秦文君在她的作品中有许多类似小说《女生贾梅》中出现的轻松诙谐的语言描述，通过小主人公的一句幽默话语就能道出些许人生哲理，例如："多年前，鞋匠的儿子安徒生发奋写作，成为世界著名的大文豪。谁说我这个作家的女儿不可能成为文坛名人呢？"道出了少女对未来世界的无限憧憬。又如作家运用通俗易懂的语言为我们展现少女的善良美德，贾梅看不惯同学之间的相互嘲笑，为同学打抱不平时说："人干嘛要这样，这样相互嘲笑来嘲笑去，大家的心都会冷掉，变成一个心上结茧的阴沉的家伙！""她做了力所能及的一切，即使到了五十年后，她变成一个白发苍苍的老外婆了，也能自豪地把这个行动坦荡地告诉任何一个人。"很多时候，孩子愿意用一些夸张的方式宣泄心里的躁动不安，或者说是借助自己的想象来寻求减压的方式。

秦文君作品中的人物多是聪明、善良、宽容的少女形象，但她们又同时具备普通女孩好吃爱玩、有时犯迷糊以及爱慕虚荣的丰富的性格特征。对于这样的一些孩子，她在创作作品时采用的叙述语言是轻快活泼的。轻松的语言中不失深情的关照和善意的告诫。这样的语言风格的高水平运用表现在作品常常在对她们所发生的事件的轻松诙谐叙述中通过其初衷与结果的大相径庭，使语言格调轻快极具幽默色彩。无论是从儿童文学的基本美学精神角度，还是从中外儿童文学经典之作来看，幽默这一语言特色都是作为儿童文学的浪漫主义精神气质的具体表现形式而存在的，且作为成功的儿童文学的一个重要美学标准而被人们重视。

第十四章

席慕容与诗性文化

席慕容的诗歌自然天成，她的诗不是透露人生的炫耀，而是描写人生的平凡和感动。她通过诗歌散文化的方式，把这些跳动的字符融成和谐自然的声律，表达她的情感。这主要表现为一种真情真景、自然天成、灵动和谐的声律以及诗中有画，画中有诗的倾向。席慕容的诗歌不同程度地表现出诗歌散文化倾向，沿袭了西方诗歌的散文形式，在叙述描写当中又糅合了东方的古典美学，把散文的味道融入其中。

所谓诗歌散文化，是指借助散文的表现手法、修辞手法以及散文的语言方式来完成诗歌创作的一种方法和方向。散文化是诗歌创作的一种新型探索，是在语言和表达上降低了诗歌的高雅性和凝炼性的同时，相应地提高了创作方法和技巧，使诗歌语言和表达更为自然灵活。诗歌的再度散文化，如果把握不好，就会写出散文不像散文，散文诗不像散文诗，诗歌不像诗歌的怪胎。而散文最重要的特点之一就是写真情真景。散文中表现手法、修辞、语言等都是外在特点，如果一味模仿这些外在特点，终究容易变得散文不像散文，诗歌不像诗歌。

席慕容的诗歌散文化之所以比较成功，就是她抓住了散文的内在特点，写的是真情真景。也正是这心底的语言，才会有如此自然天成的诗歌。席慕容在创作诗歌时，借鉴和吸取了散文的许多优点，开辟了诗歌的另一天地。在仔细品读作品后，你会发现诗歌散文化和散文有一定的区别和相似。散文较宜于纪实，诗歌较宜于虚拟。散文倾向工笔细描，诗歌倾向于写意感染。散文往往大面积占领囊括，诗歌似游击运动。散文一五一十，诗歌以一当十。适度地随意跳跃性，使诗歌不致于过于拘泥和枯燥，增添了色彩与情趣。难在两者间的度，一旦失控，诗歌就有成散文的危险。

第一节　东方文化的诗性特质

　　席慕容把人、物、事、景与情、理、义特别是情融会贯通，不矫情，不空洞地抒情，把她点滴的感动和心情通过诗吟志抒怀呈现出来。如《送别》，此诗并没有完整的故事情节，也没塑造人物形象，没有叙述送别的过程，而是把诗歌的高格调、快节奏（相对于散文诗来说）和凝练性投放在抒情主人公身上，字字以情动人，送别的话语深植在离别后的心中。

　　席慕容的诗句，句句写在心底，而这心底的诗句正是她所想表达的真情真景。那为何她诗歌中总透露着散文的芳香呢？在笔者看来，其诗歌内容形成三个如歌的旋律。

　　这三种主题旋律正是诗人所吐露的真情，那么这三种旋律又是什么呢？其一是乡愁的情绪，源于亘古的流传，是由遗传力量所造就的心理倾向，它不会因生活的变化而消匿，也不会随着文明的发展，世事的喧乱而淹没，那是一种忧郁的，缘于上古时代的渴望；其二是一种对爱情的信仰，来自历史与现实的彼岸，来自心灵的深处，绝对地宽容，绝对地真挚，绝对地无怨和美丽。它生长在灵魂的家园，照亮的是整个人生的长河；其三是对时光和生命的诠释，认为它们没有起始，也没有终结。这三个旋律汇成席慕容所独有的情致

与境地，浓缩成一个爱的世界，而那淡淡的感伤，清澈而富
有内涵的文字，又使诗歌极富魅力。正是这三个旋律充实了
诗歌的束缚，用诗歌散文化的方式，给我们谱写这一段段动
人的旋律。

一、乡愁的情绪

"乡愁"自古以来是一个诉不尽的主题，对于飘落到台
湾，有家不能归、咫尺竟成天涯的游子来说，更是一种剪不
断理还乱的情绪。席慕容生长在一个典型的蒙古族家庭，从
小就受着浓郁的乡情熏陶。虽然她从未见过故乡，但随着时
间的积淀，那远古的乡愁，带着长城外才有的清香，深深地
沉入了她的心底，并且缓缓弥漫成一种对故乡难以实现又难
以割舍的渴望。于是她开始用诗来表达《乡愁》。

乡　愁

故乡的歌是一支清远的笛
总在有月亮的晚上响起
故乡的面貌却是一种模糊的怅望
仿佛雾里的挥手别离
离别后
乡愁是一棵没有年轮的树
永不老去

席慕容的《乡愁》选择了特定几个意象，表达了千万游
子的思乡之情，同时也不同程度地表达出诗人希望祖国统一

尽快实现的心情。席慕容的散文大部分是写故乡的，对故乡的思念、感激等各种复杂的感情混在一起，并不是一炮而发的，而是淡淡地、幽静地叙述。在她的诗中，也有这散文的味道。她不用激昂的语调，而是用一颗真挚的心，去写她心底对故乡的思念。在席慕容的笔下，没有韵律格调的束缚，那朴实、真挚的情感，便字字写入读者心中。

如歌的行板

一定有些什么

是我所不能了解的

不然

循序生长

而候鸟都能飞回故乡

一定有些什么

是我所无能为力的

不然

那样快

都已错过

一定有些什么

是我所必须放弃的

是十六岁时的那本日记

还是

那些美丽的如山百合般的

秘密

没有字字押韵，却朗朗上口，在声律如此自然和谐的诗歌中，让人知道，草木的循序生长，季节的轮回，日夜的交替，均被诗人抹上淡淡的乡愁。这份感伤更多地是无奈，以及诗人对这种变化的依恋与顺从。这种淡淡的乡愁与无奈让诗歌显得很美。诗的调子也平缓而婉转。尽管有无奈，尽管要放弃，诗人仍超脱于一种痛苦之上。那痛苦如烟，如雾，恍恍惚惚，美不胜收。真、美、淡的诗歌，令人回味无穷。

二、爱情的含蓄

对于爱情的信仰，席慕容有一点点执着，她不讲究文字要多么繁丽，也不刻意经营句法，字里行间却透露出浓浓的感情，让她的爱情诗表现出一份不随俗的魅力。她的爱情诗柔婉如歌，在当今中国台湾地区的诗苑里不啻于一株奇葩。她写爱情的角度是独特的，令人钟情的一首是《楼兰新娘》。

楼兰新娘

我的爱人　曾含泪　将我埋葬

用珠玉　用乳香　将我光滑的身躯包裹

再用颤抖的手　将鸟羽　插在我如缎的发上

他轻轻阖上我的双眼　知道　他是我眼中　最后的形象

把鲜花洒满在我胸前　同时洒落的　还有他的爱和忧伤

夕阳西下　楼兰空自繁华

我的爱人孤独地离去　遗我以亘古的黑暗　和　亘古的甜蜜与悲凄

而我绝不能宽恕你们　这样鲁莽地把我惊醒

只有斜阳仍是　当日的斜阳　可是

有谁　有谁　有谁
能把我重新埋葬　还我千年旧梦
我应仍是楼兰的新娘

　　也许你不知道楼兰姑娘，但当你读了席慕容的《楼兰新娘》，在她的想象下，你将体会到这千年的爱恋，不只是沉于地下，而是一份珍藏的爱情。楼兰姑娘不在乎结果如何，只要曾经拥有过这一刹那的美丽就心存感激。诗人借助散文化效果，让我们仿佛回到过去，让诗歌富有故事性。

　　总的来讲，席慕容的诗涉猎的大多是爱情，在她的几本诗集里也没有看到与政治有关的诗，但她的爱情诗竟然超过了爱情和武侠小说，造成文坛上的惊讶和震撼，不仅是在中国台湾，就是在当今世界文坛上，恐怕也是十分特殊和罕见的。而创造这种奇迹的就是席慕容和她的爱情诗。所以说，诗，不在于博而在于精；不在于体裁的深广和窄小，贵在真诚，贵在自然，贵在震撼人的心灵。

　　在物质生活比较富裕的时代背景下，席慕容的诗恰好反映了人们在富裕幸福之外的遗憾，更反映了人性的真实。她的诗，以女性特有的真挚和纯情，浪漫和忧伤，柔情和寂寞，大胆和狂想，唤醒了一代人甚至于几代人的梦想。她的诗似自然的河流之歌，如情海里涌出的浪花，那潺潺的流水之歌是遗憾中的忧伤，那朵朵飞舞的浪花是幸福的忧伤，是爱情的吟唱。正如她的诗句"美丽的梦和美丽的诗一样，都是可遇而不可求的，常常在最没能料到的时刻里出现"。

三、时间与生命的诠释

生有涯而时无涯，以有限的生命去追逐无限的时光，人就如同"寄蜉蝣于天地，渺沧海之一粟"，难免会有浮生若梦的感觉，而席慕容的一些诗便书写了这种感受。面对时光的流逝，诗人悸动不已。为了跳出这种迷惘，诗人便转而去追问无限的时光。在《素描时光》中诗人将爱情与时光融在一起，生命虽然短暂，而爱是永恒的。若干年后，当我们早已逝去，而"在开满了野花的沙岸上／总会有人继续着我们的足迹／走我们没有走完的路／写我们没写完的故事／甚至互相呼唤着的／依旧是我们曾经呼唤的名字。"在席慕容的《时光九篇》中，写了许多她对时间和生命的探索。有时她在诗里也会用到议论，当然不能像小说和散文那样严密。如《蜕变的过程》中诗人"逐渐了解"生命的真谛，诗歌简洁，富有跳跃性。你可以享受到前所未有的宁静与淡泊。你会在回首的刹那感受到淡是一种美，它不繁华、不热烈，甚至也许不漂亮，却朴素、真实、长久、像水、像艺术、像云淡风轻的天气。淡，也是人生的一道独特而美丽的景观，它教我们平淡对待得失、冷眼看待繁华，不畏于权势、不屈于金钱，不张狂、不失落，坦坦荡荡，从从容容地生活。说到底，真正属于我们的只是一颗平静的心。淡泊，使人常常能感受到从内心生出的快乐；淡泊，使人面对生活有轻松的心态，静观其变，却不失最初的信念。如今，在繁华的都市中，忙碌是生活的题目，现代人生活的步伐似乎就应该是快节奏的。而席慕容的诗歌，却让你在繁忙的时候，提醒你时间与生命的重要性。

曾经在书中看到这样一段话："生命的富有不在于自己能拥有多少，而在于能给自己多少广阔的心灵空间；生命的高贵也不在于自己处在什么位置上，只在于能否始终不渝地坚守心灵的自由。"事实上，很多人在面对生活时，做不到宁静与淡泊，同样作为普通人的笔者也一样。竞争是不可避免的，也是极其残酷的，要生存就要加入到竞争中去。但是，至少我们能在内心深处保留一些我们想要的，回归人生的宁静与自然，回归生活的淡泊与平凡。泰戈尔不是说过吗？随着青春的消逝，人生会出现一个像金灿灿秋天一样的深刻、平静、坚定、美妙的时刻。

在席慕容的诗里，像散文一样沉淀着对时光和生命的思考，这是经历了一个由不可知的焦灼到晓悟后的平静的过程，而她对生命的领悟带有一定程度的禅佛观念，有哲理的意味，然而她并不采用警句的方式，也不是生硬地以理入情，而是在自然而流畅的内涵中透出丰富的潜质和哲理的深度，如"生命，其实也可以是一首诗"这样淡然而淳朴的文字，有一种彻悟人生的味道。

第二节　心中缓缓流淌的声律

也许正是因为席慕容的诗歌自然天成，所以她的诗歌一点也看不到做作，而是一种很自然的声律。没有刻意地追求押韵，没有刻意地追求形式，就是在不经意间流露出诗歌的情意。正是这种种的不刻意追求，才造就出如此美丽的自然声律。

一、自然声律

席慕容的诗歌用一句话形容再恰当不过了，那就是"清水出芙蓉，天然去雕饰"。她的诗歌自然而流畅，如汩汩清泉，是从心中缓缓流淌出来的。给人的感觉仿佛不是写出来的。正如她自己所说："我从来没有刻意地去做什么努力，我只是安静地等待着，在灯下，在芳香的夜晚，等待它到我的心中。"因为这随意，她的诗歌全然没有雕琢的痕迹，浑然天成。

所谓诗歌自然，不仅指山水风光，而是要求诗歌创作追求真、朴、淡。这三者构成了"自然"的美，它们是互相联系的。能写出真情真景，大凡已去夸饰，显得朴素，并不是诘屈聱牙，难以卒读，或一览无余，了无余蕴。

如果一味追求声律，反使"文多拘忌，伤其真美"。钟嵘所反对的是那种"伤其真美"的八病等的矫揉造作，而对诗歌的自然的音节美，并不排斥。要知道，古诗之所以要限韵，讲平仄，并非无事生非，最初的目的，是音律和谐，便于吟咏，只是到了后来，把格律过分固定化了，才阻碍诗歌的进步和发展。例如，唐朝的格律完备的同时，也渐渐趋向死板，宋朝诗人见写诗只限于言志，难以抒发私情，便发明了词，吐露心曲。词比诗自由，但也得讲究音律，以便于传唱。

渐渐地到了明清，连词也成为固定的模式，难以承载新思维，这时新诗派才要革新，破旧诗，创新诗。可是新诗好像太多的倾向自由，缺少音律的限制，像散文，而没有散文的精致优雅。郭沫若《女神》中，除了《凤凰涅槃》寥寥几篇外，大部分显得粗糙。艾青赞美土地、母亲的诗写得很好，感情浓郁，感染力强，但并不是篇篇都那么经典。其实在新诗创作时，诗人也开始认识并不断探索散文的形式与音律的平衡点。闻一多在《死水》里，进行了把新诗配合音律的尝试，是很成功的，虽然稍稍还有过于雕琢的印痕，不能完全脱离旧诗的影响。到了徐志摩手里，音律的运用更为娴熟，有时并未见押尾韵，可读起来照样音韵流动，衔接十分自然，摆脱了"八宝楼台"，句与句割裂的通病。

经过一代代诗人的改进和努力，诗歌在声律上越来越和谐，也正是前人的例子，席慕容在新诗上汲取优点和精华，使其诗歌有种"节奏"，也使句子本身或者句子中间形成一种自然而然的起伏。在诗歌中，变成一种或隐或现的节奏，通过跨行、分段、用韵或停顿、转折回旋等表现出来，让语言自然，声律自然，更是对心灵结构的自然呼应。

席慕容的诗歌不是格律体或新格律体，她不刻意追求押韵，但基于诗歌本身的音乐性，她的诗歌常常押韵，这使她的诗歌既灵动又不凌乱。她的诗也有很强的节奏感，体现出一位艺术家的良好领悟。如《盼望》的分行分段："其实，我所盼望的/也不过是那一瞬/我从没要求过你给我/你的一生。"诗句中不按标点，按语气和情感分行，让你真切地感受到主人公那静谧的、哀婉的、低低倾诉着的语调，仿佛那样一个含蓄温柔的女子就在你耳边倾诉，你仿佛可以看见她那淡淡的忧伤的目光，具有很强的感染力。唯美的画面、古典的意象和情愫，优美的韵律和节奏，使诗中的爱情世界可感可触，仿佛给梦幻披上了美丽的衣裳，怎能不让读者心向往之？

席慕容的诗歌，在平淡中见真情，即使没有押韵，没有追求形式，在她的诗歌里，你依然会觉得声律如此自然。没有艰涩难懂，更没有诘屈聱牙。在中国古代诗歌的国度里，我觉得席慕容的诗歌更像陶渊明的诗歌。

二、柔媚的诗歌旋律

在话语形式上，"柔媚"成为席慕容诗歌的一个重要特点。正是如此柔媚的诗歌也让其声律之树常青。

席慕容的诗有一种潜藏的、让作者与读者心灵共振的通道，这就是作者着力谱写女子的"柔"及由此而产生的柔情万种的"媚"，而正是这种"眼角眉梢都有恨，热泪欲零还住"的"媚"，才引发了具有怜香惜玉的浪漫情怀的文人的共鸣，并赢得了陷身情天恨海之中而不能自拔的痴心男女的眼泪和感动。打开席慕容诗歌选本，这种"楚楚怜人"的柔媚话语所拾皆是，它以忧伤为外观，以执着为内涵，以低语为形式，像涓涓流水，不断流向读者的心田，仿如《绿岛小夜曲》中的歌词所唱："我的真情像那流水，不断地向你倾诉"，如《昙花的秘密》流露的是美人迟暮的伤感，是青春的虚度，芳心成空的惆怅，是"落花人独立"的失落孤凄，充满了无人赏识的哀怨。又如《禅意（二）》抒写的是爱情绮梦失落后的凄艳心境，这种伤感像一声轻轻的叹息，飘荡在孤独的生命里，又如芬芳的茉莉，飘散在细如雨丝的忧伤里，尽是沉湿的暗香，让人思绪纷纷，神思翩翩。

"当你沉默地离去/说过的，或没有说过的话/都已忘记/我将我的哭泣也夹住在/书叶里好像/我们年轻时的那几朵茉莉/也许会在多年后的/一个黄昏里/从偶尔翻开的扉页中落下/没有芳香再无声息/窗外那时也许/会正落着细细的细细的雨"。这柔媚之音，如缕缕思绪，断断续续，这自然的声律也在柔媚的旋律下融入禅意细细的雨滴中。

三、诗歌散文化的和谐

很多人认为诗歌散文化会丧失诗歌的节奏和韵律之美，其实大可不必这样想，诗歌的美就在于它的韵律和节奏在内心造成一种波动。在席慕容的诗歌里，读者不仅感受到诗歌散文化带来的简约自然，更能感受到自然韵律的跳动。通过席慕容的诗，完全可以看出诗歌散文化并不是不要节奏、不要韵律，语言依旧是诗的语言，但更体现在内容上。宋诗在语言上和韵律上做得比唐诗好，为什么它没有唐诗的成就高呢？原因在于宋诗只注重形式，而忽略了内容。汉魏诗歌为什么会评价很好呢？原因在于它注重的是内容。诗缘情而作，这是千古不变的道理。诗歌的散文化并不是坏事，白居易在两千年前就已经提出了这个观点。

在席慕容的诗中，诗人只想把感情更真实自然地传递给读者，而诗歌的节奏和意境就在这个传递过程中悄然地让读者过渡到其领悟的诗歌氛围之中。至于节奏和韵律，只要情感表达到位，二者会自然出现，不用诗人刻意为之，当然，也要注意适时调整，让诗歌更完美，如《悲剧的虚与实》：

悲剧的虚与实

其实，并不是真的老去/若真的老去了　此刻/再相见时　我心中/如何还能有轰然的狂喜

因此　你迟疑着回首时/也不是真的忘记/若真的忘记了　月光下/你眼里哪能有柔情如许

可是　又好象并不是/真的在意　若真的曾经/那样思念过　又如何能/云淡风轻地握手寒暄/然后道别　静静地/目送你　再次　再次的/离我而去

诗人通过诗歌散文化的抒情议论方式，把对悲剧的情感和认识融入字里行间，再通过词与句的隔断，调节诗歌的节奏和韵律，使声律显得自然而然、和谐流畅。

总的来说，席慕容在诗歌和散文之间找到了平衡点，她抓住了散文突出的就是自然随意性，对生活细节的捕捉，用生活化的语言描述出来；而诗歌就不一样，要的是其超强的想象力，对生活的美要用诗性的语言来呈现，还要注意诗歌的形体要求，不随意而为。她在诗歌中运用了散文的句法和特点，主要吸取散文语言的自然清新，还原诗的真实，但要基于对语言强有力的控制，否则极易陷入感情的泛滥和语言的拖沓，造成诗意的削弱，得不偿失。在她的诗里没有过多的宣泄，反而很内敛，语言也很简洁。

第三节　诗中有画、画中有诗

在自然优美的声律下，席慕容的诗轻轻地向我们诉说着，这一首首诗里面，隐藏的是她笔下一幅幅美的画卷。

一、画亦自然，诗亦自然

众所周知，席慕容也是一位画家，在她笔下不仅仅写出一首首动人的诗，还画出一幅幅动人的画面。席慕容的诗延续了中国古典诗歌的传统，特别是晚唐李商隐的诗歌风格，使她的诗具有相当鲜明的传统特色。"诗中有画，画中有诗"一直是我国古代诗画艺术创作的一条规律，台湾诗人彩羽在谈到席慕容的诗时说："诗人席慕容，她自身是一位非常杰出的画家，正如王摩诘能熊氏之学，所以能在《使至塞上》中写下'大漠孤烟直，长河落日圆'之句，乃为千古壮观，席慕容的作品，则从画境与浑圆的构图中，展现她内心中的愿望，有些甚至是她内心生活的告白。"

在席慕容的画中，几乎都有自然风景，花、树、山、月，她诗中的自然是优美的中国山水画似的自然，这使得画面更加自然飘逸。席慕容是画家，所以她懂得"留白"的妙处，懂得虚虚实实。她诗中的画面从来都不是写实的。如同那棵开花的树，开什么花，她没有说，让读者在自己的梦境里填上，读者喜欢玉兰花便想象成玉兰花，喜欢洋槐便想象成洋槐，或者想象成仙境里谁也没有见过的花也行。那个少年，更是不着一字，任你想象，你尽可以把你的梦中情人想象进来，甚至还可能不是少年，是中年人；若是男子想象，可以把诗中的你想象成心中的仙女。席慕容的诗中梦幻画面的空白，激发读者一起创造，构成了最美的画面。如《莲的心事》：“我是一朵盛开的夏荷/多希望/你能看见现在的我/风霜还不曾来侵蚀/秋雨也未滴落/青涩的季节又已离我远去/我已亭亭　不忧　也不惧/现在　正是/我最美丽的时刻/重门却已深锁/在芬芳的笑靥之后/谁人知我莲的心事/无缘的你啊/不是来得太早/就是太迟。”

席慕容善于写莲，画莲。也许是莲花那“出淤泥而不染，濯清涟而不妖”的纯洁与执着打动了她。在美丽诗画里，你会感受到跳动的音律，和谐的自然的音韵，一切都融在一起。

二、田园牧歌式的优美画卷

席慕容擅长运用重复的句型，使她的文章呈现舒缓的音乐风格，而且充满了田园式的牧歌情调。在句法的经营上，除了着重整体效果外，她也追求词藻的华美。她的诗歌都以人物作为中心，在浅白的诉说里，很容易看出她的真诚，具有冲淡型散文的特点。也正是因为这样，她将散文感融入诗中，更别有一番风味。

台湾文学评论界评论席慕容的诗，认为其风格独特而清丽，充满了牧歌的情调，“席慕容的诗是流丽的，声韵天成的，溯其流而上，你也许会在大路的尽头看到一个蒙古女子手执马头琴，正在为你唱那浅白晓畅的牧歌"。[1] 这个评价是中肯的。席慕容的诗，如一泓清澈明丽的溪水，从读者心田上流过，感情上得到一种怡愉的抚慰。如"爱，原来是没有名字的／在相遇前等待就是它的名字"。以这样浅白清丽的语言，单纯而富有深意的形象，表达深邃的人生哲理，给人一种感染力量。如《长河》：

长 河

大雁又飞回北方去了，
我的家还是那么远……
用蒙古话唱出来的歌谣，
声音分外温柔。
而只要想到那一条河，
还在那块土地上流着，
就这一个念头，
就够碎人的心了。

大雁、长河、家乡、土地，每一个意象都是画卷的一部分，幽静而美丽。这田园牧歌的滋味仿佛一下子就把你带入这美丽的画卷。在她的诗里，脱掉世俗，去享受田园牧歌式的优美画卷。在她的诗中，你不仅仅能够享受到她诗歌中动人的旋律，更难能可贵的是，在当今如此喧闹的世界中，可以在席慕容的诗画里找寻到田园牧歌的生活情调，让你在这优美画卷中心旷神怡。

---

[1] 张晓风："席慕蓉：江河"，载《英才》1998 年第 5 期。

三、诗情画意的意境美

席慕容的诗歌情真意切，把散文的至真至美都融入其中。所以她的诗歌不免有诗情画意。也正是她的妙笔在读者的想象空间中，勾勒出美丽自然的画面，让诗中意境慢慢显露，让读者如痴如醉似在画中。

席慕容诗歌中的意象暗含着中国古典美学传统，尤其是古典诗词的精髓。看她诗中的意象：小河、流水、莲花、栀子花、山径、山月、渡口，这些都是古典诗词中常见的意象。诗中的少女情怀，也很合古典之美，她诗中塑造的都是含情脉脉、温柔、宽宏、善解人意的女性形象。正是对这自然景观和少女情怀的描绘，让诗歌呈现一种原生态，无论是声律，还是语言在诗中都是显得那么的自然、朴素。

她所取的意象大多是单纯而新鲜的。如，《无题》中以"永不燃烧的火种"来表达那种悲哀而绝望的单相思，极有特色。而《一棵开花的树》则用"落了一地的花瓣"这个意象与"凋零的心"恰到好处的契合，准确地揭示了特定境遇的心态。此外，像"青春是装订得极为拙劣得／一本太仓促的书"（《青春之一》）；"岁月深埋在土中便成琥珀"（《回首》）等，都是极新颖又富于美感的意象。在意境上，席慕容注意渲染美的氛围，那明月朗照下迷离的山荫树影，种满了山茶与相思的山径，芳草离离的草原……都是她精心勾勒的优美画卷。而一切景语皆情语，这一切美丽的画面也蕴含着诗人的情思。因此，席慕容的诗可以说得上是真正的诗情画意。

　　总体上讲，席慕容的诗具有主题鲜明、意象唯美、抒情灵动和语言优雅的特点，诗中没有晦涩难懂的字句，没有生僻和少见的词语，甚至没有所谓的空灵和令人叫绝的惊人和迷离的造句。但却可以看出她诗歌的词句是经过细琢精磨的，她的诗歌多用平淡无奇、易懂的朴素词语，使其呈现出平实、透明、柔性、清丽、舒展和自如的特色。而每首诗在综合效果上却给人以如梦似画、如醉如痴的梦幻感。她的诗，饱含着对真情的挚爱和对浪漫的唯美狂想。她的诗美在透明自然、美在纯正易懂、美在沉静幽香、美在整体的艺术效果的完善。正是如此，她的诗歌自然天成、声律自然、美丽如画，成为诗歌的常青树。

　　席慕容该是一位"从不知疲倦的/女金匠/秀发飘飘/素手纤纤/在有月升起的/每个夜晚/都会挥动笔杆/金匠特有的坚持/无停歇地敲击/于是苦延展为蝉翼/展为一缕缕/干了眼泪/却又夹杂美丽的忧伤"。在她的诗里，总有抽不断的情丝。

参考文献

一、专　著

[1] 洪子诚.中国当代文学史 [M].北京：北京大学出版社，1999.

[2] 徐俊西.上海五十年文学批评丛书：作家论卷 [M].上海：华东师范大学出版社，1999.

[3] 林建法，傅任.中国当代作家面面观 [M].上海：华东师范大学出版社，2002.

[4] 吴秀明.中国当代文学史写真 [M].杭州：浙江大学出版社，2002.

[5] 徐岱.感悟存在：当代博士生导师文化随笔书系 [M].济南：山东友谊出版社，2002.

[6] 於可训.中国当代文学概论 [M].武汉：武汉大学出版社，2003.

[7] 唐金海，周文武.二十世纪中国文学通史 [M].上海：东方出版中心，2003.

[8] 陈思和.中国现当代文学名篇十五讲 [M].北京：北京大学出版社，2003.

[9] 王庆生.中国当代文学下卷 [M].武汉：华中师范大学出版社，2004.

[10] 朱竞.阳光与玫瑰花的敌人：2003年文学批评精华 [M].长春：时代文艺出版社，2004.

[11] 苍狼，李建平，朱大可.与魔鬼下棋——五作家批判书 [M].北京：中国工人出版社，2004.

[12] 施战军.爱与痛惜 [M].济南：山东文艺出版社，2004.

［13］贾梦玮.河汉观星：十作家论［M］.昆明：云南人民出版社，2004.

［14］沈红芳.女性叙事的共性与个性：王安忆、铁凝小说创作比较谈［M］.开封：河南大学出版社，2005.

［15］林建法，乔阳.中国当代作家面面观——汉语写作与世界文学［M］.沈阳：春风文艺出版社，2006.

［16］李平.中国现当代文学基础［M］.北京：北京大学出版社，2006.

［17］张清华，毕文君，王士强，杨林.中国新时期女性文学研究资料［M］.济南：山东文艺出版社，2006.

［18］吴义勤，王志华，胡建玲.王安忆研究资料［M］.济南：山东文艺出版社，2006.

［19］乔以钢.中国当代女性文学的文化探析［M］.北京：北京大学出版社，2006.

［20］王安忆.我爱比尔［M］.海口：南海出版社，2000.

［21］张炯.中国当代文学研究［M］.北京：民族出版社，2004.

［22］凌叔华.凌叔华作品集［M］.珠海：珠海出版社，1999.

［23］凌叔华.酒后［M］.2版.北京：京华出版社，2006.

［24］鲁迅.且介亭杂文二集［M］.北京：人民文学出版社，2006.

［25］曹书文.家族文化与中国现代小说［M］.北京：中国社会科学出版社，2002.

［26］童庆炳主编.文学理论教程［M］. 2 版.北京：高等教育出版社，1998.

［27］倪婷婷."五四"文学论集［M］. 北京：人民文学出版社，2007.

［28］李玲.中国现代文学的性别意识［M］. 北京：人民文学出版社，2002.

［29］李健吾.李健吾文学批评文集［M］. 珠海：珠海出版社，1998.

［30］朱光潜.谈美书简［M］. 南京：江苏文艺出版社，2007.

［31］刘思谦.中国现代女作家心路纪程［M］. 上海：上海文艺出版社，1993.

［32］许明道.京派文学的世界：凌叔华和林徽因［M］.上海：上海复旦大学出版社，1994.

［33］乐烁.中国现代女性创作及其社会性别［M］. 郑州：郑州大学出版社发行，2002.

［34］阎纯德.二十世纪中国女作家研究［M］. 北京：北京语言文化大学出版社，2000.

［35］傅光明.凌叔华—古韵精魂［M］. 郑州：大象出版社，2004.

［36］沈从文.抽象的抒情［M］. 上海：复旦大学出版社，2004.

［37］冰心.一日的春光［M］. 南京：江苏文艺出版社，2009.

［38］李英华.儒道佛与中国传统文化教育［M］. 武汉：武汉大学出版社，2006.

[39] 刘敏.天道与人心 [M]. 北京：中国社会科学出版社，2007.

[40] 黄信阳，王春景.中国道教文化典藏 [M]. 北京：中国文史出版社，2009.

[41] 乔以钢."性别研究"理论背景与文化阐释 [M]. 天津：南开大学出版社，2010.

[42] 刘思谦."娜拉言说"中国现代女作家心路历程 [M]. 郑州：河南大学出版社，2007.

[43] 陈平原.中国文学现代化进程二编 [M]. 北京：北京大学出版社，2002.

[44] 王明科.中国文学与文学的现代化 [M]. 兰州：兰州大学出版社，2009.

[45] 赵吉惠.中国传统文化导论 [M]. 南京：江苏教育出版社，2007.

[46] ［美］伊丽莎白·詹威.美国当代文学·妇女文学：[M]. 北京：中国文联出版公司，1985.

[47] ［日］富士谷笃子.女性学入门 [M]. 北京：中国妇女出版社，1986.

[48] 鲍晓兰.西方女性主义研究译介 [M]. 北京：三联书店，1995.

[49] 张清华主编.中国新时期女性研究资料汇编 [M]. 济南：山东文艺出版社，2006.

二、论 文

[1] 黎荔.论王安忆小说的叙事方式 [J].中国现代、当代文学研究，2000 年第 1 期.

［2］罗岗.找寻消失的记忆——对王安忆《长恨歌》的一种疏解［J］.中国现代、当代文学研究，1996年第12期.

［3］曾丽华.论王安忆小说叙事视角的陌生化［J］.厦门理工学院学报，2006年第2期.

［4］韩丽梅.含着微笑的悲歌——浅谈王安忆小说创作［J］.沧州师范专科学校学报，2007年第4期.

［5］李懋.论王安忆小说的命运主题［J］.喀什师范学院学报，2000年第2期.

［6］欧娟.人生长恨水流东——解读《长恨歌》的女性悲剧命运［J］.名作欣赏，2007年第5期.

［7］许德明.王安忆：历史与个人之间的"众生话语"［J］.文学评论，2001年第1期.

［8］钱虹.论属于她们的真善美的世界［J］.中国现代文学研究丛刊，1998年第1期.

［9］王春荣.21世纪初的女性文学批评［J］.文学评论，2008年第6期.

后　记

　　每当提笔便常常想起《野草》题辞中的"当我沉默着的时候，我觉得充实；我将开口，同时感到空虚"。与文学评论大家研究相比，此作实在是不能登上大雅之堂。但是，作为不知不觉在女性文学研究的长河里摇曳了十几个春秋者的心血之结晶，还是以一种"敝帚自珍"的心态以飨读者。其用意有三：一是对现代女作家创作的文化解读，暗示着渐行渐远的现代女性文学的当代价值，文化价值是对人类精神状态的把握、表现和终极指向，在精神王国里追索人类存在的现实意义乃至终极意义，同时对当代女性文学的文化体悟使人得到精神皈依的启示，找到心灵的家园，预示着以文字与女性文学结缘而相识。当然笔者对迟子建及严歌苓两位作家的喜爱，虽然过去在论文中有所涉猎，在书稿中还需谨慎，为今后留有空间。二是笔者自己文化观念的显现，无论天空是否留下我的痕迹我都曾飞过，不必灿烂已够美丽。三是值此出版之际感谢所有在我经历一次低谷时帮助过我的人，相信重生后的我会努力飞翔！特别将这本有温度的书给我的爱子，你的睿智与担当，我始终以你为荣！